ज़िन्दा मुहावरे

ज़िन्दा मुहावरे

नासिरा शर्मा

वाणी प्रकाशन
4695, 21-ए, दरियागंज, नयी दिल्ली 110 002
फ़ोन : +91 11 23273167 फ़ैक्स : +91 11 23275710

शाखाएँ
अशोक राजपथ, पटना 800 004, बिहार
कॉफ़ी हाउस कैम्पस, महात्मा गांधी मार्ग, इलाहाबाद 211 001, उत्तर प्रदेश
महात्मा गांधी अन्तरराष्ट्रीय हिन्दी विश्वविद्यालय, वर्धा 442 001, महाराष्ट्र
सुल्तानिया रोड, मोतिया पार्क, भोपाल 462 001, मध्य प्रदेश

www.vaniprakashan.com
marketing@vaniprakashan.in
sales@vaniprakashan.in

ZINDA MUHAWARE
by Nasera Sharma

ISBN : 978-81-7055-258-1
Novel

संस्करण 1994, 2010, 2017
चौथा संस्करण 2021

मूल्य : ₹ 295

शिव शक्ति प्रिंटर्स, दिल्ली-110 095 में मुद्रित

वाणी प्रकाशन का लोगो मक़बूल फ़िदा हुसेन की कूची से

आने वाली पीढ़ियों के नाम

दो शब्द

चन्द साल पहले 'सिब्ते हसन' की किताब 'माज़ी के मज़ार' पढ़ने का मौक़ा मिला। यूं तो पूरी किताब ने मुझे प्रभावित किया मगर जो शब्द मेरे ज़हन में गहरे उतर गए वे भाषा के बारे में थे कि जब किसी भी ज़बान का कोई बोलने वाला नहीं बचता तो वह ज़बान 'मुर्दा' कहलाती है मगर उस ज़बान के चन्द मुहावरे दूसरी किसी भाषा में जाकर ज़िन्दा हो उठते हैं और समय के गुज़रने के साथ उनका प्रयोग उस ज़बान में इस तरह खप जाता है कि वे उस ज़बान का हिस्सा लगने लगते हैं मगर इस तरह घुलने-मिलने के बावजूद यह 'ज़िन्दा मुहावरे' अपनी 'मुर्दा ज़बान' का पुरातन इतिहास अपने में समोए होते हैं। बात दिलचस्प लगी और किताब खत्म करने के काफ़ी दिनों बाद भी 'ज़िन्दा मुहावरे' की गूँज विभिन्न स्तरों पर बजती रही और दिमाग़ अपने आप सृजनात्मक दूरियाँ तय करने लगा।

कुछ अरसे बाद पाकिस्तान की पृष्ठभूमि पर कहानी लिखने का सिलसिला शुरू हुआ और एक ख़्याल बिजली की तरह दिमाग़ में कौंधा कि महाजिर भी तो उस मोहब्बत की ज़बान के 'ज़िन्दा मुहावरे' हैं जो मुल्क के बँटवारे से पहले पूरे हिन्दुस्तान में बोली जाती थी। बहरहाल उस कहानी का अपना तर्क था। वह उस शीर्षक के अधीन न रह सकी और 'आमोख़्ता' में ढल गई। यही हाल मेरी दूसरी कहानी 'मोमजामा' का भी हुआ। साल पर साल गुज़र गए मगर वह नाम दिमाग़ के किसी कोने में महफ़ूज़ रहा, जिसका अहसास मुझे तब हुआ जब यह उपन्यास शुरू हुआ और अचानक 'ज़िन्दा मुहावरे' ज़हन के दरवाज़े खोल कुछ इस तरह रचना के माथे पर टँक गया कि चाहने पर भी कोई दूसरा नाम न मुनासिब और न ही इतना अर्थपूर्ण अपनी इस नई कृति के लिए लगा जिसकी पृष्ठभूमि बँटवारे के बाद का भारत-पाक समाज है।

इस हक़ीक़त से इन्कार नहीं किया जा सकता कि आज दोनों देशों में रहने वाली अधेड़ और जवान होती नस्लें बँटवारे जैसी ऐतिहासिक घटना की चश्मदीद गवाह नहीं हैं। मगर उनकी अनुगूँज न किये गए गुनाह की प्रताड़ना बन बचपन से उनका पीछा करती उनके दिल व दिमाग़ पर फ़साद और कटाक्ष के रूप में कोड़े बरसाती उन्हें आत्मग्लानि के सरोवर में गर्दन तक डुबोती रही है। जो राजनीति

यहाँ बिजली बनकर लोगों पर गिरती है। वही सियासत वहाँ जलते तवे पर चलने की सोजिश देती है और दोनों तरफ एक इल्ज़ाम कटी पतंग बन फड़फड़ाता है कि तुम यहाँ के नहीं हो, परदेसी हो, गैर हो। इसलिए दोनों तरफ़ के बाशिन्दों के दर्द की ज़मीन एक है। खून का रंग वही इन्सानी है बस ज़रा सा फर्क यह है कि इधर वाले जाने वालों के गुनाह की सलीब पर टांग दिये गए हैं और उधर वाले लगातार यादों के तहखाने से गुज़र रहे हैं।

सियासी नेताओं के व्यक्तिगत आकांक्षाओं और नफ़े नुकसान के हाथों अंजाम गुनाह सिर्फ उनके जीवन तक सीमित नहीं रह जाता है बल्कि पूरी क़ौम सहती, सारा मुल्क झेलता और नई आने वाली नस्लें भी आरोपों के घेरे में फँसी सदियों तक तड़पती हैं। एक अमूर्त कसैलापन उनकी सोच का हिस्सा बन इन्सानी रिश्तों पर ज़हर बन बरसता है और इन्सानी गरिमा छीन जीने का सारा मज़ा सोख लेता है। उस अस्वाद को इस उपन्यास में लालमुनियाओं के ज़रिए कहने की कोशिश भी है जो एक सम्बल मात्र है मगर वास्तव में उस खो गई धरती की गन्ध की तलाश है। यह वही महसूस कर सकता है जो अपने माहौल के आग़ोश से बिल्कुल नई जगह पहुँच गया हो।

यह ललक यह तलाश अपने जड़ों की तब तक रहेगी जब तक पाकिस्तान की वह पीढ़ी ज़िन्दा है जिसकी यादों में हिन्दुस्तान एक खुशनुमा बाग़ की तरह मौजूद है। बाद की नस्लें इस पूरे माहौल के कड़वेपन को कैसे पचायेंगी। इसमें शक की गुंजाइश नहीं कि बुजर्गों के हाथों अंजाम गुनाह का प्रायश्चित्त मौजूदा पीढ़ी फसादों और सन्देह के रन्दे में घिसती, पिटती पिछली कई दहाइयों से करती आ रही हैं। जिससे आशा बँधी है कि दिलों का मैल खून की इन छींटों से धुल चुका होगा और भविष्य में आने वाली पीढ़ियों के सामने उनके बुज़र्गों का शर्मिन्दा तजुर्बा और उसकी अदायग़ी की क़ीमत कुर्बानी की शक्ल में उनके सामने होगी। विश्वास है कि वे मानवीय पीड़ा और काले अनुभवों से सबक़ लेंगी और ऐसी राजनीति से हाथ खींचेंगी जो अभिशाप बन दिलों को काटती, ज़मीन को बाँटती, घरों को उजाड़ती, बारूद के ढेर पर बैठे इन्सान को रूहानी तौर पर लगातार कमज़ोर बनाती जा रही हैं।

मेरी कोशिश इस उपन्यास के जरिए सिर्फ इतनी है कि मैं 'ज़िन्दा मुहावरे' के पाठकों को उस सेतु पर लाकर खड़ा कर सकूँ जो एक इन्सान से दूसरे इन्सान तक जाता है और जिसके नीचे मोहब्बत का समन्दर ठाठें मारता है।

—नासिरा शर्मा

D-37/754 छत्तरपुर हिल्स

नई दिल्ली-74

लालमुनिया का पिंजड़ा साथ था। आगे बीहड़ अनजान रास्ता और पीछे गहरी जड़ों वाला भरापूरा ख़ानदान, जिसकी फैली शाख़ का नमूना वह ख़ुद था जो अपनी हदों को पार कर बाहर निकल आया था। उसके दिल में अजीब वलवला था, जो अब भी हिलोरें ले रहा था।

'ज़मीन...! ज़मीन से चिपके रहना तभी तक भला, जब वह अपनी पहचान हो, इज़्ज़त हो, अपने बीज अपनी फसल हो, मगर जब सब कुछ बेगाना बना दिया जाए और साबित करना पड़े कि यह मिट्टी...इससे अच्छा वह टुकड़ा है, जो काट कर दामन में डाल दिया गया हो। अब उसी को पालना-पोसना और अपना समझना होगा।' निज़ाम ने घने पेड़ के नीचे बैठ पैर से काँटे निकालते हुए सोचा।

दोपहर की धूप घनघना कर ज़मीन पर पालथी मारकर बैठ गई थी। लाल मुनियाओं ने दाना चुगना और पिंजड़े में झूला झूलना बन्द करके गाना गाना शुरू कर दिया था। उनके गाने के सुरों में जाने क्या था कि आँखों के सामने घर का आँगन तैर गया और अमरूद के घने पेड़ की शाख पर टँगा पिजड़ा और अम्माँ की पुकार, "कहाँ जात हो, नन्हें? तवे पर रोटी डल रही है, अब खाना खाए के बाहर निकलो।"

अम्माँ के इस तरह टोकने पर ड्योढ़ी से बाहर निकलते निज़ाम के क़दम ठिठक जात और वहीं से गुल्ली-डंडा खेलते गोलू को आवाज़ देते हुए वह घर में दाख़िल हो जाते, जहाँ तामचीनी के फूलदार रकाबी में घी से बघरी अरहर की पीली दाल भाप उड़ाती उसका इन्तज़ार करती होती और भाभी, बहन की चूड़ियों की खनखनाहट के साथ मिल कर पिसती हरे धनिये की चटनी और गर्म तवे से उतरती रोटी की महक उसे बाँधे लेती।

"ए, रज़्जो! चटनी अब पीसे बैठी हो का?" अम्मा सबको बावचींखाने में फैली धूप में पटरे पर बैठा देख दालान से हाँक लगातीं।

"अभै तो कुट कर आई है सिल, अम्माँ।" रज़िया सिल पर तेज़ी से बट्टा रगड़ते हुए जवाब देती।

"हमार घी गुड़ कहाँ है?" गोलू कटोरी न देखकर ठुनकता।

"ले नदीदे!" शमीमा बेटे की तरफ कटोरी बढ़ाते हुए धीरे से कहती।

"देखो, दादी, अम्मां हमका फिर नदीदा कहत हैं।" गोलू चीखा।

एकाएक निज़ाम की आँखें भर आईं। उसने कमीज़ की आस्तीन से आँखें खुश्क कीं और झोले से मुट्ठी भर कँगनी निकाल कर पिंजड़े की कटोरी में डाली। लालमुनियाएँ लपकीं और दाना तोड़ कर कुटुर-कुटुर कँगनी खाने लगीं। निज़ाम ने बोतल से पानी का घूँट भर गला तर किया, फिर पिंजड़े की दूसरी कटोरी को पानी से भर दिया।

"जाओ भैया, तुम्हें बहुत गुमान है न, मगर याद रखो कि एक दिन बिलाई भी सूँघत-सूँघत अपने पुराने ठिकाने को लौटत है, चाहे बोरा में भर कोसों दूर छोड़ के आओ, तुम तो भला इन्सान ठहरे।" भावज ने कोसने के अन्दाज़ में अपने दुपट्टे से आँसू पोंछते हुए कहा।

'बख़्त से पहले ससुरे को गधा पच्चीसी सवार होय गई है। दू दिन बाद, घूम टहल कर मुँह मा कालिख पोत इ मरदुदवा लौट अइहै। नया जोस, नई जवानी है। करे देव जी भरकर मनमानी। जाए देव सब लोगन एका। आखिर भोर का भूला सांझ गए तो घर लौटत है।' बाहर चबूतरे पर बिछी चारपाई पर बैठे रहीमउद्दीन ने हुक़्क़ा गुड़गुड़ाते हुए बेटे की बात सुनकर दिल ही दिल में कहा!

"भूल मत करो, ज़मीन सबकी छिनेगी। जब मुल्क से जमींदारी ख़त्म हो रही है, तो इसका मतलब है, हर छोटा-बड़ा चाहे वह हम हों या कोई और...। पढ़-लिखकर नादान मत बनो। बटवारा मुल्क का हुआ है, हमारे इस गांव का तो नहीं? हमारा पुश्तैनी घर, खेत, रिश्तेदारी, बिरादरी, सब कुछ यहीं है। वह तो किसी ने नहीं छीना?" बड़े भाई इमाम ने समझाते हुए कहा।

"मसला अपना और पराया नहीं है। माना कि हमारा घर-आँगन नहीं बटा तो क्या हुआ। हमारा आब-ब-दाना तो उठ गया यहाँ से। बेहतर है कि हम कूच करें। अभी आप लोगों के बात पल्ले नहीं पड़ रही है, मगर वक़्त आने पर समझेंगे। बरसों रहने के बाद आज ढाक के वही तीन पात? बटवारे के बाद हमारी हैसियत? इस गाँव से बाहर निकलकर देखें, फिर कहें कि कौन किस को खदेड़ रहा है?" निज़ाम का सारा वजूद सुलग रहा था। ऊँची आवाज़ आँगन की दीवार फलाँग गई।

"कमरबन्द बाँधे की तमीज नाहीं, बच्चू, बित्ता भर के जबान दिखाए रहे हैं।" कहते हुए रहीमउद्दीन तैश में चारपाई से उठे। कन्धे पर पड़े अँगोछे से मुँह पोंछा और खंखारते हुए घर में दाखिल हुए।

"आग खाय और अंगारा हगै की ज़रूरत नहीं है, बेटवा, हमार लोगन पै तू खाक डालो, हिआँ कोई तोहार राह खोटा करै का नाही बैठा है। जाय देव इमाम

ऐका। कहत है न, चढ़ते पानी क कौनव रोक सकत है और न ढलते सूरज का कौनव पकड़ सकत है।" रहीमउद्दीन का लहजा शुरू में जितना गर्म था, अन्त में उतना ही हारा हुआ। घर में सन्नाटा छा गया और रहीमउद्दीन बाहर निकल गए।

"चचा कहाँ जात हो?" तीन साल के गोलू ने परेशानी में निज़ाम से पूछा।

"जन्नत मा...।" शमीमा ने जलकर कहा।

"चचा मर गए का, दादी?" गोलू ने घबरा कर पूछा।

"हाँ,...सभै के लिए मर गए हैं, आजै से, अबहीं एहीं पल से...।" कहता हुआ निज़ाम उर्फ़ नन्हें ताव से भरा आगे बढ़ा और डाल से पिंजड़ा उतार कर घर से बाहर की तरफ़ भागा।

"हमार मुनिया को कहाँ ले जात हो चचा?" गोलू रोता हुआ लपका, फिर जाने क्या सोचकर कंगनी का थैला आंगन की दीवार से उतार निज़ाम के पीछे दौड़ा।

"छुट्टे साँड की तरह डोलव हिआँ से हुआँ। ऐही दिन देखे के वास्ते ख़्वाजा साहब से तौका मांगा रहा।" रहीमउद्दीन ग़म और गुस्से से बड़बड़ाए।

"बताओ तो चचा, कहाँ जात हो अकेले?" रुहाँसा गोलू दौड़ कर निज़ाम के सामने रास्ता रोक कर खड़ा हो गया।

"हम जात हैं, गोलू। हिंआ हम लोगन के वास्ते कुछ नहीं बचा। पहुँचत ही तोका हम अपने पास बुलाई लै बै।" निज़ाम ने भतीजे को गोद में उठा जोर से सीने से चिपकाते हुए कहा।

"अच्छा, एका तो साथ लेते जाओ।" गोलू ने झोला निज़ाम की तरफ बढ़ाया। और मुनिया को देख आँखों में आए आँसू पोंछने लगा।

"अच्छा, गोलू अब तुम जाओ...।" निज़ाम ने आँसू पीते हुए कहा। भतीजे को देखा और तेज़ी से आगे खेत की मुँडेर पर चढ़ गया।

गोलू चचा को इस तरह जाते पहली बार देख रहा था। उसका दिल कह रहा था कि ज़रूर कुछ गड़बड़ है, मगर सामने खेत के बीच में पीपल का अकेला दरख़्त खड़ा देख उसकी हिम्मत चचा के पीछे जाने की नहीं हुई। सुन्दर काकी पीपल वाली चुड़ैल की कहानी कई बार सुना चुकी थीं। जब उसने चचा को उसके पास से गुज़रते देखा तो भयभीत-सा रोता घर की तरफ़ भागा।

'सबै का खून सफ़ेद होय गवा है। ज़मीन की ख़ातिर हम से मुँह मोड़ लीहिन। हमका भी अब केही की परवाह नाही। न अम्मा, न अब्बा, न भाई-भावज, न बहन। जहाँ जात हैं अब वही हमार वतन कहलइहे। नया ही सही अपना तो होइए। जहाँ रोज-रोज ओकी खुद्दारी को कोई ललकारिये तो नाही। कोई ओके गरिबान पर हाथ डालै की जुर्रत तो न करिहे...।' निज़ाम दिल ही दिल पेच-ताव खाता हुआ आगे बढ़ रहा था।

आदत के मुताबिक़ जब वह खेत से बाहर निकल आया, तो आम के पेड़ पर चढ़ कर दूर खड़े अपने घर को आखिरी बार देखना नहीं भूला। उसे अब किसका इन्तजार था? हवा अपने साथ अब्बा की आवाज लाकर उसके कानों में घोल गई।

"जाओ,......सब जाओ....। जेकी जिधर सींग समाए।"

"इन लोगन को कुछ नाही मालूम कि कैसा-कैसा फसाद, खून-ख़राबा बाहर मचा है। सावन के अन्धे की तरह इनका तो सब कुछ हरा-हरा ही दिखत है।" निज़ाम पेड़ से नीचे उतरा और उसी हालत में आगे बढ़ गया।

गोलू को अकेला लौटते देख रहीमउद्दीन ने पगडंडी से आँखें हटा लीं और सामने से मसूद अली को आता देख कर अनजान बन पलंग पर बैठे, जैसे गली के सामने से किसी को आता देख ही न रहे हों, फिर एकाएक चारपाई पर वह लेट गए और इस तरह अँगोछा मुँह पर डाल कर करवट बदली, जैसे गहरी नींद में डूब गए हों। मसूद अली सब कुछ देख चुके थे, मगर मुँह से कुछ न बोले। धीरे-धीरे चलते हुए आकर ठहर गए। जाने से पहले आखिरी बार दोस्त से गले मिलने के इंतजार में सर झुकाए चबूतरे के नीचे खड़े रहे फिर लम्बी साँसं खींच कर भारी क़दमों से आगे बढ़ गए।

"इन सबके बगैर हम अकेले जी नाही सकत हन का?" मसूद अली के चमरौधे जूतों की आवाज़ को अपने से दूर होता सुन रहीमउद्दीन का गुस्सा मोम की तरह पिघला, मगर अँगोछे की ओट के कारण गिरती बूँदों को कोई नहीं देख पाया।

शाम से रात घिर आई। चूल्हा ठंडा-औंधा पड़ा था। शमीमा मुँह लपेटे पड़ी थी। इमाम सर झुकाए माँ के पास चुपचाप बैठा था। किसी के मुँह में खिल तक उड़कर नहीं गयी थी। सुन्दर काकी भी दम साधे बैठी रहीं। उसके सामने नन्हें का चेहरा घूम रहा था।

"काकी, पंजीरी देबो न खायेका?" वह उनको झिंझोड़ता।

"हाँ-हाँ।" वह उलझकर कहती।

"तो देव न?" चिढ़ कर नन्हें धान पछोड़ती काकी की पीठ को धक्का देता।

"अब साथ लेकर थोड़े आए हन।" काम में उलझी काकी झुँझलाती।

"तो फिर हम घर जाये के खुद निकल लेबै।" कहता हुआ नन्हें बाग़ी सूरमा बन भागता, उसी के साथ ब्रजलाल और दोनों के पीछे काकी बकती-झकती घर पहुँचती और दोनों की मुट्ठियाँ भर हँसती-कोसती लौटतीं।

घर में छाया सन्नाटा देखकर मँगरू काका गोलू की गोद में उठा ले गए, ताकि लच्छू के साथ खेल-कूद में उसका दिल बहला रहे। ब्रज बहू ने हलवा-पूरी बना दोनों का पेट पूजन कर दिया था। इस वक्त वह दोनों खेलने में डूबे गीली मिट्टी की मिठाइयां बना रहे थे।

उधर चबूतरे पर लेटे रहीमउद्दीन की पहली रात थी, जो जागते गुज़री थी। उन्हें अब भी यक़ीन नहीं आ रहा था कि निजाम उन्हें छोड़कर चला गया है, तभी हर खटके, हर आहट पर वह चौंक पड़ते कि जाने कब निज़ाम आकर घर की कुंडी बना दे।

निज़ाम के साथ गाँव छोड़कर पाकिस्तान जाने वालों की बहुत लम्बी चौड़ी क़तार नहीं थी, मगर आस-पास देहात, क़स्बे से जमा हाने वाले लोगों ने अलबत्ता एक क़ाफ़िला-सा रास्ते में बना लिया था। सबके साथ जरूरत का सामान, ज़ेवर और रुपयों की पोटली थी। खाना-पीना, बिस्तर कपड़े और तरह-तरह की चीजों से लदी-फदी पाकिस्तान जाने वालों की यह आखिरी खेप थी।

निज़ाम एक ऐसा शख़्स था, जो अकेला खाली हाथ जा रहा था। इन सब के बीच वह अजनबी था। न कोई उसे जानता था, न वह ही किसी को पहचानता था। जो भी थे, वे सब लुटे-पिटे आहत थे। कुछ भयभीत से घर-बार छोड़कर भाग निकले थे। कुछ दूसरों की देखा-देखी साथ हो लिए थे। इनमें से कई के दिल व दिमाग़ में कुछ भी साफ नहीं था। भगदड़ में सिर्फ इतना सोच पाए थे कि जान बचाने के लिए जाते हुए लोगों में शामिल हो जाओ, जब कल खतरा टल जाएगा, फसाद ठंडा हो जायेगा, तो फिर पुराने ठौर-ठिकाने को लौट आएंगे। कुछ बूढ़े यह भ्रम पाले हुए थे कि वह कहीं दूर थोड़े ही बल्कि अपने मुल्क के दूसरे हिस्से में पनाह लेने जा रहे हैं, हालात के ठीक होते ही अपने गाँव वापस आ जाएँगें। उनकी बातें सुनकर निज़ाम तल्खी से हँसा था।

'इन्हें कुछ भी नहीं पता कि मुल्क दो हिस्सों में बँट चुका है—पाकिस्तान और हिन्दुस्तान। हम पाकिस्तान रहने, बसने जा रहे हैं, न कि वहाँ से लौटकर आने के लिए... ।'

बीच सफ़र में, जाते हुए क़ाफ़िले पर कुछ हथियार बन्द टूट पड़े और ग़ाफ़िल मुसाफ़िरों को लूटा, मारा और क़त्ल किया। कुछ ज़वान औरतें और लड़कियाँ गायब हो गईं। शायद उनकी क़िस्मत का पड़ाव यही था। उनके मर्दों की लाशें खाक-खून में लिथड़ी पड़ी थीं। चील, कव्वे और गिद्धों से आसमान भर उठा था। बचे लोगों की कमर के टांके जैसे टूट गए थे। दिल ग़म से और ज़हन सदमों से चूर हो चुके थे। लुटा क़ाफ़िला पीछे लौट नहीं सकता था, सो फिर चल पड़ा आगे की ओर...।

रास्ता तकलीफ़ों से भरा था। कुछ छूटे, कुछ मरे, कुछ अधमरे से बूढ़े-अधेड़ रोते-पीटते ख़ौफ़ से काँपते रास्ता तय कर रहे थे। उनके जवान लड़के और साथी दिलासा दे रहे थे। हिम्मत बँधा रहे थे। पनाहगाह की क़तार दर क़तर सिर्फ़ आह व बुका बनी हुई थी। यहां पर भी किसी का कोई छूटा, कोई मरा, कोई खोया था।

निजाम इन सबके बीच घिरा सोच रहा था, 'वह तो इन जंजीरों को खुद तोड़ आया है। इस भरी दुनिया में वह निपट अकेला है। उसकी ज़िन्दगी की नाव एकाएक हल्की हो गई है। अब इस तूफान में उल्टे, या डूबे, या किनारे लगे, इसकी फिक्र उसे इतनी नहीं सताएगी...।'

"अरे, मेरी सकीना को कोई ढूँढो तो...! सब सो गए कब्र में जाकर? उठो... जागो...! सकीना को ढूँढो...! निगोड़ी जाने कहाँ निकल गई?"

बैन की आवाज़ से निज़ाम का दिल केले के पत्ते की तरह चिर गया। वह अपनी जगह से चुपचाप उठा और बाहर निकल, सूनी जगह की तलाश में चल पड़ा। कुछ दूर जाकर वह ज़मीन पर बैठ गया। अँधेरा कुछ ज़्यादा घना था। यहाँ से बैठकर पनाह की खोज में निकला क़ाफ़िले का पड़ाव निज़ाम को फीकी टिमटिमाती रोशनियों की वजह से एक बस्ती-सा नज़र आया। ऊपर आसमान साफ था तारे कुछ ज़्यादा ही दमक रहे थे। निज़ाम वहीं ज़मीन पर चित्त लेट गया।

नींद में डूबती आँखों के बीच रज़्जो का चेहरा उभरा और अँधेरे में चीखती आवाज उसे झिंझोड़ गई।

"अम्माँ...ए अम्माँ, देखा तो कऊन लोग घर मा घुसे आत हैं?"

निज़ाम का दिल उलटने लगा! बेचैन होकर उठा और माथे पर आए पसीने को आस्तीन से पोंछने लगा। फिर एकाएक घबरा कर खड़ा हो गया घर लौटने के लिए...अँधेरे में भागते क़दम दिशाहीन हो कुछ दूर जा तेज़ी से सुस्त पड़ने लगे और वह वहीं उजाड़ मैदान में घुटनों पर सिर रख फफक पड़ा।

कराची पहुँच कर निज़ाम का दिल एक अनजान जगह को देखकर ऐसा घबराया कि जी चाहा, कि उलटे पैर घर लौट जाए। साथ आए लोग जाने कहाँ बिखर कर गुम हो गए थे। हमदर्दी के दो बोल बोलने वाला कोई नज़र न आता। रात को जब सोया, तो बार-बार चौंक कर उठ बैठता। समझ न पाता कि वह है कहाँ? क्या इसी अनजान-वीरान बस्ती का ख़्वाब लेकर ही चला था? वह जन्नत कहाँ खो गई?

दो दिन भूखा रहने और फुटपाथ पर सोने के बाद पेट की आग ने निज़ाम को मज़दूरी करने, बोझा ढोने और फेरी लगाने पर मजबूर कर दिया था। महीना-भर कराची में रोते-पीटते गुज़ार लेने के बाद जब वह आस-पास नज़र दौड़ाता, तो जमीदाराना गुरूर पारा-पारा हो जाता। बीसियों बीघा, जमीनबाग़, कुआँ, घर-बार छोड़कर जिस मुल्क को वह अपना समझ कर आया, वहाँ दो गज़ ज़मीन के लाले पड़े थे।

अब जब पेट में चारा बराबर जाने लगा, तो निज़ाम के होश-हवास वापस आए। चन्द दिनों से निज़ाम के दिल में एक ही तमन्ना बार-बार सर उठा रही थी कि उसे कुछ बनना है और अपने इस वतन को सँवारना है, ताकि वह सर ऊँचा करके कह सके कि उसका फैसला कितना सही था। जब दोनों हाथों में पैसा कमा लेगा, तो गोलू को एमरजेन्सी वीज़ा भेजकर अपने पास बुला लेगा और उस वक़्त एक शानदार कोठी का वह मालिक होगा, जिसके बाग़ में बैठे उसके अम्माँ-अब्बा उसकी तारीफ़ों के पुल बाँधेगें। वह ख्यालों में डूब गया।

"अपना नन्हें कितना क़िस्मत वाला निकला? पढ़ै में अच्छा नाही रहा, तो का, दस किलास पास होय के अकल माँ बी.ए. पास इमाम का कान-कुतर डालिस।" अम्मा निहाल होकर कहतीं।

"हमार बिटवा है, फात्मा बी।" अब्बा सीने पर हाथ मार कर कहते।

"बस, जो अच्छा, सो अपना। कल तक तोका यही नन्हें अंखियन मा खार बन के खटक रहा और आज...? अम्मा जलकर कहती।

"तोहार होनहार बेटवा की अकल की दाद देत हन, मगर, हमार बाप-दादा

कउन से दसवाँ पास रहे? फक़त अक़्ल के बूता पर चार पइसा और इज़्जत कमाए रहे।" अब्बा कहते।

इस जुम्ले के बाद निज़ाम का ख़्वाब बिखर जाता और वह सोचता, यह सच नहीं है। काश! वह दिल लगाकर पढ़ता, तो आज बी.ए. की डिग्री उसके पास होती और वह यहाँ किसी बड़े ओहदे पर होता। मगर हाई स्कूल के बाद ही उस पर मुल्क के आज़ाद कराने का ख़ब्त सवार हो गया था। अंग्रेजों के खिलाफ रोज निकलते मुस्लिम लीगी जुलूसों में वह शामिल होता और जब आज़ादी मिली, तो एक दूसरा जंग का मैदान खुल गया। जो हक़ीक़त सामने आई, उसने कच्चे ज़हन पर ऐसा निशान छोड़ा कि महसूस हुआ, उसके साथ धोखा हुआ। देखा ख्वाब टूट गया। उसका हक़ मार लिया गया। उसको वह सब कुछ नहीं मिला जो उसका अधिकार था। आखिर वह जीता हुआ सिपाही था। आज़ादी का बराबर का हिस्सेदार फिर चुप कैसे बैठ सकता था?

निज़ाम का दिल उस वक़्त और दुखता, जब वह देखता कि उसी के साथ आए लोग लाखों के आदमी बन गए हैं। जो मामूली हैसियत के छोटे लोग थे, वह अपने को शेख, सय्यद कह मज़हबी रहनुमा बताकर बड़ी-बड़ी जागीरों को हथिया बैठे। जो हिन्दुस्तान की सड़कों पर चप्पल चटखाते थे, वे अवसरवादी यहाँ बड़े-बड़े आलीशान घर और ज़मीन के मालिक बन कारों में घूमते हैं।

निज़ाम न झूठ बोल सका, न सच, न ही घर भेजकर दूसरों की तरह जायजाद के कागज़-पत्तर मँगा कर अपना क्लेम भर सका। वह तो निकला था कुछ बनकर अपने को दिखाने, न कि पैसा समेटने, तो फिर किस मुँह से घर वालों को अपनी कमज़ोरी बताकर बिपदा सुनाए?

इन्हीं परेशानियों के बीच जब कभी रेडियो सुनने को मिल जाता, तो अजीब हौलनाक ख़बरें आतीं और निज़ाम को महसूस होता कि उसके और ख़ानदान वालों के बीच एक फासला बढ़ाता जा रहा है, जिसको पार करना मुश्किल काम है; फिर खुद ही अपने को समझाता, बड़ा आदमी बन जाने के बाद हर खाई-ख़ंदक़ पर पुल बना लेना आसान हो जाता है, उस वक़्त अपनी शान-शौकत दिखाने का अलग मज़ा है, वरना जंगल में मोर नाचा तो किसने देखा!

कपड़ों की फ़ेरी लगाने के बाद शाम को कभी-कभी वह समन्दर की तरफ निकल जाता और उसकी तड़पती लहरों को देखकर सोचता कि गोलू कितना खुश होगा सचमुच का समन्दर देखकर...! सबको रोज़ शाम को हवाखोरी के लिए इधर लाएगा, फिर खुद इस खौफ़ से उदास हो जाता है कि उन लोगों ने आने से इंकार कर दिया तो क्या वह पूरी ज़िन्दगी यहाँ अकेले रह सकता है?

निज़ाम की तरह बहुत सारे जवान कटी पतंग की तरह डोल रहे थे। वे भी यहाँ आकर बहुत खुश नहीं थे। लौटना उनके बस में नहीं रह गया था। साथ

उठते-बैठते निज़ाम की दोस्ती उनसे हो गई थी। वे सब खाते-पीतें घरों से थे, मगर यहाँ आकर बिखर से गए थे। बचपन उनका पीछा किसी तरह नहीं छोड़ रहा था। उनका साँस लेना मुश्किल हो रहा था।

इसी घुटन से तंग आकर और कराची में रचने-बसने की मजबूरी की हक़ीक़त समझकर अकसर लड़कों ने एक बनावटी खौफ़ अपने ऊपर तारी कर लिया था। हिन्दुस्तान के बारे में मनगढ़ंत क़िस्से-कहानियाँ सुनाते और अन्त में कहते कि उन्होंने यहाँ आकर कितना अच्छा किया, वरना वहाँ तो अब तक ज़िन्दा न बचते।

यह नुस्खा काफी कारगर साबित हुआ, जब चन्द महीनों बाद उन्हें खुद महसूस हुआ कि उनके अपने शहर, गांव, घर की यादें उनके दिमाग़ के पिछले दरवाज़े से टिककर खड़ी हो गई हैं और वे अपने को हल्का महसूस कर रहे हैं। उनकी पुरानी ज़िन्दादिली वापस लौट रही है और वह हलकी-सी गुदगुदाहट पर ऊँचे क़हक़हे लगा सकते हैं। मौसम और बदलते हालात को महसूस कर सकते हैं। आख़िर जवानी बचपन पर धीरे-धीरे करके हावी हो रही थी।

निज़ाम को कराची आए साल भर हो गया था। उसकी कमरानुमा छोटी-सी कोठरी में ज़रूरत की सारी चीजें मौजूद थीं। कई बार घर ख़त भेजने का दिल चाहा, मगर हर बार दिल मसोस कर रह गया। आख़िर वह क्या लिखेगा? यही कि उसके पास दो जोड़ा कपड़े हैं और तेल का स्टोव, जिस पर वह खिचड़ी उबालना और कच्ची-पक्की रोटी उतारना सीख गया है? अब वह पतंग उड़ाना भूल चुका है, मगर क्या गोलू पतंग उड़ाने की ज़िद के साथ उसे याद करता होगा? ब्रजा...हाँ, ब्रजा के संग वह पतंग उड़ाता होगा। मेरी तरह ब्रजा भी छुड़इया के बाद पतंग की पेंग ऊँचे आसमान पर ले जाकर डोर गोलू के हाथ में थमा देता होगा और कटने पर गोलू से ज़्यादा खुद तड़पता होगा।

निज़ाम को बुखार चढ़े आज चौथा दिन था। बुखार की तेज़ी में वह ज़ाने क्या-क्या बड़बड़ाता था। पड़ोस में रहने वाले पठान खानदान का बड़ा लड़का उसकी सुध-बुध लेने उसकी कोठरी में आ जाता था। दवा-दारू, घर से चाय-बिस्कुल लाकर उससे हमदर्दी का इजहार करता। जब निज़ाम ठीक हो गया, तो धीर-धीरे वही हमदर्दी दुआ सलाम के साथ दोस्ती में बदली और एक दिन असदउल्लाह ने मशविरा दिया कि कपड़े की छोटी-मोटी दुकान खोली जाएँ वह खुद कपड़ों के थानों को बाहर से मँगाने का इन्तज़ाम करेगा। उसे बेचना निज़ाम का काम होगा। निज़ाम ने हामी भर ली।

सारा दिन साइकिल चलाते, घर-घर हाँक लगाने, रुकने और कपड़ा दिखाने के बीच निज़ाम का ज़हन भटक जाता। उस दुकान की तरफ, जिसका जिक्र असदउल्लाह ने किया था। फ़िलहाल पाकिस्तान में कपड़े की जबरदस्त कमी थी।

लोगों की आदत बढ़िया हिन्दुस्तानी मिलों से निकले कपड़े और अंग्रेजी माल को पहनने से बिगड़ी हुई थी। यहाँ आकर भी वह तनज़ेब और मलमल जैसे मामूली कपड़े को नहीं भूल पाए थे। इसलिए इस राह में चलने का मतलब मुनाफ़ा ही मुनाफ़ा था।

रात भर चैन से सोया। सोने से पहले उसने अपनी ख़ैरियत का लम्बा चौड़ा खत अब्बा के नाम लिखा। उसमें अपनी कामयाबी का ज़िक्र करते हुए उसने अपने कशमकश भरे दिनों का भी बयान किया कि अब वह एक कपड़े की दुकान का मालिक है। इसी के साथ उसने सबको कराची आने की दावत दी। ख़त लिखकर वह बड़ी देर तक सोच में डूबा मुस्कुराता रहा, फिर घोड़े बेचकर सोया। रातभर ख़्वाब में वह अमाँ, अब्बा, इमाम, रज़िया, गोलू, गाँव, मदरसा, स्कूल, दोस्तों को देखता रहा।

दूसरे दिन असदउल्लाह से मुलाक़ात न हो सकी। वह अपनी ख़ाला के साथ हफ्ते भर के लिए पेशावर चला गया था। निज़ाम भी अपने को तौल-नाप रहा था। पूरे ख़ानदान में कभी किसी ने छदाम की चीज़ नहीं बेची थी। खेती-किसानी वाले लोग थे। अब यह नया धंधा था, जो निज़ाम बदलते हालात की वजह से करना चाह रहा था। छः महीने से फेरी लगा-लगाकर उसने अपने अन्दर की झिझक को तोड़ दिया था। अब तिजारत करने का खौफ़ भी उसे दिल से निकाल फेंकना होगा।

शाम को फेरी से लौटते हुए जब सुस्ताने के लिए वह अपने तीनों दोस्तों के साथ चाय की दुकान पर बैठा, तो उसने अपने दिल की बात सुहेल, शाहिद और इमरान को बताई। शाहिद और सुहेल चुप रहे, मगर इमरान फौरन निज़ाम के साथ काम करने को राज़ी हो गया। उन दोनों को चुप देखकर निज़ाम ने उनसे वजह पूछी कि ऐसे मौक़े पर वे ख़ामोश, क्यों हैं?

"यह कपड़े ग़ैरक़ानूनी तरीक़े से कराची में दाखिल होंगे। इसलिए कहीं बैठे-बिठाए तस्करी के जुर्म में पकड़ न लिए जाएँ।" सुहेल ने कहा।

"नहीं यार, यहाँ कपड़ों का अकाल पड़ा है, फिर यहाँ चीजों की इतनी कमी हो, वहाँ पर सरकार जानबूझ कर ऐसी बातों को नज़रअन्दाज़ करती है।" इमरान ने हँसते हुए कहा।

"खास कर अब जब हिन्दुस्तान की पूरी ताक़त हमारी मुख़ालफ़त पर लगी हुई है, उसवक़्त पठानों के साथ मिलकर कुछ करना खतरनाक साबित हो सकता है।" शाहिद ने सोचते हुए कहा।

"हमारे कुछ उसूल हैं। यह मुल्क यूँ ही बनाने का ख़्वाब हमारे बुजुर्गों ने नहीं देखा। अगर हम ही ऐसी-वैसी हरकतें करेंगे तो यह मुल्क...यह मुल्क जो

ताज़ा अंकुर की तरह फूटा है, उसका सूरज निकलने से पहले ही डूब जायेगा। इसकी पैदाइश के दिनों को उँगली पर गिनों तो यह एक साल का नौनिहाल है, जिसको बोलना, चलना अभी सीखना है, जिसे वतनपरस्ती की छातियों का सिर्फ दूध नहीं, बल्कि उनके खून की गर्मी और मेहनत के पसीने की नमी भी चाहिए।" सुहेल ने जोश से कहा।

सुहेल की जज़्बाती बातों ने सभी की आँखें नम कर दीं। इमरान भी अपने फैसले पर टिका न रह सका और निज़ाम भी पूरी तरह अपने इरादों में डगमगा गया। चारों को अहसास एक दूसरी दुनिया में खींच ले गया। जहाँ न तँग गलियाँ थीं, न चोड़ी-पक्की सड़के, न अमराई थी, न धान, गेहूँ, जौ के झूमते हुए खेत थे। वहाँ सिर्फ समन्दर था। खारे पानी से लबालब भरा, जिसे चुन्ल्लओं में भर कर पिया नहीं जा सकता था। रेत थी, जिसको गीला कर घरौंदे तो बना सकते थे, मगर उसमें रह नहीं सकते थे। वतन, का आलाप तो लगा सकते थे, मगर यहाँ की ज़मीन से पैदा नहीं हो सकते थे।

सोच में डूबे चारों हाथ में हाथ डाले काफी देर तक समन्दर के किनारे टहलते रहे। खुले आसमान और तड़पती लहरों को ताकते रहे। उनका अतीत लाख उनका पीछा करे, मगर हक़ीक़त यह थी कि उनका वर्तमान इस समन्दर की तरह उफनता एक खाली आसमान था, जिस पर चाँद-तारे तो राख के अँधेरे में टाँके जा सकते थे, मगर उस पर बस्ती नहीं बसाई जा सकती थी। उस पर खेत, खलिहान,बाग़ कारखाने नहीं लगाए जा सकते थे। वहाँ गहरी जड़ों और लम्बी झूलती जटाओं वाला बरगद का पेड़ हवा में झूमकर तालियों को बजाता हुआ उन्हें झूला नहीं झुला सकता था।

थक कर चारों वहीं रेत पर बैठ गए। बोलने को क्या बचा था? अँधेरा फैल रहा था। उनके दिमाग़ के कोने में सोए ख़्वाब ठीक पहली बारिश के बाद साँस लेने के लिए बेचैन केंचुओं की तरह मिट्टी से सर बाहर निकालने लगे थे। यह ख़्वाब उन्होंने अपनी आबाई बस्तियों को छोड़ते हुए देखे थे। यहाँ पहुँच कर अपने चारों तरफ़ फैली परेशानियों को देखकर वह सारी उम्मीदें, ख्वाइशें जाने कहाँ दुम दबा कर भाग गई थीं। आज बरसों बाद दोबारा ज़िन्दा होकर उनके दिल व दिमाग़ में तहलका मचाए हुए थीं।

निज़ाम के पाकिस्तान चले जाने के बाद, उसके इन्तज़ार की तख़्ती सबकी आँखों में लटकी रही। हर आहट, हर खटके पर सबके कान खड़े हो जाते। रहीमउद्दीन चारपाई पर बैठे-बैठे गाँव आने वाली पगडंडी की तरफ नज़र गाड़े अक्सर सोचते कि किसी दिन थका-हारा नन्हें पैरों की धूल झाड़ता उनके पायताने आकर बैठ जाएगा और उनके कन्धे पर अपना थका सर रखकर कहेगा, "सच कहत रहे अब्बा घर से बाहर निकलो तो बस ज़िल्लत और दुःख के सिवाए कुछ हाथ नाहीं लगत है।"

"जो गुज़र गवा ओका भूल जाओ बेटवा, अब आगे की सुध लेव। रज्जो का ब्याह तोरे इन्तज़ार में रुका रहा। अब...।" रहीमउद्दीन बेटे को प्यार से गले लगा कर सारे गिले-शिकवे भूलकर उसे ढाढ़स बँधाते।

घर-बाहर पहली जैसी खुशी छा जाती। सूखे खेतों मे पानी बहने लगता। ईख के खेत के सामने नन्हें के दोस्त की चौकड़ी बैठती और जी भरकर गन्ना चूसती। राब से भरी थाली और खौलते रस के कढ़ाव के पास रहीमउद्दीन बड़े चाव से खड़े होते, फिर पहला बना गर्म-गर्म गुड़ रकाबी में लिए घर में दाखिल हो सबका मुँह मीठा कराते। बीच रास्ते में यदि कोई आन टकराता या उपला उठाती, बकरी चराती, लौंडे-लौंडियाँ नजर आतीं, तो वह उनकी मुट्ठी खुलवा कर उसमें गर्म गुड़ का लोंदा रखना न भूलते।

रहीमउद्दीन का यह रोज का सपना था, जो वह बाहर खाट पर बैठे-बैठे जब दिल चाहता खुली आँखों से देख लेते थे। अम्माँ हर पकवान से थोड़ा हिस्सा निकाल नन्हें के नाम से छीके पर ढककर रखवा देती। जाने कब भड़ से दरवाजा खोल उनके गले में अपनी बाँहों का हार डाल दे। इन्तज़ार की घड़ियाँ बीततीं और पकवान कुछ दिन बाद जानवर के आगे डाल दिया जाता।

"अम्मा, रज्जो का पेग़ाम आया है।" इमाम ख़त खोलकर पढ़ता।

"कहाँ से बेटवा?" रहीमउद्दीन पूछते।

"लखनऊ से...शादी के बाद लड़का पाकिस्तान जाएगा और...।"

"इनकार लिख देव भय्या।" झट अम्मा सहमकर कहती।

"पराए देस नहीं भेजनी लड़की।" रहीमउद्दीन खँखाराते हुए उठ जाते।

"अजीब बात है, अम्मा,—रज़्जो के सारे के सारे पैग़ाम या तो पाकिस्तान में बसे या फिर वहां जाने वाले लड़कों के आवत हैं?" इमाम परेशान हो उठता।

"ख़ुदा की मर्ज़ी।" कहकर अम्मा चुप हो जातीं।

एक दिन बात खत तक सीमित न रह सकी और पैग़ाम लेकर आने वाले लड़के के मामू ने मुँह खोलकर पूछ ही लिया कि आखिर आपको पाकिस्तान से इतना परहेज क्यों, जबकि आपका लड़का वहीं मौजूद है?

"निज़ाम लड़का है, अपनी मर्ज़ी का मुख़्तार। रज़्जो बिटिया है हमार मर्ज़ी की ताबेदार। जहाँ हाथ थमायेंगे, ओहि घर रुख़सत होइए, फिर भय्या सच जानो नन्हें वहाँ ज़्यादा दिन टिकै वाला नाहीं है, जल्द ही लौटिए।" हँसकर रहीमउद्दीन जवाब देते।

उनकी इसी उम्मीद पर शमीमा दिल सँभाले हुए थी कि उसका देवर निजाम जिस दिन लौटेगा उसी दिन वह सुग़रा से उसका निकाह पढ़वा देगी। मँगनी हुए दो साल गुज़र गए थे। अब अपने-पराए सभी पूछते है कि कब करोगी सुग़रा का व्याह? क्या निज़ाम सुगरा को भी ब्याह के बाद कराची ले जायेगा? साल होने को आया आखिर निज़ाम लौटा क्यों नहीं? कहीं वहीं ब्याह तो रचा नहीं लिया? तरह-तरह के सवाल सुग़रा के माँ-बाप से भी पूछे जाते, जिसका जवाब उनके पास नहीं था।

इमाम छुट्टी में घर आया हुआ था। इसलिए घर में रौनक़ और चहल-पहल थी। अम्मा आदत के मुताबिक छोटे बेटे का हिस्सा हर ख़ास चीज से निकालकर किनारे रख रही थी। तभी डाकिया खत डाल गया। निज़ाम का ख़त सबके चेहरों पर उत्सुकता बिखेर गया। इमाम ने चमकते चेहरे के साथ भाई का खत खोला, मगर उस पर नजर पड़ते ही चेहरे पर उदासी फैल गई।

"का भवा बेटवा?" अम्मा ने घबराकर पूछा।

"कुछौ नाही अम्मा, देखो तो तमाम खत मा काली सियाही की लकीर पुती है। अब हम का पढ़ें? बस समझो, नन्हें ठीक है, कपड़े का कारोबार शुरू करेका सोचत है और हम सबका कराची बुलाए रहा है।" इमाम ने खत का खुलासा सुनाया।

"सुग़रा...और सुग़रा के बाबत का लिखा है?" शमीमा ने बेचैन आँखें मियाँ के चहरे पर गाड़ दीं।

"कुछ नाहीं।" इमाम इनकार में गर्दन हिला चुपचाप घर से बाहर निकला शमीमा की आँखें ग़म और गुस्से से ज़लने लगीं।

"ऐसे कउन से लाल-जवाहर टके हैं हुआ, जो हम सबको छोड़ गवा नन्हें?"

अम्मा को गहरा सदमा लगा था। उनकी आवाज़ डूब रही थी।

"नन्हें अपने आयके बारे में कुछ नहीं लिखिस? ऐका मतलब है कि अब नन्हें...।" इतना कहकर रहीमउद्दीन खत में छिपी बात को तौलने लगें। उनका विश्वास टूट चुका था। झूठी ढाढ़स के लिए उन्हें शब्द नहीं मिल रहे थे।

घर में खामोश मातम छा गया। गोलू समझ नहीं पा रहा था कि अब चचा ने ऐसा क्या कर दिया, जो उनसे सब ख़फ़ा हो गए? वायदे के मुताबिक़ तो उन्होंने वहां जाकर उसे बुलाया भी, फिर? उधर इमाम चुपचाप बाप के पास बैठा सोच रहा था कि निज़ाम को ख़त के जवाब में क्या लिखे? यहां सब खुश हैं? सेहतमन्द हैं? ख़ैरियत से हैं? यह सारा झूठ क्या नन्हें को लिखा जा सकता है? सुग़रा का सवाल सिर्फ शमीमा की बहन तक नहीं, बल्कि सारे ख़ानदान के लिए बहुत अहम है। अम्मा-अब्बा बेटे के इन्तज़ार में टूट रहे हैं और...। यह सब क्या लिखने की बातें हैं? वह ग़ैर तो नहीं कि उसे लिखकर इन बातों का अहसास दिलाया जाए। उसे सब पता है, सब कुछ, फिर ख़त के जवाब में लिखा क्या जाए?

निज़ाम के ख़त आने की बात नायन, कहार के मुँह से चलती दस कोस दूर बसे सुग़रा के गाँव पहुँची। यह ख़बर उनके घर शादियाने बजाने वाली थी। दिल में खुशी की लहर फैल गई। सुग़रा के माँ-बाप अभी समधियाने जाकर मुबाकरबाद देने के लिए खेत से सब्जी तुड़वा ही रहे थे कि ब्रजा शमीमा का दस्ती ख़त लेकर पहुँचा। पढ़कर दोनों के चेहरे फ़क पड़ गए।

"हमार सुग़रा की क़िस्मत फूट गई।" सुग़रा की माँ ने आँखों पर दुपट्टे का आँचल रखा।

"रोये-धोये से काम न चलिहै। एक लड़की ओही घर मा ब्याही है, सो जो करै का है, बहुत सोच समझ कर। हमार बेहतरी ऐमा है कि लहू का घूंट शरबत समझकर पी लें।" सुग़रा के बाप ने अपनी परेशानी ज़ाहिर न करते हुए उन्हें समझाया, मगर खुद उनका दिल जैसे कटे परिन्दे जैसा फड़फड़ा उठा था।

सानी रात तरह-तरह की बातें सोचते रहे। कभी फैसला करते कि सारी ज़मीन जायदाद बेचकर कराची चले जायें, तो बेहतर होगा। लड़की का घर भी बस जायेगा और इज़्ज़त भी ख़ाक में नहीं मिलेगी, फिर ग़ैरत उनका खून गर्म कर देती और वह गुस्से में सोचते कि लड़की लूली-लँगड़ी तो नहीं, जो वह इतना गिर जायें? अपने को तबाह व बर्बाद कर कराची जाएँ और पता चले कि निज़ाम तो किसी और से निकाह कर बैठा है? फिर क्या उनका दिल वहां लगेगा? वही बात होगी कि धोबी का कुत्ता न घर का न घाट का।

सुबह लाल फूली आँख लिए उठे और शमीमा के ख़त को खोलकर पढ़ने के बाद सोचने लगे कि ख़त का मज़मून तो कुछ अधूरा सा है। इस बात को लेकर रहीमउद्दीन को खरी-खोटी सुनाने से क्या फ़ायदा? इस उधेड़-बुन में वह बिना नहाए-धोए, खाए-पिए बिस्तर पर पड़े रहे।

"उठो, दिन चढ़ आया है।" सुग़रा की माँ जब कई बार टोक चुकी, तो वह उठे और नहा-धोकर तैयार हुए। दिल-ही-दिल में कुछ फैसला लिया और घर से बाहर निकल गए।

सुग़रा सर दर्द के मारे अपने कमरे में लेटी रही। उसने दोपहर का खाना भी नहीं खाया। माँ को ज़रा भी शक नहीं हुआ कि बेटी घर के माहौल में फैली सनसनाहट को ताड़ गई है। भला ब्रजा बहन का खत लाए और माँ-बाप उसे पढ़ते ही चुप का रोजा रख लें, यह कैसे हो सकता था?

"क्या निज़ाम ने वहाँ शादी कर ली?"

"शादी नहीं शायद इनकार किया हो?"

"हो सकता है कि...।" सुग़रा का दिल बसवसों से भर उठा। उँगली में पड़ी मँगनी की अँगूठी को वह बड़ी देर तक घुमाती रही, फिर दिल ही दिल में कह उठी, "जो घर से मुँह मोड़, माँ-बाप, भाई-बहन को छोड़ गवा। ओसे इ उम्मीद लगाना कि मँगनी की अँगूठी की इ़ज्जत रखिएँ, अम्मा-अब्बा की बड़ी भारी भूल रही।"

रात को खाने के वक्त सुग़रा के बाप थके-हारे घर में दाखिल हुए। मियाँ के इस तरह बिना बताए जाने से सुग़रा और सुग़रा की माँ बेतरह परेशान थीं। सुग़रा तो बाप को देख अपने कमरे में चली गई। माँ ने आगे बढ़कर तौलिया और साबुनदानी चौकी के पास रखी।

अब सोग में बैठे की ज़रूरत नाही है। हमार सुग़रा अभी ज़िन्दा है। शमीमा की ख़्वाहिश रही, सो हम मान गए रहे। वाजिद तो कब से खुसरू के लिए सुग़रा का हाथ माँगत रहा। आज जाये के हम जबान दे आए हैं।" कहते हुए सुग़रा के बाप ने धूल से अटे जूते उतारे और मुँह-हाथ धोने के लिए लोटा उठाया।

"का?" सुग़रा की माँ इस फैसले के लिए जैसे तैयार न थीं।

"अब हमार इज्ज़त ऐही में रही कि वह मुँह फाड़कर कुछ कहते, हमीं उनकी अँगूठी वापस भिजवाए दें।"

"इतनी उजलत काहे रही आपको? अच्छी तरह सोच समझ लिए हैं आप?" सुग़रा की माँ उसी तरह चकराई सी बोलीं।

"परसों तारीख़ रखने आयेंगे। मँगनी-वँगनी कुछ नाही। सीधे डोला उठाए की बात होइहे।" कहते हुए सुग़रा के बाप ने खूँटी से धुला अंगोछा उतारा और हाथ-मुँह पोछा।

सुबह सुग़रा की माँ ने पान खाने के लिए पानदान खोला और बीच की कुलिया में इलायची के लिए जो उँगली डाली, तो वहाँ किसी चीज से उँगली टकराई। निकालकर देखा, तो सुग़रा की मँगनी की अँगूठी थी। दिल पर घूँसा-सा लगा, फिर महसूस हुआ, जैसे बला टल गई हो। जिस बात को मुश्किल समझकर सारी रात

जागती रही थीं। उसे बेटी ने कितनी आसानी से हल कर दिया। उन्होंने अँगूठी को इस तरह मुट्ठी में दबाया, जैसे गुजरे दो साल को पकड़कर बंद करना चाह रही हों।

दोपहर को घर की सफाई सजावट की गहमागहमी जब ख़त्म हुई और नौकर-चाकर इधर-उधर हो गए, तो सुग़रा खामोशी से कमरे से निकली और सहनची की जाली से टिककर खड़ी हो गई। जहाँ अम्माँ बैठी चूज़ों को आटे की गोलियाँ खिला रही थीं। वह चुपचाप उन चूज़ों के मुलायम बालों को खड़ी -खड़ी ताकती रही, फिर धीरे धीरे से बोली, "अब्बा से कह देव अम्माँ, हमारे लिए नाहक परेशान न होवें।"

"परेशान!" माँ ने बेटी की बदली आवाज़ और आवाज़ में लिपटे लफ्ज़ों को सुनकर आँखें उठाई चेहरे पर उदासी देखकर वह हड़बड़ाई-सी उठ खड़ी हुई।

"हम अब शादी न करिबै।" कहते हुए सुग़रा कमरे की तरफ भाग गई।

खौफ़जदा आँखों से माँ ने बेटी को जाते देखा, फिर आहत-सी आंगन में बिछे तख़्त पर जाकर बैठ गई। बेटी की बात उन्हें समझने में देर नहीं लगी। शरीफों का दस्तूर रहा है जिससे लड़के-लड़की का नाम बँध गया, बस ज़िन्दगी अच्छी-बुरी उसी के साथ कट गई। बिल्ली के बच्चे की तरह सात घर झाँकने तो कोई नहीं जाते, मगर इस नई बिपदा से भी तो निपटना होगा, वरना जवान लड़की कब तक निज़ाम के नाम पर बैठी रहेगी?

सुग़रा का विद्रोह अपनी जगह क़ायम रहा और बाप का फैसला अपनी जगह अटल रहा। माँझे की रस्म के लिए पूरा खानदान दूर-क़रीब से आकर जमा हो गया था। उसी में ताया के साथ दादी भी आ गई थीं। आख़िर ताया उन्हें घर तो अकेला छोड़ नहीं सकते थे। उन्हें गोद में उठाए उनका पोता घर में दाखिल हुआ और दालान में बिछे पलंग पर उन्हें बैठा दिया गया।

"निज़ाम आये गवा का, बहिनी?"

जो उन्हें सलाम करता। टटोलते हुए पूछती। नब्बे साल की उम्र में कान, आँख, दिमाग़ लगभग जवाब दे चुके थे।

"निज़ाम से नाही दादी, खुसरू से ब्याह होय रहा है।" मँझली बहू ने पूरी ताकत से उनके कान में चीखकर कहा।

"हाँ-हाँ, हम जानते हैं बहिनी, खुसरू का नाम पहले निज़ाम रहा।" वह उसी तरह अपनी बात पर अटकी रहीं।

उधर सुग़रा की ज़िद अपनी जगह जमी थी। दादी के मुँह से ऐसी बातें सुनकर वह गुस्से में रो पड़ी।

"हम कहत हैं, अम्मा, हमरी बेइज़्जती ना करो। उधर यही बात हमार साथ चलिए। हमार आबरु खराब न कराओ अम्मा। हमैं ऐही घर में रहन देव।"

"ना, लाडो, ना....लड़की की बात तो दस जगह से छूटती और लगती है। दुनिया का दस्तूर है।" बड़ी फूफी ने सुग़रा को सीने से लगाते हुए उसे पुचकारा।

शाम को रस्म पूरी करते हुए सुग़रा लाख पछाड़े खाती रही, मगर नायन कितनी दुल्हनों को ग़श खाकर गिरते देख चुकी थी। यह तो नन्हीं कबूतरी थी, जो ख़ुद में दम तोड़ रही थी, उसे एक झपट्टे में नायन ने गोद में दबोचा और कँगना बँधी आटे से पूरी आँगन के बीच में रखी चौकी पर ले जाकर बैठा दिया। उबटन की रस्म शुरू हो गई।

"हमारे साथ यह सब न करो फुफ्फो, हमका अकेला छोड़ देव आप लोगन... अम्मा।" कहते-कहते सुग़रा बेहोश सी हो गई। उसका रोना देख सभी औरतें उसको रस्म अदायगी समझकर आपस में हँसी-मजाक करती एक-दूसरे को उबटन लगाने और मुबारकबाद देने में मस्त रहीं।

उधर दादी पलंग पर बैठी-बैठी पूछती रहीं, "अरे, निज़ाम का का लावा है परदेस से? कुछ बताओ तो बहिनी तुम लोगन?"

दादी की बातें कोड़े की तरह फ़ात्मा बी के सीने में पड़ रही थीं। शमीमा के चेहरे पर भी हवाइयाँ-सी उड़ रही थीं, मगर वह चोर-सी एक किनारे बैठी रिश्तेदारों से हँसने-बोलने की कोशिश कर रही थी। दोनों न जाती तो बुराई थी। गई तो अपनी जगहँसाई अपनी आँखों के सामने देख ली।

फ़ातमा बी सुगरा के घर से जो लौटीं, तो जैसे हँसना-बोलना ही भूल गई थीं। उनके दिल में पड़े नासूर में घुन-सा लग गया था। जो उन्हें अंदर-अंदर तेज़ी से कुतर रहा था। मुँह से वह कुछ न बोलीं, बस पलंग पर पड़ गईं।

उधर रहीमउद्दीन के दिल का हाल किसी और वजह से बुरा था। फ़साद क्या हुआ, लोगों के जख़्म फिर से हरे हो गए। दिलों में उठती टीसे सबने बड़ी ख़ामोशी से दाँतों तले होंठ दबाकर सह लीं। बँटवारा उनके गलों में पड़ा फ़ाँसी का फंदा बन चुका था, जो न पूरी तरह कसता था, न ढीला होकर छूटता था। ऐसे नाज़ुक मौक़े पर कोई पाकिस्तान का ताना मार बैठता, तो रहीमउद्दीन को निज़ाम किसी गाली की तरह याद आता, दिल में टीस उठती।

"नन्हें काहे बस गयो सिंध जाए के और हमका रूसवा कर दियो भैया? लौट आओ...! लौट आओ बेटवा...! तौबा का दरवाज़ा खुला है।" रहीमउद्दीन आँखें बंद कर तस्बीह के दानों पर आखिरी बात दिल ही दिल में लाखों बार दोहराते और बहन के आए ख़त में बिछै अंगारों पर आँसुओं की छीटें डालते, जिसका घर इस फसाद की नज़र हो गया था। जवान बेटा बेगुनाह मारा गया था।

रहीमउद्दीन यह सारी बातें फ़ातमा बी से कैसे कहते, जो खुद बीमार होकर

अब सिर्फ हड्डियों का ढाँचा रह गई थीं। बदन का रोग हो तो डॉक्टर-वैद्य ठीक भी करें, मगर रूह की बीमारी का इलाज तो उनके पास नहीं है। बिस्तर पर लेटे-लेटे फ़ात्मा बी खुदा से दिन में कई बार माफी माँगतीं।

"हमार नन्हें को माफ़ कर देव, ओका बदला रज़्जो से न लेव मौला! हम किसी का दिल जानबूझ कर नाही दुखाए हन। रज़्जो के सेहरे का फूल जल्द खिलाए देव।"

फ़ात्मा बी तिल-तिल कर के ऐसा घटी की मौत की दहलीज पर आन टिकीं। आँखें बंद करने से पहले वह इमाम, रज़्जो के साथ नन्हें का दूध बख़्शना नहीं भूलीं। रहीमउद्दीन उनके सिरहाने बैठे यही सोचते रहे कि वह तो नन्हें को कब का 'आक़' कर दिये रहे।

फ़ात्मा बी की मौत के बाद निज़ाम का नाम लेना इस सूने घर में वर्जित-सा हो गया था। रहीमउद्दीन को फ़ात्मा बी का जाना बहुत खल रहा था, मगर अपने दुख को छिपाए वह निज़ाम की तरफ से पूरी तरह नाउम्मीद हो अब रज़्जो के ब्याह को लेकर चिन्तित थे। एक भी ठीक-ठाक लड़के का पयाम नहीं था। ख़ानदान में कोई लड़का रज़्जो के लिए मुनासिब नज़र नहीं आता था। जिस लड़के पर उनकी नज़र थी, वह फसाद में मारा गया और अब उनके बड़े साले ने बहन के चालीसवें में आकर दबी ज़बान से अपने बड़े बेटे के लिए पैग़ाम दिया।

"आखिर तुम लोगन का हक़ ओपर है। अभै तो फ़ात्मा बी के जाने से दिल-दिमाग़ सही नाही है। तोका जल्दी जवाब लिखबै।" रहीमउद्दीन दिल में खुश हुए, मगर ऊपर से उन्होंने लड़की के बाप वाला तेवर निभाया।

"जावेद इसी साल आपकी दुआ से नौकरी मा लगा है।" मुमानी ने धीरे से कहा।

मेहमानों, रिश्तेदारों के जाने के बाद लखनऊ वाली फूफी बाक़ी बची थीं। उनको जब जावेद के पयाम की इत्तला मिली, तो उनकी भवें तन गईं। मुँह बनाकर बोलीं, "इस मुई कलर्की में क्या रखा है? अपना असलम डील-डौल में किसी पुलिस या फौजी अफसर से कम है? मगर हमने सोचा जमींदारी गई, तो अब हम इतने भी गए गुजरे नहीं, जो लड़के से सरकारी चाकरी कराएँ। तिजारत में नफ़ा है, अपनी बादशाहत है। खुदा के फज़ल से दुकान चल पड़ी।"

"हाँ बहिनी, सारा खेल रुपया का है।" रहीमउद्दीन ने लम्बी साँस खींची।

"मैं तो असलम के लिए रज़िया का हाथ माँगना चाहती थी, मगर...।" फुफ्फी ने अपने भाई को तौला।

"देखो, रज़्जो की क़िस्मत मा का लिखा है? हमरे-तुम्हरे हाथ मा तो सिर्फ दो बोल पढ़ाए की बात रहत है, वरना तो जोड़ा जन्नत मा बन जात है।" कहते हुए

रहीमउद्दीन घर से बाहर की तरफ चले। जिसका साफ मतलब था कि उनकी मर्ज़ी जावेद से रज़िया की शादी करने की है।

"फुफ्फो, आज भर और रुक जाये ना?" शमीमा ने कहा।

"देखो एक दिन के लिए आई थी, पूरे दो हफ्ते रुक गई। घर में कोहराम मचा होगा।" फुफ्फी ने बहू को गले लगाते हुए कहा।

"अम्मी जान की मौत के बाद तो जैसे घर काटे का दौड़त है। आप आय गईं तो लगा घर के रौनक लौट आई है।" शमीमा बोली।

"तुम चलो न मेरे साथ। कुछ दिन रहना, दिल बहल जायेगा।" फुफ्फी ने प्यार से कहा।

"कैसे चलें? फसल पक्की खड़ी है। अब तो सब हमार कन्धे पर है।" शमीमा ने उदासी से कहा।

"गाड़ी का बखत होय रहा है, खाना लगाए देव।" इमाम बोला।

शमीमा ने फुफ्फी को देखा। उन्होंने उसका शाना थपका। उसने उठ कर दस्तरखान बिछाया। सुन्दर काकी की मिर्चें कुट गई थीं। ताँबे के लोटे में हाथ धोने का पानी रख वह अपने दालान की तरफ गई।

"कहार डोली ले आए हैं।" मँगरू काका की आवाज गूँजी। उसी के साथ गोलू और लच्छू आगे-पीछे दौड़ते हुए घर में घुसे। सीधे पीछे वाले दालान में जाकर बकरी की चोकर एक दूसरे पर फेंक-फेंक कर खेलने लगे। तभी सुन्दर काकी हाथ में पकड़ी नीम की टहनी से लच्छू को धमकाती हुई पहुँचीं। दोनों गिरते-पड़ते, हँसी से लौटते असबाब वाली कोठरी में घुस गए।

पहले से कहीं ज़्यादा घर सूना हो गया था। बाहर रहीमउद्दीन चबूतरे पर लेटे-बैठे रहते। अंदर घर में अकेली शमीमा गृहस्थी के काम-धंधों में जुटी होती। रज़िया ससुराल जा चुकी थी। इमाम नौकरी पर और गोलू दूसरे गाँव में पढ़ने जाता। चिराग़ जलने के वक़्त लौटता। जो थोड़ी-बहुत घर में चहल-पहल होती, वह सुंदर काकी के बिरहा गाने से या फिर मुनियाओं के चहचहाने से। लच्छु भी माँ के साथ खेत-खलिहान की दौड़ लगाता, अपने दादा मँगरू का हाथ बटाता, या फिर खाली वक्त में अपने बाप ब्रजलाल से पिटता जी भर कर। जो कौड़ी खेलता, खेतों में घूमता, निठल्ला रोटी तोड़ता था।

दोपहर की धूप अभी चढ़ी थी कि गाँव के कई लोग रहीमउद्दीन के पास पहुँचे। सलाम-दुआ के बाद चारपाई के पास मोढ़े पर बैठ गए। शमीमा ने अंदर से रसावल की कटोरियाँ भेजीं। खा-पीकर जब हुक़्क़ा गुड़गुड़ाने को बारी आई तो जब्बार खाँ ने गला साफ करते हुए अपने सर पर लगी टोपी ठीक की, अंगोछा एक कन्धे से उठाकर दूसरे पर रखा, फिर बोले, "भाई जी, बटवारे को पूरे पाँच साल

गुज़र गए। अपनी मस्जिद के मोअज़्ज़िन को भी पाकिस्तान गए चार साल से ज़्यादा हुए। जैसे-तेसे ईद-बकरीद में काज़िम चचा अज़ान देते रहे। उन्हें भी गुज़रे आज दो महीने होने को आए। मस्जिद आख़िर कब तक बिना अज़ान के ख़ामोश खड़ी रहेगी?"

"का करे का इरादा है, बोलौ।" रहीमउद्दीन ने अपनी भारी पलकें उठाईं।

"करे का बस यह है चाचा कि कोई मोअज़्ज़िन रख देव, ताकि गाँव में फैला यह मनहूस सन्नाटा छटे।" शकूर ने कहा।

"हाँ, जनाज़े की नमाज़ पढ़ावे के वास्ते भी तो कोई मौजूद होय या चाही।" कुछ सोचते हुए रहीमउद्दीन बोले।

"मरें आप के दुश्मन भाई जी। आप गाँव के बुजुर्ग हैं। फैसला आप से पूछ कर होगा।" जब्बार खाँ ने कहा।

"सुना है, पुराने इमाम मौलाबख़्श का लड़का पाकिस्तान से लौट आया है। शर्म के मारे गाँव आया नहीं। लखनऊ में मुँह छिपाता इधर से उधर मारा-मारा फिरता जब्बार को दिखा था।" शब्बीर खाँ खाँसते हुए बोले।

"कब आया रहा? हमका नाहीं बताए तुइ लोगन?" रहीमउद्दीन चौंके, फिर सर झुका कर कुछ सोचने लगे।

"सुनत हैं, ऊ तो फौरन ही लौट आवा रहा, मगर..." यूसुफ ने धीरे से कहा।

"हमसे पूछे कि का ज़रूरत है, जब तुम लोगन सब तय कर लिहे हो। ओके बाप-दादा की मस्जिद है। आके आबाद करे।" कहते हुए रहीमउद्दीन ने कुछ नाराज़गी, कुछ उम्मीद से सामने पगडंडी की तरफ देखा, जैसे नन्हें गन्ने के खेतों के बीच से भागता, कुएँ की जगत पर चढ़ता, दौड़ा-दौड़ा उनसे आन लिपटेगा।

"चलते हैं, भाई जी, आज रात को आपकी भावज को जौनपुर ले जाना है। छोटी बहू के घर खुशी होने वाली है।" जब्बार खाँ कहते हुए उठे। उन्हीं के साथ बाक़ी लोग भी उठ कर खड़े हो गए।

रहीमउद्दीन अकेले सिर झुकाए बड़ी देर तक किसी गहरी सोच में डूबे बैठे रहे, फिर चारपाई से उतर उन्होंने जूते पहने, सिरहाने रखी दुलाई ओढ़ी और सर पर कंटोप लगा, लाठी के सहारे चबूतरे से नीचे उतरे। आज अरसे बाद उनका दिल मस्जिद की तरफ़ जाने को चाहा। पहले ईद-बक़रीद के दिन नमाज पढ़ आते थे। इन पाँच वर्षों में वह घर से बाहर निकले ही कब! हर जगह वीरानी और खामोशी देखकर उनका कलेजा मुँह को आता था।

सारे गाँव का चक्कर लगाकर जब रहीमउद्दीन अपने बाग़ की तरफ़ बढ़े, तो सूरज छिपने लगा था। शाम के धुँधलके में यूँ उन्हें टहलता देख, सबसे पहले मंगरू काका की बहू चौंकी, जो सूखे उपले जमा कर रही थी।

"माई री, मियां जी!"

"कौन...?" कहता हुआ मंगरू हाथ में नारियल का हुक़्क़ा पकड़े बाहर निकला। सामने से रहीमउद्दीन को आता देख उसे ताज्जुब हुआ।

"का हुकम है, मालिक?" मँगरू काका चिलम रख आगे बढ़ कर बोले।

"कुछ नहीं, मँगरू भाई, आज गाँव घूमै का दिल चाहा, तो निकल पड़े।" कहते हुए वह अपनी धुन में आगे बढ़ गए।

"जैसी मियाँ की इच्छा।" मँगरू काका इतना कह कर उसी खाट पर बैठ गए, जो लच्छू की माँ ने सरकार के सत्कार में बिछाई थी।

कई दिन गुज़र गए। रहीमउद्दीन की उदासी कम न हुई। उन्हें जिस मुसाफ़िर के लौटने का इन्तजार था, वह नहीं लौटा था।

"बड़े मियाँ जी, ठंड बढ़ गई है।" लच्छू ने लालटेन चारपाई के पास रख रहीमउद्दीन को शमीमा का संदेशा दिया।

"इमामउद्दीन...!" एकाएक रहीमउद्दीन की आवाज गूँजी।

"आत हन...!" कहता इमाम तहमत सँभालता बाहर पहुँचा।

"बैठो!" रहीमउद्दीन ने बेटे को देखा।

"अंदर चलें ना, आपका बिस्तर गर्म है।" इमाम ने कहा, तभी लच्छू हाथ में कोयले की दहकती मिट्टी की गुरसी लिए आगे बढ़ा।

"आज कितने साल गुजर गए, मगर ओकी कोई खबर नहीं मिली, ज़िन्दा है, या...! हमार चल चलाव के दिन क़रीब आये गय हैं। तुम समझदार हो, आगा-पीछा सब समझत हो। अगर उ हरामखोर लौट आए, तो ओका हिस्सा दे दियो।" इतना कह रहीमउद्दीन चुप हो गए।"

"अब्बा, आप तो ओका 'आक' कर दिहे रहे, फिर आज हिस्से-बुक़रे की बात काहे उठात हो?" इमाम होठों-ही-होठों में हँसा।

"माँ-बाप का गुस्सा, बेटवा, असल मा पानी का बुलबुला होत है, फिर अब हम मौत की दहलीज पर खड़े होकर कउन-सा हिसाब निपटाएँ?" थके से रहीमउद्दीन कह उठे।

"और जो अम्मा के वायदे करे रहे आप कि गोलू के सरपर सेहरा बाँधियो, ओका भूल गए का?" इमाम का दिल भारी हो उठा था।

"भूले तो हम कछु नाही, बेटवा, मगर क़ुदरत का क़ानून मजबूर कर दे, तो हम...।" कहते-कहते रहीमउद्दीन रुक गए।

"मरैं आपके दुश्मन। गोलू के बेटवा को खिलाए का पडिए, अब्बा।" इमाम ने हँसते हुए आँखों में आए पानी को पी डाला।

"हाँ, हमार कुछ स्पेसल केस है।" कह कर पोपले मुँह से रहीमउद्दीन हँस पड़े।

"कल शबरात है, अब्बा, शमीमा हतुबा बनाए में लगी है। आपको अन्दर आराम करने को कहत रही।" इमाम ने रहीमउद्दीन से कहा।

रहीमउद्दीन उठे और अन्दर जाकर अपने गर्म बिस्तर पर लेट गए। कल इस घर में सारे पुरखों की रूह आयेगी। एक-एक करके सारे मुर्दों के नाम पर नज़र होगी। इस सारे इन्तज़ाम के बीच ज़िंदा और मुर्दा अपना संवाद स्थापित करेंगे, मगर उनका वहाँ कहीं जिक्र नहीं आयेगा, जो अपने के बीच से चले गए। जो अब न ज़िन्दा थे, न मुर्दा, न ग़ायब थे, न अगुआ हुए थे, फिर उनकी क़ब्र कहाँ ढूँढ कर उस पर दीया-बत्ती जलाएँ? दुआ में उठे हाथ खुदा से उनके लिए कल क्या माँगेगे...? सलामती, वापसी या सब्र...?

'सिर्फ अपने लिए सब्र?' रहीमउद्दीन हल्के से बुदबुदाए और करवट बदल कर उन्होंने आँखें बन्द कर लीं। आँखों की कोरों में टिका बूँद भर पानी ढुलक गया।

रात में खामोशी अँधेरे में घुल-मिल गई। दूर कहीं से सियार की आवाज अतीत की तरह वर्तमान का सुकून छीनने की कोशिश कर रही थी।

अब कराची कम आबादी वाला एक सुन्दर बन्दरगाह नगरी नहीं रह गया था। बटवारे के बाद गंगा-जमनी संस्कृति से उखड़ा, पढ़ा-लिखा वर्ग पाकिस्तान सरकार की बागडोर सँभाल, फौज को तरतीब दे, अपने को जमाने में लगा हुआ था। बढ़ती आबादी और तिज़ारती ज़रूरतों के अनुसार धीरे-धीरे शहर अपनी शक्ल बदल रहा था। हरियाली दम तोड़ रही थी और इमारतें, घर दुकानें तेज़ी से बनती नज़र आने लगी थीं। सिन्ध की ज़मीन पर पिछले पाँच वर्षों के बीच मुहाजिर नाम की धारा साफ बहती नज़र आने लगी थी। निज़ाम इस बहती धारा की एक मज़बूत कड़ी था, जो अब बीस वर्ष का जोशीला नौजवान नहीं रह गया था, बल्कि ज़मानें की ठोकरें खा, हालात की धूप में तपकर एक तजुर्बेकार शख़्स बन दुनियादारी के सारे गुर जान कराची शहर की घनी आबादी वाले मोहल्ले में 'निज़ाम गार्मेन्ट' के नाम से जाना जाता था।

निज़ाम के पास दुकान के अलावा सौ गज़ पर बना दो कमरे का एक छोटा-सा मामूली मकान था, जो उसने अभी-अभी खरीदा था। वह जब आया था, उस वक्त गुस्से और जोश में भरा था, फिर ग़म और ग़रीबी से चूर रहा और अब ज़िन्दगी की कशमकश में कोल्हू के बैल की तरह जुट गया था। इतने अरसे तक, तरह-तरह की उलझनों और परेशानियों में फँसा वह यह भूल चुका था कि उसका अपना भरा-पूरा खानदान कुछ मीलों की दूरी पर मौजूद है। अब इस नए मकान में आकर उसको तन्हाई का जबर्दस्त अहसास हुआ। उसे अपने ऊपर ताज्जुब होता कि इन पाँच वर्षों में उसने कभी संजीदगी से घर जाने की बात नहीं सोची, बल्कि उन सबको यहां बुलाने की बात दिमाग़ में रखकर यह बेतहाशा दौड़ता रहा, ताकि सब यहाँ आकर अमन-चैन, सुख-सुविधा से रह सकें, मगर अब...अब उसे हिन्दुस्तान जाना होगा! वह उन सबके बिना नहीं रह सकता।

वीज़ा के लिए उसके चक्कर भारतीय दूतावास में लगने लगे थे। पहले दिन उसे बड़ा अजीब लगा। अपने गाँव, अपने घर, अपने अम्माँ-अब्बा से मिलने का खुलासा देना पड़ा था। उसका दिल खट्टा-सा हो गया और उसे भाभी का दिया ताना याद आया। निज़ाम को महसूस हुआ कि यादों को सूँघते-सूँघते इंसान जी तो

सकता है, मगर बिल्ली की तरह अपने पुराने ठिकाने अगर आना भी चाहे, तो हालात उसे इजाज़त कब देते हैं कि वह लौट सके?

उस भरे-पूरे ख़ानदान में किसे मेरी याद आती होगी भला! सुग़रा..सुग़रा के लिए भी तो मैंने लिखा था कि क्या वह कराची आकर बसना पसन्द करेगी? उसका जवाब भी न आया। ठीक है, हमारी सिर्फ़ मँगनी हुई थी, मगर वह मेरे नाम से मँसूब हो चुकी थी। उसके माँ-बाप भी अब्बा के ख़्याल वाले हैं। उन्हें भी मेरा पाकिस्तान आना भला न लगा तो फिर लड़की को क्यों कर अपने से जुदा करेंगे? मगर मेरे ख़त का जवाव तो देते?

निज़ाम करवट बदलते-बदलते जब थक जाता, तो उठकर कमरे का चक्कर लगाता। वहाँ सब अपने में मगन होंगे। एक साथ जो हैं। यहाँ अकेला मैं हलकान हो रहा हूँ। कब तक ख़त का इन्तजार करूँ? वीज़ा के लिए दूतावास सबूत चाहता है, दावतनामा चाहता है। जानबूझकर दूतावास वाले परेशान कर रहे हैं। क्या घर फिर ख़त डालूँ? आखिर मैं उन सबको भूल क्यों नहीं जाता? उन्हें जब मेरी फिक्र नहीं, तो मुझे उनकी क्यों हो? निज़ाम अन्दर-अन्दर पेंच-ताव खाता, भावनात्मक झुँझलाहटों में फँसा रहता, मगर उसे कौन बताता कि तुम्हारे खत की पंक्तियों पर अँधेरी रात का साया झुक आया था।

बड़ी दौड़-धूप के बाद भी निज़ाम को इजाजत नहीं मिली। वजह बताई गई कि सियासी तनाव है। हिन्दुस्तान एक सपना बन गया और तन्हाई उसका भाग्य। कुण्ठित-सा निज़ाम दोबारा ज़िन्दगी की दौड़ में शामिल हो गया। इस बार अकेलेपन को काम की रेल-पेल में खत्म करने के लिए उसने घर के ऊपर दूसरी मंजिल बनाने का मंसूबा भी बना लिया, ताकि वह अपने को रात-दिन व्यस्त रख सके।

एक दिन निज़ाम अपनी दुकान में ग्राहकों को निबटा रहा था, तभी एक आदमी थोड़ा अलग आकर खड़ा हो गया। जब भीड़ छटी, तो निज़ाम ने उसकी तरफ नज़र उठा कर पूछा, “फरमाइए?”

“जनाब, आपका नाम निज़ामउद्दीन तो नहीं है?” उस आदमी ने झिझकते हुए जेब से रूमाल निकालकर माथे का पसीना खुश्क किया।

“जी, मेरा ही नाम निज़ामउद्दीन है...कहिए?” निज़ाम ने कहा और उसके चेहरे पर नाचती खामोशी को पढ़ना चाहा।

“यह आपके दो ख़त पुराने पते पर आए थे। आपकी इत्तला के लिए अर्ज़ करूँ, उस कोठरी में अब मैं रहता हूँ।” उसने जेब से दो ख़स्ता लिफ़ाफ़े निकाले।

“आप भी हिन्दुस्तान से हैं?” निज़ाम की आँखें ख़त पर टिक गई।

“जी हाँ, मोहल्ले में आपके नए घर का पता किसी को मालूम नहीं था। मैं

बड़ी परेशानी में पड़ गया कि आपको कहाँ ढूँढूँ? सामने पटरी पर जो किताब की दुकान 'नज़ीर एण्ड सन्स' है, उस पर मैं काम करता हूँ। मेरे पास यह ख़त दो महीने से पड़े थे। कल आपकी दुकान पर नज़र पड़ी, तो सोचा, आपसे भी पूछकर देखता हूँ, शायद यह ख़त आप के हों। खुदा का शुक्र है, मेरी मेहनत बेकार नहीं गई। आपको आप की अमानत मिल गई, अब इजाजत दें।" उसके चेहरे पर अजीब सी खुशी का हाला था।

"कुछ ठंडा पिएं!" निज़ाम ने हँसकर पूछा।

"वतन से आए ख़त इस गर्मी में पहली बारिश की तरह सुकून दे रहे हैं, जो आप के चेहरे से साफ झलक रहा है। समझें मैंने शरबत पी लिया। आप ख़त पढ़ें और मुझे इज़ाजत दें।" वह चलने को मुड़ा।

"बहुत बेहतर...माफ कीजिएगा आपका नाम भी नहीं पूछा मैंने।" निज़ाम शर्मिन्दा-सा होता।

"आबिद हुसैन।" वह हँस पड़ा।

"तफ़सीली मुलाक़ात फिर होगी।" हाथ आगे बढ़ाता हुआ निज़ाम बोला।

"मेरा ग़रीबखाना तो आपको पता है।" हाथ मिलाते हुए आबिद हुसैन ने कहा।

"ज़रूर हाज़िर होऊँगा।" निज़ाम ने गर्मजोशी से कहा।

"पहले सेंसर में रुके होंगे...।" निजाम ने खत उलट-पलट कर देखे और सोचा। लड़के को काउन्टर पर खड़ाकर वह अन्दर वाले कमरे की तरफ़ बढ़ा और कुर्सी पर बैठ बेक़रारी से पहला खत खोला। उसके दिल पर जैसे बिजली गिरी।

'अम्मा हमका छः महीने पहले छोड़ गई और हम...हम...।' निजाम ने दोनों हाथों की हथेलियाँ आँखों पर रखकर आँसू रोके, मगर वे पुराना बोसीदा बाँध तोड़ कर उबल पड़े।

उबाल जब थमा, तो उसके मुँह से बोल फूटे, "लानत है हम पर।...ऐही खबर के सुनै की खातिर हम यहाँ आए रहे?"

घर पहुँचकर वह बेचैनी से टहलता रहा। उसे पहली बार महसूस हुआ कि वह अपना शहर कहे जाने वाले कराची में कितना अकेला है? अम्मा की मौत का पुरसा देने वाले रिश्तेदार तो खैर दूर पड़े थे मगर कोई पड़ोसी, दोस्त-यार, हमदर्द, कोई अपना कहलाने वाला भी यहाँ नहीं है, जिसके कन्धे पर सर रखकर वह अपना ग़म बाँट सके। आज तक जिस दूरी को वह एक उड़ान में तय करने का दम रखता था। उसी लकीर ने उसे आज गहरे काटकर रख दिया था। परकटे परिन्दे की तरह वह बेचैन फड़फड़ाता रहा, मगर आशियाने की तरफ उड़ न सका।

बिना खाए पिए वह मुँह औंधाए बिस्तर पर पड़ा रहा, जब कभी आँखें बन्द

करता, अम्माँ सामने आन खड़ी होती। चूड़ीदार पायजामा, उस पर लम्बा ढीला कुर्ता, चुना हुआ सूती मलमल का दुपट्टा और कानो की लवों में छोटी-छोटी चांदी की बालियाँ, जिन्हें बचपन में नन्हें सोने से पहले बार-बार गिनता था। आज वह चेहरा उससे दूर जा मिट्टी में मिल चुका था और वे बालियाँ...!

"ए, अम्माँ, एक बात बताओ! इ सब हमार दुल्हिन भी पहनिए का?"

"काहे, नाही, ओका हम खूब सजइबे। माँग मा टीका, माथे पर छपका, नाक माँ नथिया और कान मा बाली, झुमका, हाथ मा परी बन्द और पैर मा पाजेब। पूरे घर में छमाछम करके चलिहे।" अम्मा उसके कान, नाक, माथे को छूते हुए, कहती और आखिर में उसे सीने से लगा खूब-खूब हँसतीं।

"ई तो हमार दुल्हिन है।" जब इमाम की शादी हुई, तो उससे दस साल छोटा निज़ाम कैसा मचला था। पूरे वक़्त भावज की गोद में घुस, उसके सारे जेवरों का मुआयना करता, वहाँ से हटने का नाम नहीं लेता।

"तेरी दुल्हिन तो आये वाली है।" अम्मा उससे कहती और गोद में उठा ले जाती। बहलाने के लिए उसे तिल के लड्डूओं का पूरा डिब्बा थमा देती थीं।

निज़ाम ने दोपहर से कुछ खाया नहीं था। इस वक़्त रात के बारह बजे थे। उसने बिस्तर पर करवट बदली और तकिये के नीचे से खत दुबारा निकाले और पहले को दुबारा पढ़ने लगा। सहसा जैसे अम्माँ की आवाज़ें उसे दूर कहीं से आती महसूस हुईं। वह चौंका बचपन सामने आन खड़ा हुआ था।

"दादी देखव चचा कहत है कि तोहार सर मा दो भँवर है। तोहार दुई बार ब्याह होइए।" गोलू उसके छेड़ने पर चीखता।

"ठहरो अभी बताइत हैं तोरे चचा को, कि आखिर के की दुई बार शादी होइए।" अम्मां पास आकर झूठ-मूठ उनका कान खींचती।

"बस, अम्माँ बस...।" वह बनावटी दर्द से चीखता गले में बाँहें डाल देता। फातमा बीबी बेटे को दुलार से लिपटा लेती।

"कहत रहे एक कानी, एक टिपरी होइहे।" गोलू चचा और दादी को हँसता देख जल जाता और जबर्दस्ती चचा को पीछे ठेल दादी की गोद में बैठ जाता।

दोपहर होते ही दोनों चचा-भतीजे अमराई की तरफ निकल जाते, जहाँ ब्रज के संग मिल कर टापे में गौरय्या पकड़ी जाती और फिर बहेलिया की खुशामद कर उससे मुनिया ली जाती। एक मुनिया के बदले में पाँच गौरय्यों का हिसाब बैठा था। इस धन्धे का किसी को नहीं पता था। हाँ, जिस दिन एक मुनिया वाला पिंजड़ा अमरूद के पेड़ पर लाकर तीनों ने चुपचाप टाँगा था, उस दिन अम्माँ की फटकार पड़ी थी।

"परिन्दा क़ैद न करो, गुनाह पड़िहे। उड़ाए दो बेचारी को। जाए दो अपने

जोड़े के पास।" अम्माँ आगे बढ़ी थीं। गोलू दादी के पैर में उलझ गया और ब्रजलाल पिंजड़ा लेकर बाहर भागा।

रात को जब सन्नाटा हुआ, तो पिंजड़े के दरवाज़े पर छोटा ताला डाल के निज़ाम उसे बकरी वाले दालान में छिपा आया था। कई रोज़ की मेहनत के बाद उसमें तीन चिड़ियाँ आ गई थीं। एक दिन अम्माँ परेशान सी कभी अमरूद का पेड़ झाँकतीं, कभी लौकी की लतर को नजरों से टटोलतीं, कभी दीवार की मुडेरों और ताक़ को घूरतीं। आखिर तंग आकर बोलीं, "ई कउन सी चिरइ इतना मीठा गाए रही है?"

"मुनिया!" सुन्दर काकी घूँघट में हँसी। उन्हें सब पता था। कँगनी वही तो लाई थीं।

"बैठी कहाँ है?" अम्माँ बिना कुछ समझे बोलीं।

"ईहाँ है दादी, यह देखौ!" गोलू भदर-भदर भागता हुआ बोरे में छिपा पिंजड़ा उठा लाया। ब्रजलाल और निजाम की जान निकल गई, मगर अम्माँ बड़े ताज्जुब से उन फुदकती चिड़ियों को देखती रहीं, फिर बड़े प्यार से पिंजड़े को उठा अमरूद की डाल पर टाँग दिया।

अम्माँ की आवाज़ उसे मुनियाओं के गाने के बीच दूर कुएँ से आती महसूस हुई। बड़ी देर तक वह बुत बना बैठा रहा, फिर वेख़्याली में दूसरा खत खोल कर पढ़ने लगा। इमाम ने बहन की शादी और सुग़रा के घर बेटा होने की इत्तला देते हुए उसे ब्याह का नेवता भेजा था।

"सुग़रा के बेटा हुआ?" तेज़ झटका दिमाग़ को लगा, मगर फौरन ही उसने अपने को सँभाल लिया और खत आगे पढ़ने लगा, जिसमें रज़िया की शादी मामू के लड़के जावेद से करने की बात लिखी थी।

"अम्माँ चली गई, रज्जो ब्याह गई और सुग़रा के घर बेटा हुआ। और मैं इस सारे हादसों से दूर यहाँ क्या करता रहा? अब किसके लिए कमाना और कैसा घर बसाना...!" वह बड़बड़ाने लगा।

निज़ाम के जख़्म इतनी जल्दी भर गए हों, ऐसा नहीं था। दुख को छिपा ग़म पर क़ाबू पाकर जीना उसे आ गया था। हफ्ते भर लोट-पोट कर वह सख़्त-जान काम-धन्धे में फिर से जुट गया। रात को थका-हारा जब बिस्तर पर लेटा, तो नींद जाने कहाँ भाग गई। वह अँधेरे में लेटा काफ़ी देर तक जागता रहा। आज दोपहर की खबर उसके जहन पर छाई हुई थी। हिन्दुस्तान में जबरदस्त हिन्दू-मुसलमान फ़साद हुए थे। कहीं किसी चोर दरवाज़े से एक अहसास दबे पाँव उसके दिल व दिमाग़ में दाखिल हो रहा था कि उसने बहुत अच्छा किया, जो एक महफ़ूज जगह आ गया। कम से कम यहाँ वह हर बला से दूर खुशहाल, सुरक्षित ज़िन्दगी तो

गुजार सकता है। यादों का क्या, वे तो मरते दम तक पीछा नहीं छोड़ती, मगर अपने...अपने...लोग...खून के रिश्ते और...। निज़ाम ने सर झटका। आँखें कोशिश के बावजूद पानी से भरने लगीं।

दिल और दिमाग़ के बीच सन्तुलन बनाए रखने में निज़ाम बुरी तरह टूट रहा था। अहसास और अक़्ल के दोनों पल्ले अपने-अपने बोझ से उसकी रीढ़ की हड्डी पर इतना दबाव डाल रहे थे कि उसे लगता, जैसे वह तनाव में तनता-तनता एक दिन दो टुकड़ों में तबदील हो जायेगा और उसकी मौत पर आँसू बहाने वाला कोई नहीं होगा। ऐसे मौकों पर जब वह आँख बन्द करता, तो उसे अपना जनाज़ा खुद उठता नज़र आता। किसी लावारिस की तरह मोहल्ले वाले तरस खा कर जमा होते, फिर उसके कफ़न-दफ़न का बन्दोबस्त कर उसको दफ़ना आते।

मौत का ध्यान आते ही वह अकेले घर में घबराने लगता। उसका मरना अगर रात को हुआ, तो किसे पता चलेगा कि अन्दर, लाश सड़ रही है! बदबू...हाँ बदबू से...उफ! इतनी बुरी मौत उसको नसीब होगी कि कन्धा देने वाले तक नाक-मुँह सिकोड़ेंगे और उसको बिना नहलाए-धुलाए ही क़ब्र में जाकर गाड़ देंगे। यह सारे बेसिर-पैर के ख़्यालात उसको रात भर परेशान करते और सुबह जब वह उठता तो सारी बातें भूल दुकान, माल, ग्राहक के झमेले में फँस जाता। शाम तक रुपये गिनता, नफा देखता और हिसाब का खाता बन्द कर दुकान में ताला डाल बड़े इतमिनान से किसी होटल में बैठ रात का खाना खाता।

निज़ाम जैसे-जैसे कराची शहर और सिन्ध इलॉक़े को जानता जा रहा था। वैसे-वैसे उसके दिमाग़ की पर्ते खुल रही थीं। कराची में हिन्दुस्तान से आए लोग ही नहीं बसे थे, बल्कि बढ़ती कच्ची बस्तियों में रोज़ सूबा-ए-सरहद और पंजाब में रोज़ी-रोज़ी की तलाश में आए लोग बसते जा रहे थे। सिन्ध नदी के किनारे की उपजाऊ ज़मीन ज़मींदारो की शिकारगाह बनी थी और बंजर भूमि पर पंजाबी किसानों ने बरसों पहले से हल चला कर उसे उपजाऊ बना लिया था।

अगर कारोबार छोड़ कर मैं भी खेती करने लगूँ, तो इन सिन्धी मज़दूरों से, जिनकी ज़बान भी पल्ले नहीं पड़ती, कैसे निभा होगा? वह सोचता, फिर खुद ही दिल-ही-दिल में अपनी गरीबी पर हँस पड़ता।

'सूत न कपास जुलाहों से लट्ठम-लट्ठा? पास में नहीं दाने अम्मा चली भुनाने।' मुहावरे उसके दिमाग़ में कुलबुलाने लगते।

निज़ाम जल्द ही समझ गया कि ज़मीन का मालिक होना अलग बात है और किसान होना दूसरी बात है। हल चलाना तो दूर, उसने तो बड़े भाई की तरह कभी खेती-बाड़ी का न हिसाब रखा, न उसमें दिलचस्पी ली, सो अब यहाँ खेत-खलिहान रखना उसके बूते की बात नहीं। इन गरीब सिन्धियों के सँग उसका मेल-मिलाप

भी कोई अर्थ नहीं रखता। जो सच है, वह सिर्फ इतना कि कारोबारी दोस्ती ही इस नए शहर में फिलहाल पनप सकती है।

निज़ाम की माली हालत जिस तेज़ी से सुधर रही थी, उसी रफ्तार से एक के बाद एक शादी के पैग़ाम आने लगे थे। उसे भी महसूस हुआ कि अब उसे घर बसा लेना चाहिए। घर वालों ने तो उसे दूध में पड़ी मक्खी की तरह निकाल फेंका है, तब इस तन्हाई को उसे ही खत्म करना होगा, जो उसकी ज़िन्दगी का एक अहम हिस्सा बनती जा रही है और एक दिन उसे पागल बना कर छोड़ेगी। फैसला लेने के बाद जब उसने लड़कियाँ देखना शुरू किया तो महसूस हुआ कि वह सिन्धी, ब्लोची, पठान, पंजाबी घराने की कोई लड़की नहीं ला सकता। उसे तो सिर्फ़ अपनी तरफ की लड़की चाहिए, जो आलू का भुर्ता, अरहर की दाल और हरे धनिया की चटनी के साथ गर्म-गर्म सफेद मुलायम चिकत्तीदार बड़ी-बड़ी रोटियां तवे से उतार उसे खिला सके और जिसके पास बैठकर उसे गाँव वाले घर की खुशबू मिल सके।

अपनी पसन्द की लड़की ढूँढ़ने में खासा वक़्त हाथ से निकल गया। आख़िर एक ख़ानदान उसे पसन्द आया। फ़साद के डर से भागा यह खानदान अपने साथ फैज़ाबाद से कुछ नहीं लाया था। खुशहाल लोग थे। हमेशा अच्छा खाया-खिलाया, खुले हाथ बाँटा, सो यहाँ आकर नोच-खसोट की दौड़ और छीना-झपटी में शामिल न हो सके। लड़की के अब्बा एक मामूली नौकरी और किराए के मकान के मालिक भर थे! उनकी दो लड़कियाँ थीं। सबीहा और सालेहा! सबीहा निज़ाम को पसंद आई थी! सुग़रा की तरह उसका रंग गेहुँआ था और निचले होंठ के किनारे पर ठीक बीचोंबीच काला तिल था।

निज़ाम ने अपनी रज़ामन्दी खाँ साहब के घर भिजवा दी और अपने गांव ख़त डाला। एक बार फिर हिन्दुस्तान जाने के लिए उसका दिल मचला की शादी के मौक़े पर अम्मा न सही, अब्बा तो उसके सिर पर बँधा सेहरा देख सकें, फिर दिल मसोस कर रह गया। वहाँ जाकर अब क्या मिलेगा? जिसे जाना था, वह तो छोड़ कर चला गया। वीज़ा फिर न मिला और वह नहीं जा सका, तो दिल फिर टूटेगा। हो सकता है, उन्हें आने की आसानी हो। यह सोचकर कि अब्बा और भाई तो आ सकते हैं, उसने शादी का कार्ड छपवा कर दो महीने पहले भेज दिया, ताकि वक़्त पर मिल सके, मगर नाउम्मीदी मिली, जब भाई का मजबूरी से भरा ख़त उसे जल्द ही मिल गया।

'अब शादी के बाद जाऊँगा सबीहा के साथ, वरना अकेले जाने पर हारे हुए सिपाही वाली हालत होगी।' सोच कर निज़ाम ने अपने को ढाँढस बँधाई और बड़े सादे तरीक़े से शादी अंजाम पा गई।

सबीहा उसके वीरान घर में बहार बन कर आई। कुछ महीने बाद निज़ाम के

इसरार पर खाँ साहब को उसी के साथ रहने के लिए आना पड़ा। सबीहा और निज़ाम ऊपरी मंजिल पर और सालेहा और सास ससुर नीचे वाले हिस्से में रहने लगे। इतने सालों बाद निज़ाम को घर का मज़ा आया था। माँ-बाप का प्यार, बहन का दुलार उसे नसीब हुआ।

निज़ाम को जल्द-से-जल्द घर पहुँचने की बेचैनी शाम होते ही घेर लेती। 'दुकान से घर जाने से पहले वह रास्ते से मिठाई और नमकीन ले जाना नहीं भूलता था। सबीहा दहेज़ में बहुत ज़्यादा सामान नहीं लाई थी, मगर निज़ाम ने उसे कपड़े-गहनों से लाद दिया था। खाँ साहब बेटी का ख़िला चेहरा देखकर खुश होते और सबीहा की माँ दुआएँ माँगती कि दूसरा दामाद निज़ाम की तरह अच्छा हो।

निज़ाम के घर जब पहलौटी का बेटा हुआ, तो उसने जी भर कर जश्न मनाया। उसके ऊपर से जैसे उदासी की केंचुली उतर गई। गृहस्थी के फलने-फूलने के साथ उसके पैर सिन्ध की ज़मीन पर जमने लगे। उसके सामने बेटे की ज़िन्दगी का नक्शा था। उसे अमन और चैन की ज़िन्दगी देने की उमंग थी। अरसे बाद खुशियों ने निज़ाम का दरवाजा खटखटाया था, इसलिए वह सब कुछ भूल कर खिलौनों और कपड़ों की दुकान का चक्कर लगाता सामान से लदा-फँदा घर आता।

"अभी छोटा है। इतनी जोर से मत उछालिए। कहीं हँसली उखड़ गई तो...!" सबीहा दो महीने के बच्चे को कपड़े के गुड्डे की तरह उछालते-कुदाते देख कर परेशान हो जाती।

"ऐसे ही तो मज़बूत बनेगा पट्ठा।" निज़ाम प्यार में सराबोर हो उठता।

"छोड़िए,...अभी इसकी हर चीज़ नरम है।" सबीहा बेटे को निज़ाम के हाथों से लेकर उसका मुआयना करती। हाथ पैर इस तरह टटोलती, जैसे देख रही हो कि कुछ टूटा तो नहीं।

यही खुशी, यह जश्न दूसरे बच्चे की पैदाइश पर उस धूमधाम से नहीं मनाया जा सका, क्योंकि खाँ साहब को हार्ट अटैक हुआ था। वह बहुत कमज़ोर हो गए थे। उन्हें पूरे आराम की जरूरत थी। इस बार जब सबीहा ने गोल-मोल रुई के गोले जैसी शै उसकी गोद में डाली, तो उसे शमीमा भाभी बहुत याद आई। उन्हें बेटी का बहुत अरमान था। अक्सर कहती थीं, "तोहार एक लड़की पर नन्हें हमार हक़ होइहे।--तुम दूसरा पैदा कर लिहो।" भाभी के इस मज़ाक पर वह झेंप कर भागता। उनकी पहली औलाद लड़की थी, मगर मरी पैदा हुई। गोलू के बाद खुदा ने उन्हें कोई औलाद ही नहीं दीं। आज वह बेटी उनकी गोद में जाती, तो वह कितना खुश होतीं।

"आप बेटी की पैदाइश पर खुश नहीं हैं क्या?" सबीहा ने सोच में डूबे निज़ाम के चेहरे को देखकर कहा।

"खुश...बहुत खुश हूँ...। सोच रहा था, आज भाभी होतीं, तो वह कितना खुश होतीं, इसका अन्दाजा तुम नहीं लगा सकतीं!" निज़ाम ने कहा।

"आपको घर वाले बहुत याद आते हैं?" सबीहा ने मियाँ के दिल का हाल चेहरे से पढ़ते हुए पूछा।

"हाँ, कभी-कभी...। शादी में रज़िया बहुत याद आई। उम्र में मुझसे बड़ी थी, मगर मैं ज़िद बाधे रहा कि मैं बड़ा हूँ, इसलिए आपा या बाजी कभी न कहा उसे। बहुत अरमान था उसका। कहती थी, भाभी का मुँह तुम्हें तभी देखने दूँगी, जब मुझे मीना के काम के कँगने दोगे, बिलकुल शकुन्तला भाभी की तरह के। शकुन्तला भाभी फूफा के दोस्त ज्वालाप्रसाद की बहू थीं। उनके ज़ेवरों पर रज़िया फिदा रहती थी।" कहते हुए निज़ाम ने बेटी के नन्हें हाथों को आँखों से लगाया।

कमरे में कुछ देर खामोशी छाई रही। सबीहा भी कहीं दूर खो गई थी। निज़ाम ने लम्बी साँस खींची। मुस्कुरा कर सबीहा के सिर पर प्यार से हाथ रखा और धीरे से पूछा, "तुम लड़की की माँ बन कर कितना खुश हो!"

"बहुत...बहुत।" सबीहा की आँखों से खुशी का सैलाब उमड़ा।

"लड़की घर की वरकत होती है!" निज़ाम ने कहा।

"हाँ, घर की रौनक तो लड़कियों के ही दम से है!" सबीहा ने कहा और बेटी का चेहरा देखा।

"एक खुशखबरी दूँ। कारोबार में बहुत फायदा हुआ है! बड़ा आर्डर भी मिलना है।" निज़ाम ने कहा।

"बेटी की आमद मुबारह रही।" हँसी सबीहा।

"हाँ, अभी सुन्दर काकी होती, तो इसका नाम लक्ष्मी पड़ चुका होता।" निज़ाम भी हँसा।

मियाँ-बीबी कबूतर-कबूतरी की तरह एक दूसरे के सिर जोड़े बड़ी देर तक बातें करते रहे। अगर सालेहा कमरे में दाखिल होकर बत्ती न जलाती, तो दोनो अपनी गुटर-गूँ में ही डूबे रहते।

खाँ साहब के दोस्त शरफउद्दीन साहब हिन्दुस्तान की सैर करके लौटे थे। दोस्त के लिए खादी ग्राम उद्योग की जैकेट और अपने लिए बन्द गले का कोट लाए थे, जिसे पहन कर वह शाम को खाँ से मिलने आए थे।

"बड़े दिनों बाद दिल पर चोट लगाई, यार?" शरफ़उद्दीन नादिर खाँ को बीमार देखकर हँसे।

"हम ठहरे सख्त जान और...।" नादिर खाँ मुस्कराए।

"नाजुक दिल तो हम ठहरे। हिन्दुस्तान से पाकिस्तान जब आए, तो दिल का दौरा पड़ा। अब जो लौट कर वापस गए, तो वहाँ दिल का दौरा पड़ा।" शरफ़उद्दीन हँसे।

"लिल्लाह! अब तीसरी बार पुरानी आदत मत दोहराना।" खाँ साहब उठ कर बैठे।

"अब दिल मज़बूत हो चुका है, अहसास की मार खा-खाकर।" शरफ़उद्दीन ने कहा।

"कैसा है याराने वतन?" खाँ ने बिलकुल अलग लहजे में पूछा।

"कुछ पूछो न, यार, आने का दिल नहीं चाह रहा था। अपना तो आधा कुनबा वहाँ है, दोस्त, अहबाब, अपनी निम्मी, सुरैया और...।" वह कहते-कहते संजीदा हो गए।

"वे भी क्या दिन थे!" खाँ होठों-ही-होंठों में मुस्कराए।

"बड़े अब्बा के इन्तक़ाल की खबर आई थी। अब्बा का बहुत इसरार था कि मैं ख़ुद जाकर सब की खैरियत ले आऊँ और पुरसा भी दे आऊँ, सो गया वहाँ। बहुत बुरा हाल है। जमींदारी के टूटने से वह माशरा, जो हमारे वक़्त का था, टूट चुका है। थकन, गुरब्बत, उदासी का बोलबाला था। बड़े अब्बा पूरे नब्बे के होकर मरे, मगर छोटे चचा पचास में ही सत्तर साल के बूढ़े नज़र आ रहे थे।" शरफ़उद्दीन धीरे-धीरे बोलना शुरू किया।

"हाँ, बहुत कुछ बदला होगा।" खाँ भी गहरी सोच में डूबे।

"बहुत इसरार किया चचा से कि साथ चलिए, मगर राज़ी न हुए। उसी टूटे-फूटे कच्चे मकान में पड़े थे। बड़ा बेटा फ़साद में मारा गया था। दो छोटे लड़के किसी कारख़ाने में छोटे-मोटे काम में लगे थे। घर की हालत बता रही थी कि तंगदस्ती है, मगर किसी तरह की मदद पर भी राज़ी न हुए।" शरफ़उद्दीन ने बेचैनी से कहा।

"कहाँ-कहाँ गए?" खाँ साहब ने लम्बी साँस भरी।

"फ़साद हो गए थे, इसलिए कहीं जाना न हो सका। काफ़ी तनाव था। ऊपर से दस दिन दिल थामे नर्सिंगहोम में पड़ा रहा। हाँ, वह जो अपना लँगोटिया यार था, जायसवाल, उससे मिला। बस, मज़ा आ गया। दस साल पुरानी यादें ताज़ा हो गईं। तुम्हें याद कर रहा था। उसके दोनों लड़के पुलिस के महकमे में हैं। बेटी की शादी की तैयारी चल रही थी। बहुत रोक रहा था, मगर वीज़ा खत्म हो रहा था, इसलिए आना पड़ा।" शरफ़उद्दीन ने बताया।

"जायसवाल कई बार मुझे ख्वाब में दिखा है।" नादिर खाँ ने कहा।

"यहाँ आकर हमने जी तोड़ मेहनत की, उससे हालात सुधर गए, वरना हमारा भी तो सब कुछ लूट गया था। इतने दिनों बाद वहाँ गया था, अब यहाँ लौट कर अच्छा लग रहा है। महसूस हो रहा है कि हम कितने अमन व आमान से हैं।!

अच्छा खाते हैं, अच्छा बचाते हैं।" शरफउद्दीन ने जैसे अपने को समझाया हो।

"खाना खाने और पैसा बचाने के आगे?" खाँ यूँ ही कह गए।

"कुछ भी हो, हम बहुत बेहतर हालत में हैं।" शरफ़उद्दीन ने बेचैन होकर कहा।

कमरे में ख़ामोशी छा गई। नादिर खाँ के चेहरे पर शरफ़उद्दीन की बात न मानने का तर्क था। दूसरे कमरे में बैठा निज़ाम दोनों की बातें सुन कर सोच रहा था, 'गाँव के मकान का क्या हाल होगा? गोलू कहाँ तक पढ़ेगा? खाला, फूफी और उसका खानदान फ़साद की ज़द में आकर तबाह तो नहीं हो रहा होगा? सब वहाँ कैसे होंगे? खेत, बाग के नाम पर कितनी ज़मीन उनके पास बची होगी? क्या अब्बा, भाई, भाभी सब पहले की तरह आराम से होंगे? या...या शरफ़उद्दीन चचा के रिश्तेदारों की तरह। नहीं...नहीं!' निज़ाम के दिमाग़ को झटका लगा। वह घबरा कर अपनी जगह से उठा। बेटे को गोद में लेकर उसे चूमा और सीने से लगाकर ठंडी साँस भर दिल-ही-दिल में खुदा का शुक्र अदा किया। घर वालों की सलामती के लिए दुआ माँगी।

सुबह के क़रीब उसकी आँख लगी, तो उसने बड़ा अजीब ख़्वाब देखा कि गाँव के आँगन में एक लम्बा-चौड़ा दरख्त खड़ा है, जिसका आधा हिस्सा सूखा है और दीमक से खोखला हो चुका है और उसका दूसरा हिस्सा हरा-भरा शादाब है। दीमक घर में फैल चुकी है। सब परेशान हैं और वह दूर खड़ा तमाशा देख रहा है। चाहता है कि उनके पास पहुँच कर सबको निजात दिलाए, मगर पैर ज़मीन पकड़े हैं और चिल्लाने पर मुँह से आवाज़ नहीं निकल पा रही है।

घबरा कर, निज़ाम की जो आँख खुली तो उसने अपने को पसीने से तर पाया। गले में काँटों सी चुभन थी। उठ कर पानी पीना चाहा, तो उसे इस तरह ख़ौफ ने जकड़ा कि वह किसी बच्चे की तरह आँखें बंद किये काँपता हुआ मुँह तक चादर ताने बेहाल-सा पड़ा रहा।

घर के आँगन में ब्रज बहू झाड़ू लगा रही थी। तभी बड़े दरवाज़े पर धोबी ने धप से अपना गट्ठर साइकिल से उतार कर रखा और हाँक लगाई, फिर सदा की तरह खाँसता, खकारता वहीं ड्योढ़ी के पास बैठ बीड़ी पीने लगा। उसके आने से घर में न कोई हलचल हुई, न किसी के कान में जूँ रेंगी। शमीमा गुसलखाने में उसी तरह नहाती रही और ब्रज बहू आराम से आँगन में झाड़ू लगाती रही।

"हमका देर होय रही है सुन्दर काकी। ई घाम मा बीस कोस चलै का है।" धोबी की सुस्त आवाज गूँजी।

"तोहार सुन्दर काकी चाचा, अपने घर मा है। जाके मिल आओ–! तोहार चाचा का जी अच्छा नाही है।" ब्रज बहू ने उसी तरह झाड़ू देते हुए जवाब दिया।

"बीबी रहीं, तो खाना का पूछत रहीं, काकी चाय सरबत का। अब ई धोबी का माँगे से पानी भी पिय का मिलिहे या नाही, ऊपर वाला जानै।" कहता हुआ धोबी अपनी जगह से उठा।

"लेव चाचा, कुल जग का आपबीती न सुनाव।" कहती हुई ब्रज बहू गुड़ और लोटा भर पानी ड्योढ़ी के पास ले जाकर बोली।

"बड़ी किरपा भई।" कहता हुआ धोबी दोबारा बैठ गया।

शमीमा नहा कर निकल आई थी। अपने मैले कपड़े दालान के दर पर डाल, घर भर के चादर, तकिये के गिलाफ़ उतार, धोबी की कापी उठा कर तख़्त पर बैठ गई। पहले कपड़े मिलाती रही, फिर आड़ में बैठे धोबी ने मैले कपड़े छाँटने शुरू कर दिये।

"बस,...ऐही कपड़ा? कुछ और डालो, बहू रानी, कम-से-कम ग़रीब का पेट तो भरे का चाही।" धोबी ने पुराना रोना रोया।

"तुम तो जानत हो चाचा, गोलू इलाहाबाद पढ़त है और कौनो लरकन बालन है नाही, जो चादर-जाजिम रोज़-रोज़ गन्दा करें।" शमीमा धुले कपड़े उठाते हुए बोली।

"हाँ, भरा-पूरा घर रहा, कैसा खाली होय गवा! पहले साठ-सत्तर कपड़े होय जात रहे।––जमाना बिगड़े मा का देर लागत है!" धोबी ने कपड़े छाँटते हुए कहा।

शमीमा के चेहरे का रंग बदला, मगर फौरन ही उसने अपने को सँभाल लिया। गधे पर लादी लाद-बाप बेटे हर महीने इस घर से छः-सात लोगों के कपड़े ले जाते थे, मगर अब...? रजिया अपने घर, इमाम, गोलू बाहर, अम्मीजान...और नन्हें! काश! नन्हें पाकिस्तान न गया होता, तो आज इस घर में अकेलापन इस तरह न उतरता। दोनों बहनें साथ रहतीं। दुख-सुख साथ-साथ बाँटतीं। यह घर तब इतना ख़ामोश न होता और जिन्दगी भरी-पूरी इस घर के आँगन में चहकती।

"चादर चार, पइजामा दुई..." धोबी की आवाज से शमीमा दोबारा इस घर के सन्नाटे में लौट आई और तेजी से कापी पर कलम चलाने लगी।

ज़िन्दगी बड़ी अजीब तरह से गुज़र रही थी। पूरी तरह न बेकैफ़ थी, न बदरंग, न इच्छाओं और मुरादों से भरी थी, न रस भरी चटखारेदार रह गई थी। कुछ कम हुआ था। कुछ शामिल भी ज़रूर हुआ था, मगर उस नए मज़े की घुलावट का अहसास होने के बावजूद, उसका स्वाद ज़बान पर चढ़ा नहीं था। धूप-छाँव का यह खेल अन्धेरे और रोशनी का यह मेल, सबको बेचैन किए हुए था।

"ज़मींदारी टूटी, अच्छे-अच्छों का बुरा हाल भवा, मगर हम टूटे नाही। कहने को हमार पास कल से ज़्यादा आज है, मगर जाने कउन सी चीज की कमी हमका परेशान हाल बनाए रखत है...! न दिमाग़ मा सुकून, न दिल मा खुशी। उ बचपन कहाँ खोय गवा, जब सुख-ही-सुख रहा? इमाम ने एक दिन अपनी बात शमीमा से कह डाली।

"हमका तो कब से अन्दर-बाहर सब कुछ खाली-खाली लगत है, मगर तलाश करो तो कौउनो वहज समझ मा नाही आवत है।" शमीमा ने इमाम की बात सुन कर अपना दिल खाली किया।

"चलो, हमार तो अच्छी-बुरी कट गई। अब गोलू खुश रहे, आबाद रहे, एही एक तमन्ना बची है।" इमाम ने धीरे से कहा।

"हाँ, अब तो सभै की उम्मीद गोलू है।" शमीमा ने पेचक और करोशित्या उठा बेल बुनना शुरू कर दिया।

गोलू अब बचपन वाला चुग़लखोर गोलू नहीं रह गया था। उसके सिर पर हर गर्मी में उस्तरा नहीं फेरा जाता था, न फुंसियों में नीम की चैली का लेप लगाया जाता था। वह पाँच फिट दस इंच का चौड़े सीने और पतली कमर का गठीला जवान निकला था। सिर पर घने बाल और गन्दुमी चेहरे पर काली मूँछें उसे उग्र से कुछ बड़ा दिखाती थीं। चेहरे पर छायी गम्भीरता देखकर लोग समझाते, बी.ए. में होगा, मगर पूछने पर पता चलता कि अभी हाई स्कूल में है। जब वह हँसता, तो वही बचपन वाला गोलू नज़र आता।

ख़ानदान में अब तीसरी नस्ल जवान हो चुकी थी। पहली क़ब्र में पैर लटकाए

अपनी ज़िम्मेदारी बीच की पीढ़ी पर डाल अपना भविष्य पोते-पोतियों में देख रही थी। उसी को नज़र में रख कर रहीमउद्दीन पोते को जी भर कर पढ़ाना चाहते थे। इमाम बेटे को लेकर बड़े ऊँचे ख़्वाब देखता और खुद गोलू को सिर्फ़ एक बात याद रहती कि उसे क्लास में अव्वल आना है।

दोपहर का खाना पक गया था। सेनी में ससुर का खाना सजा शमीमा तख़्त पर बिछे दस्तरख़्वान पर रख आई। गर्म दाल में उसने रोटियाँ तोड़ कर उस पर खौलता शोरबा डाल दिया था, ताकि आराम से रहीमउद्दीन खाना खा सकें। लाठी टोकते हुए रहीमउद्दीन घर में दाखिल हुए और तख़्त पर बैठ हाथ धोने लगे।

"अब्बा, आप दाँत लगवाए लो ना।" शमीबा ने मिन्नत भरे लहजे में ससुर को पानी का गिलास थमाते हुए कहा।

"हाँ, आँख खुलवाए लो, दाँत लगवाए लो...। ई सब मा अब का धरा है?" रहीमउद्दीन पोपले मुँह से हँसे। उनके होंठों के दोनों कोनों पर दाल चिपकी हुई थी। दाल में भीगी मुलायम रोटी के टुकड़े वह निगलते रहे, फिर हाथ-मुँह धो कर आँगन में फैली धूप में पड़े अपने बिस्तर पर जाकर बैठ गए और फ़िक्र से पूछा, "मँगरू और इमाम कहाँ रह गए?"

"टेस्ट करे का बताइन रहा डॉक्टर वर्मा।...ओही मा देर लग रही होगी, अब्बा।" कहते, हुए शमीमा जूठे बर्तन उठा कर बावर्चीख़ाने की तरफ बढ़ी।

"कई रोज़ से ख़्वाब मा फ़ातमा बी नज़र आये रही है।...यहीं दर पर बैठी कभी पींडी बनाए रही हैं, तो कभी नन्हें का कुर्ता सी रही हैं।—कल रात बोली कि अब अकेले रहत-रहत घबराए गए हो, तो हमार पास चले आओ...। कह कर खूब हँसी।...उनक हँसे से हमार आँख खुल गई।" रहीमउद्दीन ने अपनी बात पूरी कर सदरी की जेब में कुछ टटोला, फिर लेट गए।

"कोई अच्छी ख़बर मिलिहे अब्बा आपको?" शमीमा ने हँस कर कहा, मगर, उसके चेहरे से एक साया गुज़र गया। आँखों में अन्देशा उभरा। अगर अब्बा को कुछ हो गया तो यह घर कितना बेनूर हो जाएगा।

शाम ढलने से पहले मँगरू काका और इमाम लौट आए। मँगरू काका को डॉक्टर ने कोई खास बीमारी नहीं बताई, सिवाय सीने में बलग़म और बदन में खून की कमी के, फिर सौ बीमारी की जड़ खुद बुढ़ापा था। दवाई के बारे में सारी बात लच्छु को समझाकर इमाम ने मँगरू काका को घर पहुँचा दिया, फिर रहीमउद्दीन के पूछने पर जवाब दिया, "अब्बा, अब मँगरू काका में जान नाही बची।—ओके आराम का बख़्त है।"

"उ सुसरे ब्रजा को बुलाए के दस जूता मारो।...बाप खटत है उस हरामखोर गजेड़ियों के संग बैठ कौड़ी खेलत है।" रहीमउद्दीन को गुस्सा आ गया।

"छोड़ो, अब्बा, ओकी बात।...अब का सुधरिए लाट साहेब।...बस, अब लच्छु के कान्धा पर बोझ बढ़ गया है।" आख़री जुम्ला अपने आप से कहता इमाम चिन्तित हो उठा और शमीमा की रखी चाय की प्याली तिपाई से उठाकर होंठों से लगाई।

रजिया-जावेद अपने दोनों बच्चों के साथ गर्मी की छुट्टियों में गाँव चले आए थे। घर की चहल-पहल लौट आई थी। मँगरू काका रजिया के छोटे बेटे को गोद में उठाए गाँव घुमा लाए थे। वह उनके लिए जो कुर्ता लाई थी, उसको रास्ते-भर सबको किसी-न-किसी बहाने दिखाते आए थे।

"नन्हें का कोई खत आवा, अब्बा?" रज़िया ने बाप को चुपचाप बैठा देखकर कहा।

"ना बिटिया,...आखरी ख़त दुई साल पहले तीसरे लड़के के पैदाइस पर आवा रहा।....कहत हन कि कुछ तन तनाव चलत है। डाक-तार पर भी रोक लग गई है।" रहीमउद्दीन ने बेदिली से कहा।

"इनके ऑफ़िस मा जो सलाम साहब है ना अब्बा,–उ अभी पाकिस्तान होय के आए हैं। उनके चचा की बड़ी बेटी का ब्याह रहा।...पता साथ ले गए रहे, सो नन्हें के घर गए रहे।" रज़िया ने धीरे से कहा।

"नन्हें से मिले रहे?" रहीमउद्दीन की आवाज में क्या था, रज़िया समझ न पाई, मगर चेहरे पर सख्ती-नर्मी की ऐसी आँच उभरी की वह घबरा-सी गई।

"नाही, नन्हें इस्लामाबाद गवा रहा। अलबत्ता सबीहा भाभी सलाम साहेब की खूब आवभगत करे रहीं। बतावत रहे कि ओका कपड़े का कारोबार खूब जम गवा है और बड़ी कोठी वहीं बनवाए रहा है।" रज़िया ने बताया।

"खुश रहे...जिये आबाद रहे" धीरे से रहीमउद्दीन बोले।

रात के खाने के बाद जब सब बैठे, तो इधर-उधर की बातें होती रही। हँसी-मज़ाक के साथ सियासत की बातें, फिर कुछ उलझनें बयान हुई, कुछ उम्मीदों के ज़िक्र के बीच अचानक जावेद बोला, "इमाम भाई, क्यों न हम पाकिस्तान घूम कर आयें। सलाम साहब की बातें सुनकर बड़ा दिल चाहने लगा है कि देखें तो सही आखिर वहाँ क्या हो रहा है। अपने नन्हें को कौन-सा अलादीन का चिराग़ मिल गया है कि इन पन्द्रह साल में पैसा ही पैसा बरस रहा है?"

"सब दिखावा है, मियाँ।" इमाम ने कहा।

"कमाल है। दिखावा बातों में होगा, कपड़ों में होगा, मगर दर-दीवार, मकान-दुकान, मोटर गाड़ी में तो नहीं होगा। यह सब तो दौलत की हक़ीक़त का सबूत होता है।" जावेद हँसा।

"वह भी महज़ दिख़ावा है।" इमाम उलझ कर बोला।

शमीमा ने नज़रें उठाकर मियाँ को ताका, फिर ठण्डी साँस भरकर गर्दन हिलाई। वह इमाम का इशारा समझ गई थी। ज़ैनब जहाँ के मियाँ ज़हीर सिद्दीक़ी ने मर्दों के कान में कोई कम नहीं खाए थे। पिछले महीने की तो बात है। जब्बार चचा के घर उनकी लड़की की शादी में समधियों के संग पाकिस्तानी खातून जैनब जहाँ अपनी चार अदद बेटियों के संग आई हुई थी। लड़कियाँ इस तरह से सजी-धजी सोने से मढ़ी हुई थीं कि सबको धोखा हुआ था कि वह चारों शादीशुदा हैं। बात-बात पर वह लाहौर, कराची का जिक्र कुछ इस चटखारे से करतीं कि गाँव की सीधी-साधी गरीब औरतें उन्हें अजीब हसरत की नज़र से देखने लगी थीं। उनके लिवास और ज़ेवरों पर उनकी नज़रें टिकी थीं। उनके दिल व दिमाग़ में यह बात बिठाने की कोशिश पाँचों कर रही थीं कि जो मुसलमान यहाँ रह गए हैं, उनकी क़िस्मत में सिर्फ़ ख़ाक फाँकना रह गया है।

जो घराने जमींदारी टूटने के बाद तबाह व बर्बाद हुए थे, उनकी औरतें यह बातें सुन-सुनकर आहें भरने लगी थीं। ज़ैनब जहाँ उनकी यह हालत देखकर और शेर हुईं, मगर नौकरीपेशा जमींदार घरानों की औरतों की भवें तन गई थीं। जब शकीला भाभी से न रहा गया, तो उन्होंने अपनी मुँह फट ननद को कोहनी मारकर कहा, "इनकी हर बात की तान हिन्दुस्तान में कमी ढूँढने और हर चीज़ में मीनमेख निकालने पर टूट रही है?"

"क्यों न हो, आखिर छछून्दर के सर में चमेली का तेल जो लग गया है।" नाहीद ने ज़ोर का कहकहा लगाया।

"आच्छे ने कटोरा पाया, पानी पी-पी पेट फुलाया।" समीना ने बड़ी अदा से कहा।

पुरानी कहावतों में मज़ाक के नश्तर पिरो कर दूर से आए मेहमानों की खातिर लखनऊ वालों ने जम कर की, मगर अपने में मगन अक़्ल की दुश्मनों को जो ख़ाक भी पल्ले पड़ा हो। वह उसी तरह बहिश्त से आई हूरों की तरह अपने को कुछ दिखाती हुई, इतरा-इतरा कर बात करती रही थीं।

"कहाँ खोय गई भाभी?" जावेद ने शमीमा को चुपचाप बैठा देखा पूछा।

"कउन-सा ख़ज़ाना उधर वालों के हाथ लग गया है कि कराची, लाहौर मा कोई गरीब बेचारा बचा ही नाहीं?" शमीमा ने हँस कर कहा।

"वहाँ पर जो दौलत है, वह सिर्फ कुछ लोगों के पास है और फिर सारा खेल बाहर की इमदाद पर है।" इमाम ने चिढ़ कर कहा।

"बग़ैर देखे इमाम भाई आप एक तरफ़ा बात कर रहे हैं। आख़िर आप के दिल में पाकिस्तान को लेकर इतना बुग्ज़ क्यों भरा है?" जावेद उलझ कर बोला।

"बुग्ज़! काहे भय्या, इन्हें का पड़ी ऐरे गैरे नत्थू खैरे से जलै की?" शमीमा चटखकर बोली।

"इसीलिए तो कह रहा हूँ कि चलते हैं। वह सत्तरह साल पुराना...नहीं-नहीं...नौजवान मुल्क देखें कि आखिर वह कौन-सा अजूबा है, जो हमसे कट कर अलग बना है?" जावेद उसी जिज्ञासा-भरे स्वर में बोला।

"वहाँ का होत है? का पकत है?" शमीमा ने बड़े व्यंग्य से भर गर्दन हिलाई।

"सोना-चाँदी बटत होइए। हम भी लाइन लगाए के खड़े हो जाइबे।" रज़िया खिलखिला कर हँस पड़ी।

"ए नौज बहिनी, हमार शक्ल फ़कीरन मे नाही मिलत है।" हँस पड़ी शमीमा भी।

"खत्म करो ये बातें।" कह कर इमाम उठा।

"पता नहीं पाकिस्तान के नाम पर इधर वाले और हिन्दुस्तान के नाम पर उधर वाले इतने ज़ज़्बाती क्यों हो जाते हैं? सियासस से निकली इस हक़ीक़त को क़बूल करने की आदत भी हमें डालनी है। वह हमारा पड़ोसी मुल्क है। यूँ तो ब्रिटिश इंडिया में बर्मा, श्रीलंका, अफ़ग़ानिस्तान में शामिल था, उसके जुदा होने को तो हम इतना अपने ऊपर हावी नहीं किये हैं?" जावेद बहस पर उतर आया।

"देखो, मुझे सियासत से सख़्त चिढ़ है। जो गुज़र गया उस पर लानत भेजता हूँ।" इमाम ने उलझ कर कहा।

"अगर आपको मोहब्बत भी होती तो इसका मतलब यह हरग़िज नहीं था कि साँप निकल जाए और आप लकीर पीटते रह जायें।"

"मैं तुमसे बहस नहीं करना चाहता।"

"बहस न करें, यह आपकी मर्ज़ी, मगर खुदारा इस बोझ को दिल में उतार फेंके कि जो कुछ कल हुआ, उसका ज़िम्मेदार आज है? लाखों हिन्दुस्तानी दुनिया के जाने किस-किस कोने में रोज़ी-रोटी कमाने के लिए बस गए हैं। वहीं के शहरी बन बैठे हैं! इन्सान के बदन से पेट नाम की चीज़ हटा दीजिए, तो यह बन्दर-बाट की सियासत खुद दम तोड़ देगी।" जावेद ने ज़रा तेज लहजे में कहा।

"देखो, जावेद, बटवारा चाहे एक चूल्हे का ही क्यों न हो हमारी सोच का हिस्सा नहीं बन सकता, उसको हमारा दिल व दिमाग़ बर्दाश्त नहीं कर पाता। इसे मेरी कमज़ोरी समझो, या मजबूरी, मगर मुझे जीना इन्हीं दोनों के साथ है।" इमाम इतना कह कर गहरी साँस लेकर उठा और दूसरे कमरे में जा अपने बिस्तर पर लेट गया।

"अजीब जड़ सोच है हमारी?" जावेद ने आक्रोश में हथेली दूसरे हाथ की मुट्ठी पर मारी।

"तुम लोगन भी आराम करो।" कहती शमीमा उठी और धीरे बाहर निकल आई।

जब से सुग़रा की डोली उठी थी, शमीमा के दिल में नन्हें को लेकर सुलगती

आग पर पानी की छींटे पड़ गई थीं। जब उसने सुग़रा को दो बच्चों के साथ हँसता-खेलता, ख़ुसरू को उस पर फ़िदा होते देखा, तो उसके दिमाग़ में बहता नफ़रत का लावा भी ठण्डा पड़ने लगा। इस सन्तोष का मतलब यह हरगिज़ नहीं था कि वह नन्हें का इस तरह से जाना ठीक समझने लगी थी। बूढ़े होते इमाम, क़ब्र में पैर लटकाए अब्बा और घर-बाहर की इतनी बड़ी ज़िम्मेदारी को अकेले उठाए उसके कन्धे जब भी थकते, तो उसे नन्हें याद आता। काश! वह यहाँ होता, तो घर का नक्शा ही दूसरा होता। वैसे भी अपने ख़ून को, अपने सगे भाई को इमाम कैसे भुला दे।

यही सब सोचते हुए शमीमा की आँखों में नींद डोलने लगी। अभी शमीमा की आँख झपकी ही थी कि इमाम ने बेचैनी से करवट बदली। एकाएक बिस्तर से उठा। दूसरे कमरे में जाकर जावेद को पुकारा, फिर अन्दर कमरे में दाखिल हुआ। जावेद अभी सोया नहीं था। उसने अपनी बेचैन सवालिया नज़रों से इमाम को देखा और बिस्तर पर उठ कर बैठ गया। रज़िया उसी तरह खर्राटे भरती रही। इमाम थोड़ी देर कमरे में टहलता रहा, फिर धीरे से बोला।

"तुम समझते हो वहाँ दौलत की बारिश हो रही है? वहाँ सब कुछ ठीक-ठाक है? क्या तुम यह जानते हो कि वहाँ महाजिरों और पठानों में फूट पड़ चुकी है? अयूब की जगह महाजिरों ने फ़ातमा जिन्ना को वोट डाले और...खैर फ़साद की खबरे पढ़ी तुमने?"

"जी।" जावेद ने ग़ौर से इमाम के चेहरे को देखा जो चन्द लम्हे पहले सियासत में अपनी दिलचस्पी की कमी का एलान कर रहे थे, वही इस वक़्त किस गहराई से पाकिस्तान के मौजूदा हालात की बख़िया उधेड़ने पर उतारू नज़र आ रहे थे।

"कोई मुल्क, कोई क़ौम धन-दौलत, मोटर गाड़ी से अज़ीम नहीं बनती, बल्कि उसकी तहजीब, और तरीक़े...।"

"इमाम भाई, मैंने तो एक मामूली-सी ख़्वाहिश का इज़हार किया था। उसके पीछे मेरा इरादा किसी ख़ास सोच, तबके, या सियासत को, बढ़ावा देना हरगिज़ नहीं था, जो था, बस इतना कि निज़ाम वहाँ है, बराबर बुलाता रहता है, चल कर उसे देख ले और कराची घूम-फिर लें।" जावेद ने जल्दी से सफ़ाई दी।

"वह सब ठीक है, मगर याद रखो, इस बटवारे के बोझ से हमारी पीढ़ी आज़ाद नहीं हो सकती। भले ही तुम जैसे लोगों के लिए भूल जाने वाली बात हो, मगर हम जैसों के लिए ऐसी लानत है, जो चाह कर भी हम भूला नहीं सकते। जैसे मैं. ..मैं सिर्फ़ मुल्क और समाज से नहीं, बल्कि अपने आप से भी जवाब तलब करता हूँ कि यह सब क्यों और कैसे हुआ? हमने ऐसा क्यों होने दिया? इसी सवाल ने हमारे आगे के रास्ते में काँटे बो दिए हैं। उस कँटीली बाढ़ को पार कर हम कराची

जाने के बारे में सोच नहीं पाते।" कहता हुआ इमाम बेचैन हो उठा।

"हालात का तकाज़ा था। जो गए, वह मजबूर थे, कमज़ोर थे।" जावेद ने धीरे से कहा।

"तक़ाजा नहीं, वह कमज़ोर दिल व दिमाग़ वालों की बदनसीबी थी।" इमाम ने दुख से कहा।

"बदनसीबी कहें, या इक़्तेदार का लालच, बहरहाल यह तो आप मानेंगें कि आख़िर सियासत अपना काम कर गई।" जावेद ने धीरे से कहा।

"एक हाथ कट जाने के बाद इन्सान को कैसा महसूस होता है, यह तुम नहीं, मैं जानता हूँ...मैं...जिसे सियासत से नफ़रत है...शदीद नफ़रत है।" जज़्बाती आवाज़ में इमाम ने जैसे गुस्से का गहरा घूँट भरा।

जावेद को लगा कि यह फोड़ा जो इमाम के दिल में तपकन पैदा कर रहा था, अच्छा हुआ आज फूट गया। पीप निकल जायेगी, तो जख़्म भी भर जायेगा, वरना रात-दिन की तपकन चुपचाप सहते जाना कहाँ की अक़्लमन्दी है। अनजाने में लगा, आज यह नश्तर इमाम को अब ठीक कर देगा।

बाहर मुर्गे ने बाँग दी। पौ फटने का एलान जैसे हवा के झोकों ने किया। सोने वालों की नींद गहरी हो गई और जागने वालों की पलकें नींद से बोझिल हो उठीं।

ईद के दिन निज़ाम के यहाँ बड़ी चहल-पहल थी। शहर के कई ताजिर, वज़ीर और फौजी अफ़सर उसके यहाँ ईद मिलने आए थे। रात को उसने बहुत बड़ी दावत का भी इन्तज़ाम किया था। सच पूछा जाए, तो ईद तो सिर्फ बहाना थी, दरअसल निज़ाम एक्सपोट-इम्पोर्ट का सिलसिला शुरू करना चाहता था। इसलिए यह ख़ालिस ताजिराना दावत थी।

दावत का इन्तज़ाम बड़े लॉन में किया गया था। जहाँ कुमकुमों से पेड़ सजा दिए गए थे। औरतों के बैठने की खास जगह बाग़ के कोने में बनाई गई थी, जहाँ फूलदार गमलों से उसे सजाया गया था, ताकि पर्दादार खातून आड़ में और बेपर्दा सामने बैठकर एक साथ पूरी महफ़िल की रौनक बढ़ा सकें। ग़ज़ल और क़व्वाली का भी इन्तज़ाम था। दिल खोल कर निज़ाम ने रुपया खर्च किया था। यह सोच कर कि जितना गुड़ डालोगे उतना ही मीठा होगा। कल फ़ायदा हुआ और लाइसेन्स मिल गया, तो पहले आर्डर में ही आज के खर्च का चार गुना वह कमा लेगा।

आसमान पर ईद का चाँद किसी महबूबा की आबरू की तरह बारीक कमानदार खुले काले आसमान पर दमक रहा था। सबीहा, जब कपड़े बदल, ज़ेवरों से सज एक बार सारे बन्दोबस्त का मुआयना करने आई, तो उसका दिल एक अज़ीब खुशी से सरशार हो उठा। आज उसके घर एक शाम को चार सौ लोग एक साथ दस्तरखान पर बैठेंगे, खुदा उसको इस तरह ईद मनाने का मौक़ा हर साल दे।

•

इस बड़ी कोठी में आकर सबीहा बन्द-सी होकर रह गई थी। पहले की तरह न मोहल्लेदारी का सुख रह गया था, न घूमने की आजादी। बाजार जाना भी एक बड़ा काम लगने लगा था। ताला-कुँजी सँभाले, गाड़ी निकलवाओ, फिर नौकर को हिदायत देकर निकलो कि फलाने का फ़ोन आए, तो यह जवाब देना, वगैरह-वगैरह! आराम और पैसे ने उसको बिल्कुल क़ैद कर दिया था। हर वक़्त उसे एक काम को पूरा कराने और दूसरे के शुरू कराने की ज़िम्मेदारी की फिक्र लगी होती। इस

वक़्त भी वह दो कामों के बीच में पिसी खड़ी थी। एक तरफ़ दावत का इन्तज़ाम करना था, दूसरी तरफ़ नए आए पर्दों को कमरे में दीवार की मैचिंग के साथ लगवाना था।

"मम्मी, मुझे खाना चाहिए।" बड़ा लड़का ठुनका।

"मम्मी, मैं खाना नहीं खाउँगी।" बड़ी बेटी ने मचल कर कहा।

"बीबी, खाना मेज़ पर ठण्डा हो रहा है। कोई खाने को राजी नहीं।" नौकर परेशान-सा सामने आन खड़ा हुआ।

"मम्मी, मुझे नींद आ रही है।" तीसरी बेटी ने कहा और बिस्तर पर लेट गई।

"तुम शाम का इन्तज़ाम देखो, बच्चों को मैं सँम्भालती हूँ।" सबीहा की अम्मा घर में दाखिल होते हुए बोलीं।

"नानी आ गई...। नानी आ गई!" कहते हुए चारों भागे और खाने की मेज पर बैठ कर कहानी सुनते-सुनते खाना खाने लगे।

सबीहा के माँ-बाप अभी पुराने वाले घर में ही थे। बहन के इम्तहान के बाद वह इस कोठी में आने की सोच रहे थे, इसलिए नानी से हिले बच्चे कभी-कभी सबीहा को बहुत परेशान करते थे।

शाम को निज़ाम बाहर से आने वाला था। दो हफ्ते के लिए वह अमेरिका गया था। वहाँ से कल किसी काम की वहज से इस्लामाबाद रुकना पड़ा और आज कराची पहुँचा। तोहफ़ों से भरी अटैची उसने खोली और बच्चों के खिलौने उन्हें दिये। उनकी खुशी देखकर निज़ाम अजीब गुरूर से भर उठा।

"सफ़र बहुत कामयाब रहा। लाखों का मुनाफ़ा होगा" निज़ाम ने सबीहा से कहा।

"आमीन!" सबीहा ने कहा और चाय प्याली में उड़लने लगी।

"सुनो! वज़ीर आग़ा का फोन आया था?" निज़ाम ने चौंककर पूछा।

"हाँ, आया था। मैंने बता दिया कि वह बाहर गए हैं।" सबीहा ने कहा।

"हूँ।" निज़ाम सोच में डूब गया, फिर उठने लगा।

"चैन से बैठो ना! दो घड़ी भी अब मेरे साथ बैठना दुश्वार है।" सबीहा ने नाराज़गी से कहा।

"लखपति तो हो गया। अब चैन से तब बैठूँगा। जब करोड़पति हो जाऊँगा।" निज़ाम हँसा और खाली प्याली मेज पर रख फोन मिलाने लगा।

सबीहा ने उदास नज़रों से उसे देखा और धीरे-धीरे चाय पीने लगी। उसे पता था कि अब से रात के ख़ाने तक बहुत से फ़ोन नम्बर घुमाए जायेंगे और बिजनेस, खैरियत, नफ़ा-नुकसान के नाम पर तरह-तरह के लोगों से बातें होंगी। खाने के बाद इतना थक जायेगा निज़ाम कि बिस्तर पर लेटते ही सो जाएगा। दो हफ्ते की

परेशानियों, खुशियों की जितनी बातें सबीहा को करनी हैं, वे उसके दिल में ही रह जाएँगी। सुबह उठते ही फिर एक बेहद मसरूफ़ दिन होगा, जिसमें सबीहा पुरानी बातों को भूल कर बिल्कुल नए जंजालों में फँसती जाएगी। सारी बातें निज़ाम से कहकर दिल हल्का नहीं कर पाएगी। अब निज़ाम अकेला उसका और उसके बच्चों का नहीं रह गया है, बल्कि बाज़ार, ग्राहक के बीच क्रय और विक्रय में फँसा सामान तौलता, पैसे गिनता बहुत बड़ा धन्ना सेठ बन गया था।

निज़ाम दौलत को समेटने में इतना मसरूफ था कि वह अपने बचपन, अपने पुराने घर और उन यादों से पूरी तरह बाहर निकल आया था, जो कराची आने के बाद बराबर उसका पीछा करती, उसके सिर का बोझ बनी हुई थीं। उसका ज़हन अब अलग बातों में उलझा रहता था।

"इस तरह तुम अपनी सेहत खराब कर लोगे। रात-दिन का भागना... कभी बच्चों के पास बैठो। बेचारे तरस जाते हैं।" सबीहा आज लड़ाई करने पर आमादा थी।

"ठीक है, आज से एक घंटा बच्चों के लिए...बुलाओ सबको।" निज़ाम ने टाई की गिरह खोली और अँगड़ाई लेते हुए सोफ़े पर बैठा।

"घर से खत आया है।" सबीहा ने कहा।

"गाँव से...लाओ?" चहका निज़ाम।

"ड्रेसिंग टेबिल पर पड़ा है।" कहते हुए सबीहा आगे बढ़ बच्चों को आवाज देने लगी।

निज़ाम ने खत पढ़ा साथ भेजी गई तस्वीरें देखीं। उन्हें देखकर पहले की तरह वह जज़्बाती नहीं हुआ। उसने खत मोड़ कर दोबारा लिफ़ाफे में रखते हुए सोचा कि सब कितने दुबले-पतले नज़र आ रहे हैं। रहन-सहन भी वही नज़र आता है, जो मेरे सामने था। लगता है, हिन्दुस्तान कभी बदलेगा नहीं। उसने ज़ोर की जमाही ली और आँखें बन्द करके लेट गया। उसके ज़हन में नई दुकान का शो विन्डो घूम रहा था कि आखिर किस तरह उसे बाक़ी दुकानों से अलग दिखाया जाए। जब तक बच्चे लॉन से बैट-बाल फेंक मैच खत्म करके आए, निज़ाम सोफ़े पर अधलेटा-सा गहरी नींद में डूब गया था।

सबीहा के वालिद खाँ साहब की तबियत फिर खराब हो गई, जिससे सभी को परेशानी थी। उनको लकवे का असर बाईं तरफ हुआ था। कराची के नामी डॉक्टर हसन अब्बास ने उनको देखकर दिलासा दिया था कि परेशानी की कोई बात नहीं है। खाँ साहब छः महीने में भले चंगे हो जायेंगे।

"सबीहा बेटी, मरने से पहले एक बार हिन्दुस्तान जाकर अपने घर को देखने की तमन्ना रह गई है।" एक दिन खाँ साहब ने बिस्तर पर पड़े पड़े दुख से कहा।

"चलेंगे अब्बू, जरूर चलेंगे, आप ठीक हो जायें।" कह कर सबीहा ने उनको इतमीनान दिलाया।

बच्चे धीरे-धीरे करके जवान हो रहे थे। अक्सर उनके सवालों का जवाब देते-देते सबीहा थक जाती और कह उठती कि शाम को अपने डैडी से पूछना। एक दिन निज़ाम के बड़े बेटे ने खाने की मेज़ पर बड़ा अजीब-सा सवाल किया, "अब्बू, हमारे दादा-दादी नहीं हैं क्या?"

एक मिनट को निज़ाम का रंग फ़क हो गया और वह बग़लें झाँकने लगा। बाक़ी लोग भी जैसे गहरी नींद से चौंक उठे। बेटे ने अपनी बात का जब जवाब न पाया, तो फिर पूछने लगा, "सबके घर में दादा-दादी रहते हैं, हमारे यहाँ नाना-नानी क्यों रहते हैं?"

"इसलिए कि नाना-नानी कराची में रहते हैं और दादा-दादी हिन्दुस्तान में रहते हैं।" सबीहा ने जल्दी से बात को सँभाला।

"हिन्दुस्तान कितनी दूर है?"

"बहुत दूर।" सबीहा ने जवाब दिया।

"इतनी दूर वह क्यों रहते हैं? हम उनके पास जायेंगे।" बड़ा लड़का ठुनका।

"अच्छा, ले चलेंगे अपने बेटे को।" निज़ाम ने बेटे को पुचकारा।

"अपना घर-आँगन देखे बिना चैन से मौत भी नहीं आएगी मुझे।" सबीहा के अब्बा की बेचैनी दिन-दिन तेज़ हो रही थी।

"बुज़ुर्गों की क़ब्रों पर फ़ातिहा को पढ़े बरस गुजर गये।" सबीहा की माँ ने पुरानी यादों में डूबते हुए कहा।

बच्चों के मासूम सवालों का जवाब निज़ाम हल्के-फुल्के अन्दाज़ से देता, फिर कुछ दिनों बाद थोड़ा-बहुत गाँव के बारे में, अपने वहाँ से उखड़कर खाने के बारे में बताने लगा। बच्चे शौक़ से सुनते। वह कहानी सुनाता। हर रात अपने को दोहराने के चक्कर में राख में दबी चिंगारी उसके सीने को लपटों के हवाले कर गई।

तन्हा कार में बैठा जब वह कराची की सड़कों पर चलता, तो उसे साएदार दरख़्त याद आते, जिनके नीचे बैठ कर वह पढ़ाई करता, 'गुल्ली-डंडा खेलता और आमों के पेड़ों पर चढ़कर रज़िया और उसकी सहेलियों के लिए कच्ची केरिया तोड़ता था। वे बूते वे झाड़ कहाँ हैं, जिन पर नन्ही-मुन्नी चिड़ियाएँ चहचहातीं और मेंहदी सूतते हुए भाभी, बहन और अम्मा के हाथ अपने दुपट्टे की झोली में मेंहदी की पत्तियाँ भरते। वे तो वहीं छूट गए और यहाँ के सारे पेड़ कट गए, सारे बूते

उखाड़ दिए गए। उनकी जगह ईंट, पत्थर, गारे की ऊँची इमारतें खड़ी हो गईं, नए बाज़ार खुल गए...!

"हिन्दुस्तान चलोगी?" एक दिन घर आकर पहला सवाल निज़ाम ने सबीहा से किया।

"नेकी और पूछ-पूछ।" हँसकर बोली सबीहा।

"तुम तैयारी करो, मैं चलने का इन्तज़ाम करता हूँ। अम्मी, अब्बू से भी पूछ लो। अगर वो भी राज़ी हों, तो सब इकट्ठा चलते हैं। महीने-दो-महीने रहकर आते हैं।" निज़ाम ने जूता उतारते हुए कहा।

"वह तो कब से तड़प रहे हैं...।"

"बच्चे कहाँ हैं?"

"पास वाले घर में खेलने गए हैं। आते ही होंगे। आप चाय पियें।" सबीहा ने जवाब दिया।

दोनों खामोशी से चाय पीते रहे। कोई कुछ बोला नहीं। शायद दोनों ही अलग-अलग बैठे एक ही बात सोच रहे थे कि हिन्दुस्तान जाएंगे, तो उन्हें कैसा लगेगा? किस-किस से मिलेंगे, कहाँ-कहाँ घूमेंगे, कौन-कौन सी चीज़ खरीदेंगे?

"सुनो सबीहा, अगर गोलू, अब्बा, भाई-भावज साथ आने पर राजी हुए तो?"

"तो ले आएँगे। आखिर इस घर पर उनका भी तो बराबर का हक़ है।"

"सोचता हूँ, खत डाल दूँ। एकाएक पहुँचना ठीक नहीं है?"

"क्यों? वह तो ज़्यादा खुशी की बात होगी।"

"फिर भी, इतने बरसों की जुदाई को भी तो एकदम से खत्म नहीं करना चाहिए', बल्कि क़दम व क़दम ताकि...।"

"हाँ, जवाब आ जायेगा, तो इतमिनान से, बिना किसी फ़िक्र से जाना होगा।"

"गोलू जवान हो गया...अब्बा बूढ़े...भाई-भावज अधेड़ और रज़िया...वक्त कहाँ से कहाँ पहुँच गया!"

यादों का न खत्म होने वाला सिलसिला चल पड़ा। रात-दिन दिमाग़ में वही बचपन के दिन घिर आते। वीज़ा के लिए फार्म वगैरह भर दिया। कोशिश करके एक दो सिफारिशें भी पहुँचा दीं। सबीहा ने तो ख़रीददारी भी शुरू कर दी थी। घर का माहौल ऐसा हो गया था, जैसे शादी का इन्तज़ाम फैला हो।

यादें निजाम को फिर से बहुत तड़पाने लगी थीं। दिल चाहता कि एक बार घर होकर आए, मगर फिर जाने कौन-सी ताक़त पैरों को जकड़ लेती। इन पन्द्रह वर्षों में वह कई चक्कर यूरोप के लगा आया। काम के सिलसिले से ही सही, गया तो! मगर हिन्दुस्तान जाने के नाम से इस बीच उसको जाने कौन सी सुस्ती दबोचने लगी थी। सबीहा का ख़्याल था कि यह अवचेतन में पड़ा एक खौफ़ है,

जो सियासतदानों ने महाजिरों के ज़हन में बैठा दिया है। आखिर हर आने वाले की जड़ें तो वहीं गंगा-जमना किनारे गहरी धँसी हुई है। उनका कुनबा, दोस्त, बचपन सभी कुछ उस मुल्क में मौजूद है। उसे कोई कैसे मिटा सकता है?

"क्या हमने यहाँ आकर भूल की, या...?" एक दिन निज़ाम ने सबीहा से पूछ लिया।

"जो गुज़र गया, उसे याद करने से फायदा? बरसों पुराना फैसला आप अब बदल नहीं सकते।" सबीहा ने हल्के से कहा।

"फिर भी अपना सच तुम्हारे मुँह से सुनना चाहता हूँ?" निज़ाम ने गहरी आवाज़ में कहा।

"अपने फैसले को ग़लत या सही साबित करके हमें क्या मिलेगा? मत भूलिए, की हमारे चारों बच्चे इस पाकिस्तान में पैदा हुए हैं और उनका वतन यही है।" सबीहा तल्ख़ी से बोली।

"यह सच है, मगर...।" निज़ाम उस चिंगारी को पकड़ना चाहता था, जिसने उसके सीने में लपटें पैदा की थीं।

"आज जो हम पर ज़हनी तौर पर गुज़र रहा है, वह आप चाहेंगे कि आपके बेटों, बेटियों का भी सुख-चैन छीने?" सबीहा ने आहत हो कहा।

"नहीं,...शायद कभी नहीं।" निज़ाम ने खौफ़ज़दा आवाज़ में कहा।

"अब यही हमारा वतन है। यही हमारी हक़ीक़त है। इससे भागना ढेरों दुख़ों को दावत देना है।" सबीहा ने फैसलाकुन लहजे में कहा।

"हाँ, तरकश से निकला तीर कभी वापस नहीं आता।" निज़ाम ने ठण्डी सांस भरी।

"अगर आता भी है, तो किसी की जान लेकर...।" सबीहा ने धीमी आवाज़ में अपनी बात कही और शौहर के करीब बैठ उसका सर आहिस्ता-आहिस्ता सहलाने लगी।

दोनों जैसे एक ही ग़म को जी भी रहे थे और एक दूसरे के जख़्म पर मरहम भी लगा रहे थे। सबीहा की उँगलियों का मुलायम स्पर्श निज़ाम को गहरा सुकून बख़्श रहा था।

"यह पन्द्रह-सोलह साल मैंने कहाँ गुज़ार दिये सबीहा?" एकाएक निज़ाम आँख उठाकर बोला।

"अपने को खड़ा करने और इस शहर को बनाने में। बहुत कुछ किया हमने। कुछ था क्या यहाँ? हर तरफ़ ख़ाक उड़ रही थी। सबीहा ने पुराने दिनों की जद्दोजहद को याद करते हुए कहा।

"वह सब ठीक है। हर इन्सान यहाँ रहता है, हाथ पैर हिलाता है, मगर

पिछला क्या भूल जाता है? अपनों को यूँ छोड़ बैठता है? मैं इन्सान कहलाने के लायक़, नहीं हूँ, सबीहा...।" निज़ाम ने जज़्बाती लहजे में कहा।

"इन्सान वही है, जो दिल में दर्द रखे। जिस इन्सान के दिल में आप झाकेंगे, वहीं पर यादों की गठरी-गठरी बँधी पड़ी मिलेगी। जब गिरह खुल जाए, तो जख़्म हरे हो जाते हैं। ज़रूरी नहीं कि वह अपने वतन में रहे, या वतन से दूर, या फिर हमारी तरह बटवारे की मार से नई जगह को अपना मान ले। बात अहसास की, महसूस करने की है, बस।" सबीहा ने हँस कर कहा।

"वह तो ठीक है, मगर...।" निज़ाम कुछ कहते-कहते रुक गया।

"गुज़रा कल हर इन्सान पर भारी होता है। उससे जान छुड़ाना बहुत मुश्किल है और इस मौजूदा हक़ीक़त से इनकार भी ग़द्दारी है।" सबीहा कहती हुई उठी।

बच्चे आ गए थे। मेज़ पर नौकर ने नाश्ता और चाय का सामान चुन दिया था। सबीहा ने प्याली में चाय उँडेली और मियाँ के पास पहुँच कर बोली, "ज़िन्दगी पेचीदा है। उसमें फ़लसफ़ा है ज़रूर मगर उसको फ़लॉसफ़र की तरह नहीं जीना चाहिए, वरना...।"

"बात पते की कही...।" हँस पड़ा निज़ाम, मगर, दिल-दिमाग़ पर छाया भारीपन पूरी तरह झाड़ न पाया। चेहरे पर मुस्कराहट बिखेर खाने की मेज़ पर आकर बैठ गया। वहाँ एक अलग बहस छिड़ी हुई थी।

"इकबाल पाकिस्तान का शायर है। उसकी पैदाइश लाहौर की है।"

"होगी लाहौर की, मगर वह उर्दू का शायर है।"

"उर्दू हिन्दुस्तान की नहीं, पाकिस्तान की ज़बान है, जनाब!"

"वह दोनों मुल्कों की ज़बान है। जैसे इंगलिश कई मूल्कों में बोली जाती है। इसलिए शायर किसी मुल्क का नहीं ज़बान का माना जाएगा।"

"ग़लत, ज़बान तक किसी शायर को आप क़ैद नहीं कर सकते, अगर करते तो...।"

"तो सारे जहाँ से अच्छा हिन्दोस्ता आज बटवारे के बाद भी इंडिया में न दोहराया जाता।"

"तो नतीजा क्या निकला?"

"यही कि ज़बान और मुल्क से बड़ी इन्सानियत और इन्सानी जज़्बे होते हैं, इसलिए शायर और अदीब सब के होते हैं—और कहीं के नहीं।"

चारों बच्चे चाय पीते हुए खाला और उनकी सहेलियों की बहस को सुन रहे थे। निज़ाम ने बहस में हिस्सा तो नहीं लिया, मगर आँखों की जलती-बुझती चमक से पता चल रहा था कि वह सारी बातें बड़े ध्यान से सुन रहा है। होंठों पर कभी दबी मुस्कान उभरती, कभी ग़ायब हो जाती। एकाएक कमरे में सन्नाटा छा गया और निज़ाम के दिमाग़ के किसी कोने में लालमुनिया का गाना गूँज उठा।

सुरीली आवाज पर्दे-दर पर्दे से गुजरती एक तेज शोर में बदल गई।

पिंजड़े में कुल बारह मुनियाएँ थीं। जब तक झोली में 'कंगनी' के दाने रहे, वे खाती रहीं और गाती रहीं, फिर कंगनी के अलावा उन्होंने किसी दाने को न छुआ। गेहूँ और चावल कूटा, मगर बेकार। आटे की गोली दी, सूखी रोटी का चूरा दिया, मगर उन्होंने कुछ न खाया। चार दिन तक वे खाली पेट आदत के मुताबिक़ गाती रही और वह गली-गली, दुकान-दुकान कँगनी के दाने ढूँढ़ता रहा। उसके गले से भी रोटी फँस-फँस कर उतरती और पाँचवें दिन जोड़े टूटने लगे। हर चिड़िया को वह उठाकर सहलाता, उसकी लाल चोंच और लाल काले डैनों पर पड़े सफेद मोतियों को थपकता, फिर उस सुहागिन चिड़िया के मुर्दा जिस्म को ज़मीन में गाड़ देता।

पिंजड़ा खाली हो गया। नए वतन में पुराने साथी, साथ छोड़ गए। उसका ख़्वाब बिखर गया कि वह कराची शहर में लालमुनियाओं के घोंसलों से पेड़ों को भर देगा। उनकी चहचहाहट से माहौल गूँजता रहेगा, मगर वह क्यों नहीं साथ निभा पाई? क्यों नया दाना चुग न पाई? यहाँ भी तो आसमान का वही रंग था। इन्सानों की वही शक्लें। शायद कुछ था जरूर, जो उन्हें रास न आया? क्या था वह...?

निज़ाम का खत जब गाँव पहुँचा कि वह अगले माह की पच्चीस तारीख को पहुँच रहा है, तो मानो सूखे धानों पर पानी पड़ गया। रहीमउद्दीन के चेहरे का रंग बदल गया था। शमीमा ने घर का कंबाड़ निकाल लिपाई-पुताई शुरू करा दी। कुछ नए बिस्तर बनाने के लिए तोशकों में तागा डाला जाने लगा। आखिर निज़ाम अकेला थोड़े ही आयेगा। ऊपर से मिलने-जुलने वालों रिश्तेदारों की भी तो आमद-व-रफ़्त बढ़ जाएगी। पहले से सारा इन्तज़ाम हो तो बेहतर।

पन्द्रह दिन के अन्दर पूरा घर सफ़ेदी से झिलमिला उठा। पेड़-पौधे, क्यारी, गमले सजाए, सँवारे, रँगे गए और बरतन-भाँडे क़लई होकर चमचमा उठे। पूरा घर जैसे हँसने लगा। लच्छू के कपड़े नए सिल गए थे।

यह सब देखकर रहीमउद्दीन एक दिन शमीमा से बोले, "बहुत सजाए-सँवार लियो घर का, उस बेमुरव्वत के स्वागत मा। अब इ बताओ बिटिया कि ई बेनूर आँखों को कइसे रौशन करिहो, ताकि अपने नन्हें का बहू और पोता-पोती का मुँह देखन मा आसानी हो?" हँसे रहीमउद्दीन।

"ऐही मारे ज़ोर देत रहे आपको हम लोगन कि आँख खुलवाए लें, अब्बा। अरे, हमका पता रहा एक दिन उ यहाँ अइहे। अपना ख़ून कभी सफ़ेद होत है भला?" शमीमा तकियों पर फूलदार ग़िलाफ चढ़ाते हुए बोली।

"फ़ातमा बी के रूह का भटकाव ख़त्म हो जइहे अपने बेटवा को अपने पास इ घर मा फिर से देख कर।" रहीमउद्दीन ने कहा और सन्तोष की साँस भरी।

इधर मँगरू काका, सुन्दर काकी और लच्छू की माँ के बदन में भी फुर्ती आ गई थी। काम करते, मसाला कूटते, चावल पछोड़ते हुए नन्हें के बचपन को याद कर के क़िस्से सुनाए जाते कि नन्हें और ब्रजा ने कहाँ क्या शरारतें कीं, किस को मारा-खदेड़ा था। दोनों लड़के एक दिन बकरी की टाँग उठाकर उसके थन से सीधे ताज़ा दूध पीना चाहते थे, क्योंकि काली चाची को उन्होंने किसी से कहते सुना था कि जो बकरी का ताज़ा दूध सीधा थन से पियेगा, वह बड़ा दिल वाला पहलवान बनेगा। दूध तो इन्हें पीने को न मिला, ऊपर से बकरी ने नन्हें के सीने पर जोर से लात मारी और ब्रजलाल उर्फ ब्रजा को सींग मारी। दोनों हाय-हाय करते हुए बकरी वाले दालान में चीख कर रोए थे।

इन सारी यादों ने घर पर छाए बुझे माहौल को बदलना शुरू कर दिया और वर्तमान के फीकेपन पर बिना किसी कोशिश के अतीत का रंगीन साया उतर आया, जिसके नीचे बैठे लोगों की नजरों में ब्रजलाल फिर से प्यारा हो उठा था। जब सुन्दर काकी दिवाली की बात बताती कि कैसे उनकी गोद में ब्रजा को बैठा देख नन्हें ठुनकता हुआ सुन्दर काकी के कन्धे से टिक कर खड़ा होता।

"तो हमका दिया लाए के देबो या नाही?"

"दिवाली आए तो देव बचवा।"

"हम जानत हैं सब कुछ ब्रजा को देहो। उ तो तुम्हारे बेटवा है ना?"

"ए भय्या, यह का कह दिये?" सुन्दर काकी पहले चौंकी, फिर ठट्ठा मारकर हँसी और नन्हें को लिपटा गोद में बैठा कर बोली, "देखो दोनों तो साथ-साथ हमार गोद में बैठे हो?"

"यह सब का होत है, सुन्दर?" फ़ातमा बी बावर्चीखाने की तरफ़ जाते हुए तीनों को हिलमिल कर गुटरगूँ करते देख ठिठकती।

"कुछौ नहीं भौजी।" कहती सुन्दर काफी घूँघट सिर पर जमाती उठती।

"खूब बिगाड़ौ दोनों का।" फ़ातमा बी कहते हुए खाने के इन्तज़ाम में लग जाती।

यह सारी यादें, बातें घर के आँगन से उठ बाहर भी पहुँची और मारा धुधकारा ब्रजा सब तरफ से अपना ज़िक्र सुन कर ख़ुद अपने को बहुत महत्त्वपूर्ण समझने लगा था। जब कभी वह पेड़ के नीचे बैठा अपने में मस्त गाता नज़र आता, तो आस-पास खेत में काम करने वाला कोई थकन उतारने बीड़ी जला, उठ कर उसके पास आन बैठता।

"सुना है तोर सखा आये रहे हैं?"

"हाँ।" ब्रजा लापरवाही दिखाता।

"हुआँ परदेश मा, सुनत हैं, महलन के मालिक बन गए हैं?" कोई दूसरा भी सुस्ताने पहुँच जाता।

"भय्या मोटर खरीद लीन है और परदेस से हवाई जहाज़ मा बैठकर आवत है?" तीसरा जिज्ञासा से पूछता।

"और नाही तो का? तोहार तरह यहाँ रह कर जिन्दगी भर घास छीलते का?" ब्रजा की भवें तन जातीं।

"काहे नाराज होते हो, हम देहाती मनई को, अब का पता?" भोलेपन से एक कहता।

"उधर तो भय्या, किसान भी मोटर मा बैठ कर खेत जोतत हैं। हमका तो बाल सखा लेवे के वास्ते आये रहे हैं। साथ जायका पड़िहे।" कहता हुआ ब्रजा उठता और खेतों की मेड़ों से होता हुआ आगे बढ़ जाता। बेचारे मजदूर मुँह खोल पल-भर उसे जाते देखते फिर काम में जुट जाते थे।

रहीमउद्दीन कहाँ तो मुँह लटकाए चारपाई पर बैठे रहते और सारा-सारा दिन बिना हँसे बोले गुज़ार देते थे। कहाँ अब दस चक्कर घर के अन्दर के लगाते। मोतियाबिंद की वजह से उन्हें आँखों से सूझता तो ठीक से नहीं था, मगर चबूतरे के पास से गुज़रने वाले की उम्र का ध्यान, या औरत-मर्द के फ़र्क को जाने बगैर सलाम दुआ करते और चार बातों के बहाने निज़ाम के आने की ख़बर उनके कानों तक पहुँच जाती थीं। आख़िर चार-पाँच दिन में ही घर के सामने मेला लगने लगा। बूढ़ों की बैठकें शुरू हो गईं। बदलते ज़माने की बातें करते हुए महँगाई, बेकारी, बेइमानी का रोना रोते हुए वह दिन याद करते जब कुछ छः रुपए तनख़्वाह होती और एक रुपए का मन भर सुनहरा गेहूँ आता था।

"अब आए हो तो हमार एक काम करो।" गोलू को इलाहाबाद से आया देख रहीमउद्दीन ने उसके कन्धे पर हाथ रखा।

"जी, दादा कहिये?" बी. ए. में पढ़ने वाला गोलू अदब से बोला।

"अपनी बड़ी, छोटी फुफी को लिखौ कि अब की बक़रीद मय बच्चन के गाँव आकर करें, निज़ाम आए रहा है। दूसर खत फ़ातमा वी की बहन को ओके गाँव, कहरा डालो। ओमा साफ-साफ लिखो कि बाग़ अच्छे दाम से बिक जाई, परेशान होय की कोई बात नाही, मगर सवाल ई है कि पुरुखों की ज़मीन कब तक बेच-बेच कर खर्च चलइहो। लरकन से कहो हाथ-पैर हिलाएँ, खुद खेत जोतें, वरना बइठ के खाए से एक दिन क़ारुन का ख़ज़ाना भी खत्म होय जात है।"

गोलू ने दोनों ख़त लिखे, फिर दादा को पढ़कर सुनाए। रहीमउद्दीन पोते की क़ाबलियत पर दिल-ही-दिल में खुश हुए और हुक़्क़ा गुड़गुड़ाने लगे। गोलू लिफाफ़े बन्द करके बाहर निकला, ताकि उन्हें पोस्ट कर सके।

रात की गाड़ी से इमाम भी पूरे एक महीने की छुट्टी लेकर गाँव पहुँच गया था। बुख़ार से उसका बदन तप रहा था। सुबह की गाड़ी से गोलू और लच्छू दिल्ली चले गए। इमाम जा न सका। निज़ाम ने अपने आने की इत्तला फिर से तार और ख़त के जरिए भेजी थी। वह गोलू को जाने से पहले मिल गए, जिस में उड़ान नम्बर और पहुँचने का समय भी दिया हुआ था। साथ ही पूरे ख़ानदान की एक रंगीन तस्वीर भी भेजी थी।

"तो आज हमार नन्हें पहुँच रहा है?" दोपहर के खाने पर रहीमउद्दीन अपनी खुशी दबाते हुए बोले।

"जी, आज आप दिल्ली और कल सुबह गाँव मा।" इमाम ने लेटे-लेटे जवाब दिया।

"ओके लिए का का बनाए हो शम्मो?" रहीमउद्दीन ने हजार बार पूछा गया अपना सवाल फिर दोहराया।

"जो-जो अम्मी जान ओके लिए बनाती रहीं...तिल का लड्डू पींडी, अण्डे का हलवा, नमकपारा और... ।" शमीमा किसी बच्चे की तरह उन्हें समझाते हुई बोली।

"बस...बस।" रहीमउद्दीन खुशी से भर उठते।

खा-पीकर सारे दिन के थके-हारे लोग रात को जल्दी की बिस्तर पर लेट गए थे। इमाम का बुखार उतरा नहीं था। शमीमा बड़ी थकन महसूस कर रही थी। अभी उस की आँख झपकी ही थी कि सदर दरवाज़ो पर किसी ने जोर की थाप मारी। इमाम हड़बड़ा कर उठ बैठा। शमीमा का दिल ज़ोर से धड़क उठा।

"अल्लाह खैर! उस वक़्त कौन आया?" शमीमा उठते हुए बोली। जब तक लालटेन की बत्ती ऊँची कर शमीमा सिरहाने से दुपट्टा उठाकर ओढ़ती, दरवाजा बुरी तरह पीटा जाने लगा। घबराया-सा इमाम बुख़ार की हालत में नंगे पैर दरवाज़े की तरह लपका।

"फुफी तो कल दोपहर को आने वाली थीं और... ।" शमीमा अभी अटकलें ही लगा रही थी कि इमाम भागता हुआ आँगन तक पहुँचा।

"खोलत हैं भय्या, जरा सब्र करो।"

"खैर तो है सब?" रहीमउद्दीन हड़बड़ाए से बिस्तर पर चुपचाप बैठ गए।

शमीमा दूसरी लालटेन जलाने लगी। इमाम ने दरवाजे की कुंडी गिराई और दरवाज़ा खोला। अपने सामने पुलिस को बड़ी-बड़ी टार्चों के साथ खड़ा देख दंग रह गया।

"क्या बात है?" इमाम के माथे पर पसीना छलक आया।

"अभी पता चल जाता... ।" एक ने खुरदुरी आवाज़ से जवाब दे टार्च की रोशनी अन्दर फेंकी।

"पुलिस है।" फुसफुसाई शमीमा रहीमउद्दीन के कान में।

"कौनो डाका-वाका पड़ा है का गाँव मा?" रहीमउद्दीन ऊँची आवाज में पूछ बैठे।

"घर की तलाशी लेनी है।" दूसरे पुलिस वाले ने कहा।

"तलाशी...! किस लिए? आखिर हुआ क्या है?" कई बातें इमाम के दिमाग़ में गुड़मुड़ हो गई थीं।

"सामने से हटो!" वे आगे बढ़े।

"ठहरिए अन्दर ज़नाना है।" एकदम से इमाम का खून खौल उठा।

"पर्दा कराएँ फिर... ।" एक आवाज़ उन्हीं के बीच उभरी।

"हमारा जुर्म क्या है?" इमाम ने बिफर कर कहा।

"इ समझ रहे हैं कि चोर लुटैरन का हम छिपाए लिए हन। डाका कहीं पड़ा, और मूसल हमरे सर पर?" रहीमउद्दीन अपने रौ में बोलते गए।

"पाकिस्तान से ख़त आया था?"

"हाँ, आया था।"

"क्यों...?"

"मेरा छोटा भाई कल पाकिस्तान से आ रहा है, उसने अपने आने की इत्तला दी थी।"

"इसीलिए हमें छानबीन करनी है।"

"मतलब?"

"यहाँ उसके आने की वहज क्या है?"

"अपने रिश्तेदारों से मिलना और क्या?"

"फिर गया क्यों था?"

"ई मारे गवा रहा कि आज़ादी के मतवाले पाकिस्तान बनाए दीन रहा। दिल काट कर रख दिहिन। यही तो हम पूछत हन कि सरकार अगर बटवारा न कराती, तो कउन सुसरा वहाँ जात?" काँपने स्वर में उबले रहीमउद्दीन।

"यह बूढ़ा कौन है?"

"मेरे वालिद हैं।"

"इनसे कहो, चुप रहें और हमें काम करने दें।"

"आपके पास वारन्ट है?"

"जहाँ शक हो, वहाँ वारन्ट की जरूरत नहीं, समझे।"

"बस, भइया, बस, आगे कुछ न बोलो। शक की दवा तो लुकमान हकीम के पास भी नाही रही। आओ, बेखटक अन्दर चले आओ। देख लेव घर। झाड़-झूड़ लेव और अगर होय सके, तो छलनी से छान लेव। शम्मो, तुम हमार पास आई के बैठ जाओ। बिटिया!" कहते-कहते रहीमउद्दीन की आवाज़ गले में फँस गई।

"आइये।" कहते हुए इमाम बाप को सँभालने लपका।

"तलाशी काहे की? अभी तो पाकिस्तान से काला कौव्वा भी उड़कर हमार घर की मुँडेर पर नाही बैठा?" शमीमा मुँह को दुपट्टे से ढाँके गुस्से से काँपते हुए कमरे से निकल ससुर के पलंग के पास जाकर खड़ी हो गई।

"अब्बा!...ए अब्बा!!" घबराई-सी आवाज़ इमाम के मुँह से निकली।

"का भवा?" शमीमा लपकी, फिर उलटे पैर दौड़ कर पानी से भरा गिलास लेकर लौटी।

"बेहोश नाही हैं अब्बा?" इमाम की डरी आवाज हैरत के पुल के पार जैसे गिरी हो।

"अब्बा...।" कहते हुए शमीमा ने उनके चेहरे पर छीटें डालीं।

"हम हकीम साहब का बुलाए के आवत हन।" भागा इमाम।

"बिल्कुल यही हाल हमरे घर मा करिन है।" कहता हुआ जब्बार का बड़ा

लड़का दरवाज़े पर जाते इमाम से टकराया।

"अब्बा!...मेहदी, अब्बा!!" बौखलाया-सा इमाम बुखार की शिद्दत में मेहदी से बोला।

"का भवा बेटवा?" गोकुल चचा आँखें मिचमिचाते हुए पीछे से आकर बोले।

"रहीम चाचा के घर आखिर किसने तलाशी का वारन्ट जारी किया है?" मेहदी अपनी अधूरी लड़ाई यहाँ पूरी करने पहुँच गया था।

"वारन्ट की ज़रूरत तब पड़ती है, जब घर पर छापा मारना हो। सरहद पर तनाव है। पूरा इलाक़ा हमें छानना है। दुश्मनों को बिनना है। आखिर लड़ाई छिड़ गई तो...!" पुलिस ने जवाब दिया और मेहदी पर झपटा, जो आँगन में दाखिल हो चुका था।

"मेरा घर तो एक खेतिहर किसान का था, मगर यह घर तो सरकारी तहसीलदार का है। यहाँ पर भी वारन्ट की ज़रूरत नहीं है क्या?" मेहदी बुरी तरह गुस्से से भरा चीख रहा था।

आँगन में डॉक्टर वर्मा, हकीम सलमान और वैद्य मुरारी लाल एक साथ दाखिल हुए और रहीमउद्दीन के पलंग की तरफ बढ़े, जहाँ पलँग पर हाथ फैलाए वह पड़े थे। उनके पैर पलँग से नीचे लटक रहे थे। शमीमा बार-बार उनके चेहरे कभी सीने को छू रही थी।

"हमारी शराफ़त, खानदानी इज़्ज़त, वतनपरस्ती सब कुछ आपने अपनी वर्दी के नीचे रौंद डाली?" जब्बार मियाँ भी हाँफते-काँपते पहुँच गए।

"रहीम मियाँ हमें छोड़ गए।" कहकर हकीम साहब ने उनका पैर उठा कर पलंग पर रखना चाहा। मदद को वर्मा और मुरारी लाल आगे बढ़ें

इस आवाज़ के साथ घर के चारों तरफ फैला शोर थम गया, जैसे सबको साँप सूँघ गया हो।

"देखा आपने? यह बुजुर्ग बिना आपकी इजाज़त लिए यह जगह छोड़ गए। क्या सज़ा देंगे आप इन्हें?" मेहदी ने तैश में आकर एक पुलिस वाले का गिरेवान पकड़ लिया।

"हो गई तलाशनी देश की सुरक्षा के नाम पर? अब जनाज़े में कन्धा दें।" मुरारी लाल ने उन चारों को घूरते हुए व्यंग्य से कहा।

"शरीफ़ लोगन ने ऐसा व्यवहार, यह ठीक नाही है।" गोकुल चाचा ने गर्दन हिलाते हुए कहा और रहीमउद्दीन के पलंग के पास जाकर हाथ जोड़ दिये।

कुछ जोशीले नौजवान लाठी उठा मेहदी के संग मिल गए थे। गाँव में अजीब तनाव सनसनाता-सा फैल गया था। डॉक्टर वर्मा और जब्बार मियाँ ने लड़कों को समझा-बुझा कर शान्त किया कि मौत के घर में यह सब ठीक नहीं, सो लड़कों का

एक जत्था साइकिलों पर बैठ थाने की तरफ गया। चारों पुलिस वाले बुझी टार्चों के साथ सिर झुकाए गाँव वालो की घूरती आँखों के बीच भारी क़दम उठाते गोकुल चाचा के पीछे घर से बाहर निकले। उन्हें पता था कि उनकी जान खतरे में है।

शमीमा के बैन की आवाज़ सुनकर आस-पास के घरों की खिड़की दरवाज़े खुलने लगे और पुरसा देने वालों की आमद वरफ्त शुरू हो गई।

गोलू और लच्छू दिल भारी लेकर गाँव में दाखिल हुए। उन्हें घर की तरफ़ बढ़ते हुए यह झिझक लग रही थी कि सब की आँखों में बेचैनी भरा इन्तज़ार होगा, खुशी भरा माहौल होगा; लेकिन उन्हें तन्हा देखकर कितना दुख होगा उन सबको! कैसे गोलू उन्हें बतायेगा कि चचा नहीं आए!

घर के करीब पहुँच दरवाज़े के पास जमा भीड़ देखकर गोलू को बड़ा ताज्जुब हुआ। उसे यह समझते देर नहीं लगी कि निज़ाम आ गया है और अगवानी के लिए सब जमा हैं। इतने दिनों बाद चचा आए हैं, तो कैसा सब मिलकर उदास हैं। कोई आँसू पोंछ रहा है, कोई नाक छिनक रहा है। गोलू और लच्छू ने एक दूसरे की तरफ़ देखा और तेज़ क़दम बढ़ाते हुए दोनों घर की तरफ़ बढ़े।

घर के दरवाज़े से जनाज़ा निकाल कर बाहर चबूतरे पर रखा जा रहा था। इमाम का हाल बुरा था। गोलू यह देख सन्न-सा रह गया। उस पर इमाम की नज़र पड़ी तो वह हाथ फैला कर आगे बढ़ा। गोलू दौड़ कर बाप से लिपट गया और बोला, "चचा नाही आए, अब्बा?"

"नन्हें नाही आवा तो का, अब्बा तो हमका छोड़ नए सफ़र पर निकल गए।" इमाम बेटे को गले लगाकर बेहाल हो उठा।

"दादा...दादा जान तोका का भवा? ऐसे काहे लेटे हो?" गोलू तड़प कर रहीमउद्दीन की लाश की तरफ लपका और गहवारे की पट्टी पर सर रखकर फूटफूट कर रोने लगा।

भावनाओं का ज्वार-भाटा पूरे खानदान को बिखेर गया था। पगलाए से लोग सोच रहे थे कि आखिर किसके स्वागत में वे आए थे। रहीमउद्दीन की दोनों बहनें भतीजे से मिलने के लिए परिवार सहित पहुँच चुकी थीं, अब अकबकाई-सी खड़ी थीं। उनकी समझ में नहीं आ रहा था कि वह रोएँ या निज़ाम को कोसें, जिसने घर छोड़कर भाई-भावज को चैन से जीने नहीं दिया। उसका जाना एक की मौत का; और आना दूसरे की मौत का कारण बना; और बाकी की गर्दनों में लानती का तौक़ अलग डाल गया।

चबूतरा सूना हो गया। लू के झक्कड़ खेतों की पगडंडियों के बीच से ख़ामोश उठते और खाली चारपाई से टकरा कर चले जाते। शाम को चहल-पहल लोगों का जमाव

खत्म हो गया था। हुक्के की गुड़गुड़ाहट दम साध गई थी। दीवार की खूँटी अँगोछा, सदरी से खाली थी। पानी की चक्की की आवाज़ शमीमा को अपने अन्दर फैलते वीराने में सुनाई ज़रूर पड़ती, मगर रहट की तरह एक दायरे में घूम-घूम कर पानी उलीचना उसके कुएँ जैसे वजूद में अजीब अन्धेरा भरी उदासी फैला रही थी।

"भौजी कुछ खाए लो।" ब्रज बहू धान पछोड़ते हुए बोली।

"अकेले खाए का दिल नाही चाहत, बहिनी।" शमीमा ठण्डी साँस भर कर बोली।

"हम तो कब से बैठे हैं तोहरे पास, भौजी। अकेले कहा हो! एक कौर सही, देखो धूप ढले को आई।" ब्रज बहू शमीमा के पास आकर बैठ गई।

"हल्क़ से उतरै तो।" कहकर शमीमा मुँह ढक कर रोने लगी।

आज सुबह गोलू और इमाम के जाने के बाद घर खाली-खाली लग रहा था। रिश्तेदार एक-एक करके चले गए थे। इस फैली चुप्पी में शमीमा और घर का सन्नाटा था, जिनका रिश्ता बड़ी खामोशी से गहरा हो रहा था। रात को लच्छू ज़रूर आकर सोने लगा था। मँगरू काका को छोड़ सुन्दर काकी आ नहीं सकती थीं। उनकी साँस भी अब उखड़ने लगी थी। दोनों घरों की छतें अब यही दो औरतें अकेले सँभाले खड़ी थीं, जिनके हाथ खम्भे बन चुके थे और दिल आबशार।

इधर निज़ाम को कई दिनों से एक ही ख़्वाब हर रात दिखाई पड़ता था कि अब्बा घर के बाहर वाले चबूतरे पर बिछी चारपाई पर बैठे हैं। उसे बड़ी ख़ामोशी से ताक रहे हैं। जाड़े का मौसम है, कोहरा घना है और उसी के बीच धुधलाया-सा उनका वजूद और उनकी बड़ी-बड़ी आँखों में लाल डोरे तैर रहे हैं। उनके बदन पर फतूही है और चेहरा...चेहरे और आँखों में नाचते अहसास के रंग को वह पकड़ नहीं पाता...गुस्सा, नफरत, बेचारगी, ग़म, प्यार, थकन क्या था? शायद सबका मिला जुला एक इजहार। निज़ाम के बदन में झुरझुरी दौड़-सी जाती और घबराहट में उसकी आँखें खुल जातीं।

अब्बा!—अब्बा ठीक तो हैं न? उठकर वह बैठता। दिल में हूक उठती। बेचैन-सा टहलता, फिर पानी पी बिस्तर पर लेट, सोने की कोशिश करता, मगर सारी रात करवटें बदलते गुज़र जाती नींद दोबारा पलकों पर न उतरती।

अक्सर वह सोचता कि सभी एक-दो बार अपने रिश्तेदारों से मिल आए, मगर जब उसके जाने की बारी आती है, तो हालात उसका साथ नहीं देते। इस बार वीज़ा मिल गया। ढेरों तोहफ़े ख़रीदे गए। सामान बँध गया। बच्चे खुशी से भागे-भागे फिर रहे थे। निज़ाम के दिल में एक अजीब खुशी मिला दर्द हिलोरें ले रहा था कि वह खाली हाथ कराची आया था और आज जब अपनों से मिलने जा रहा है, तो उसके पास सब कुछ है। उसकी खुशी जल्द की ख़ाक में मिल गई, जब पता चला कि जंग शुरू हो गई है और हिन्दुस्तान जाने का रास्ता बन्द हो गया है।

सामान खोल दिया गया। रोते बच्चों को बहलाया गया और रेडियो कान से लगा कर सारे लोग बैठ गए। खाँ साहब सबसे ज्यादा बेचैन थे। उनके हल्क़ से पानी भी अटक-अटक कर उतर रहा था। वह मरने से पहले एक बार फ़ैजाबाद की ज़मीन का बोसा लेना चाहते थे। उनका यह अरमान धरा-का-धरा रह गया था।

बटवारे में सबीहा का ख़ानदान फैज़ाबाद छोड़कर आना नहीं चाहता था, मगर चारों तरफ़ से मिलती ख़बरों से परेशान खाँ साहब मेरठ अपने साले के घर इस ख़्याल से पहुँचे थे कि वह पुलिस से महकमे में बड़े ओहदे पर हैं। उनका घर महफ़ूज रहेगा। वहाँ जाकर पता चला कि वह तो मार डाले गए और उनकी जवान बीवी

अपनी नन्हीं-सी बेटी को सीने से लगाए, चने की पोटली में जेवर डाले अलीगढ़ की तरफ अपने भाई के घर जाने को तैयार थी। उनके दुपट्टे के आँचल में पिसी चूड़ियाँ बँधी देखकर सबीहा ने पूछा था कि यह क्या है?

"तुम भी बाँध लो वक़्त ज़रूरत पर काम आयेगी। इज़्ज़त की मौत, बेइज़्ज़ती की ज़िन्दगी से कहीं बेहतर है।" मुमानो ने सबीहा के आँचल में आधा चूरा बाँधते हुए कहा था।

दो हफ़्ते बाद मुमानी के भाई आकर उन्हें ले गए। शहर में तनाव था। जान-पहचान वाला कोई चेहरा पास न था। खाँ साहब को साथ ले जाने की वह जिद करते रहे, मगर खाँ साहब की दिमाग़ी हालत पाकिस्तान जाने वाले मुसलमानों को देखकर बहक गई। एक शहर से दूसरे शहर पनाह ढूँढ़ने से बेहतर है कि वह एक ठिकाना ढूँढ लें। अन्दर-अन्दर वहशत भरी तन्हाई ने उन्हें अपनी जगह से उखाड़ फेंका और वह जिस हालत में थे, चल पड़े पाकिस्तान की तरफ। सबीहा की माँ अलबत्ता भावज के साथ अलीगढ़ जाना चाहती थी, मगर खाँ साहब के फैसले के आगे चुप रह गई। उम्मीद के नाम पर घर की कुंजी का लच्छा कराची तक इस ख़्याल से लाई थीं कि जाने कब लौटना पड़ जाए। वह उस वक़्त भूल गई थीं कि आगे चला वक़्त कभी पीछे नहीं लौटता, बल्कि आगे-ही-आगे बढ़ता जाता है। आज वह हक़ीक़त उनके सामने आन खड़ी हुई थी। कमरे में जा बड़ी ख़ामोशी से अटैची खोल उन्होंने उस जंग लगे चाबी के गुच्छे को निकाला, होंठों से लगाया। आँखों का बहा पानी जंग की खुरदुरी दरारों से अटकता हुआ मुट्ठी के बीच दबी चाबियों में उलझ गया।

सबीहा को याद आया, जब वह बड़े दरीचों वाले अपने घर के कमरे, कोठरियों में ताला डाल रही थी। उस वक़्त शन्नो ने उसे पुकारा था। वह तेजी से सीढ़ियाँ चढ़ती ऊपर छत पर गई थी। वहाँ शन्नो मुस्कराती खड़ी थी। उसे देख बड़ी अदा से बोली, "सुन री सब्बो, वह आज शाम घर आयेगा, तुम आना।" शन्नो के माथे की बिन्दी सूरज की किरण में दमकी।

"मैं...मैं तो जा रही हूँ।" सबीहा का दिल शन्नो के मँगेतर को न देख सकने के कारण जैसे रो पड़ा।

"कहाँ?" शन्नो चौंकी और रूठने वाली नज़रों से सबीहा को देखा। उसका चेहरा उतर आया था।

"हम लोग मेरठ जा रहे हैं अभी, फिर...।" बीच में बात रह गई।

"सबीहा!...सबीहा, कहाँ हो तुम?" माँ की आवाज दहशत से भर गई।

"अच्छा चलती हूँ।" सब्बो ने सहेली को देखा। दोनों के चेहरे उदास हुए। वायदे जो पूरे नहीं हो सकते थे।

सबीहा को बहुत कुछ याद आता रहा। एकाएक उसके दिल में सवाल उभरा आख़िर उन तालों को किसने खोला होगा? सुना है, लावारिस मकान कस्टोडियन

के हाथ लग जाते हैं और... सबीहा मुँह ढक कर लेट गई। दुपट्टा भीगा, तकिया भीगा मगर ज़हन से घर न धुल सका।

शहर-शहर दहशत थी। घर-घर दहशत थी उनका जहाज़ गिरा, अपना तबाह हुआ, किसके लिए कोई रोए और हँसे? एक अजीब अहसास से सब गुज़र रहे थे। इम्तहान की सख़्त घड़ी थी। सुलगते अंगारों पर जैसे उन्हें किसी भेड़ की तरह टाँग कवाब बनाया जा रहा था।

"हिन्दुस्तान ने आखिर पाकिस्तान पर हमला कर दिया न?"

"हाँ, खरबूज़ा छुरी पर गिरा, या छूरी खरबूज़े पर, बात तो वही रही कि जान ख़रबूजे की गई।"

"हिन्दुस्तान जीतेगा?"

"पाकिस्तान हारेगा?"

"हिन्दुस्तानी फौज पाकिस्तान में घुस आई तो?"

"पाकिस्तान का वजूद मिट जायेगा! वह फिर हिन्दुस्तान का हिस्सा हो जायेगा।"

"अच्छा है, बहुत अच्छा...। हिन्दुस्तान ने तो हमला भी इसी नीयत से किया होगा।"

"नहीं-नहीं, पाकिस्तान जीतेगा, हमारी फौज में बहुत दम है।"

"इन्हें एक बार सबक़ तो सिखाना था।"

तरह-तरह की बातें थीं। सवाल थे और ख़ौफ़ था, जो पाकिस्तान की फ़िज़ा में लटक रहा था। दूसरे क्या-क्या सोच रहे थे। इसकी परवाह निज़ाम को नहीं थी, मगर उसके दिल में किसी गोशे से वह आवाज ज़रूर उठने लगी थी कि जो हो रहा है, वह बहुत बुरा है और...और जो हुआ था, वह...वह तो और भी बुरा था। चंद दिनों की जंग ने पूरे पाकिस्तान को हिला कर रख दिया था। मूल्क की हालत ख़स्ता और हाकिम की कुर्सी पुख़्ता होने के बावजूद जिस जीत का ख़्वाब सरकार ने लोगों को दिया था, वह उसमें कामयाब न हो सके। सियासत ने घर-आँगन बाँटा, कूटनीति ने दिलों को काटा और पुराने बाशिन्दों को नई सरहदों में बाँधा था। पुरानी सियासत के बुझे अंगारों को फिर से फूँक मार कर सुलगा बैठे थे।

आखिर इतना सब गुज़रने के बाद क्या वक़्त चश्मदीद गवाह बना वहीं ठहरा रहता, जहाँ से चला था? इस रंग बदलते वक़्त में महाज़िरों के पैर कराची में जम तो चुके थे, मगर इस जंग ने हिन्दुस्तान की बसी पुरानी यादों की शिद्दत को कम जरूर कर दिया था। उसकी जगह एक शिकवा उभर आया था। नफ़रत और मोहब्बत के बीच लटकते इन्सानों के लिए अपने जज़्बात को समझना खुद

कितना मुश्किल हो गया था कि उसका ग़म कहाँ से शुरू और खुशी कहाँ दम तोड़ती है?

जंग को ख़त्म हुए पूरे पाँच, माह गुज़र गए थे। इस बीच निज़ाम को भाई का कोई ख़त नहीं मिला था। मुल्क के हालात ऐसे नहीं थे कि उम्मीद की जा सकती कि ख़त का सिलसिला फिर हिन्दुस्तान से चल पड़ेगा। निज़ाम के दिल में जाने कहाँ से यह ख़्वाहिश अपना डेरा जमा चुकी थी कि उसका बहुत कुछ पीछे रह गया है। वह उन चीज़ों को वापस तो नहीं पा सकता, मगर जो रिश्ते बदन की शक्ल में मौजूद हैं, उन्हें तो अपने पास सँजो कर रख सकता है।

"अब्बा,...हाँ, अब्बा,...अम्मा चली गई, तो क्या उनकी गोद मेरे लिए नहीं बची? बहुत रह लिए वह भाई के साथ, मेरे बच्चों को भी उनकी ज़रूरत है। बाक़ी ज़िन्दगी अब वह मेरे पास गुज़ारेंगे। आख़िर हमें भी सायदार दरख़्त की जरूरत है। वह जटाधारी बरगद क्यों मेरे पास नहीं है, आखिर क्यों? निज़ाम पर जज़्बात के दौरे पड़ने लगते। ऊपर से शान्त दिखने वाला निज़ाम अन्दर-अन्दर किसी समन्दर को पार करने की कोशिश में पछाड़ें खाता था।

'अब्बा जब आयेंगे, तो उन्हें बाग़ के सामने वाला कमरा दूँगा, जिसमें बैठकर वह खेत की जगह शहर का नजारा देखेंगे। उन्हें मैं मक्का, मदीना, इराक, ईरान हर इबादतगाह की ज़्यारत कराने ले जाऊँगा, तब उन्हें अहसास होगा कि मेरे पास क्या है, जो भाई उन्हें नहीं दे पाए, मगर...वह तो सिर्फ अजमेर वाले ख़्वाजा के मुरीद हैं और अजमेर...अजमेर तो वहीं हिन्दुस्तान में रह गया। अजमेर को कराची उठा कर नहीं लाया जा सकता, फिर...फिर...।' वह सिर पकड़ कर बैठ जाता।

निज़ाम के अन्दर चलते तनाव का अहसास उसके पास बैठे दूसरे शख़्स को बिल्कुल नहीं हो पाता था कि वह दो स्तरों पर जी रहा है। जब वह किसी ताजिर से नफे-नुकसान की बात कर रहा होता, तो उसका दिमाग़ नोटों की गड्डी की हक़ीक़त के साथ अपने गाँव और घर की सैर कर रहा होता। कभी-कभी वह किसी बड़े अनुबन्ध पर हँसते हुए हस्ताक्षर करते हुए अपने से कहता भी जाता था, 'सारे आराम, शान-शौकत और दौलत को हासिल करके मैंने पाया क्या? किसके लिए इतनी मेहनत करके मैं दौलत का अम्बार खड़ा कर रहा हूँ,...किस के लिए?'

पाकिस्तान में चारों सूत्रों के बीच चलती टकराहट का असर ज़हनों पर पड़ने लगा था। एक तरफ पंजाब दूसरे सूबों पर छाता जा रहा था, तो दूसरी तरफ महाजिरों की बढ़ती खुशहाली सिन्ध के अवाम में बेचैनी पैदा कर रही थी। उनमें भी दौलत कमाने, अच्छी तरह रहने की ख्वाइशें पनपने लगीं, जिससे दबा-दबा आक्रोश

अपनी ज़मीन बनाने लगा था। कराची के बाज़ारों में जहाँ तस्करी का सामान खुले आम बिकता था, वहाँ नशे की वबा भी फैलने लगी थी। यह सब देखकर सबीहा दोनों लड़कों के लिए फ़िक्रमन्द हो उठती थी।

"क्यों न दोनों लड़कों को बाहर पढ़ने को भेज दें?"

"हाँ, सोचा तो कुछ मैंने भी ऐसा था कि हिन्दुस्तान जाऊँगा, तो बड़े को वहीं छोड़ आऊँगा। चचा, चची के साथ रह कर इन्सान बन जायेगा। आखिर गोलू गाँव के स्कूल से शुरू होकर यूनिवर्सिटी तक पहुँच ही गया।"

"अब वह सब तो बहुत दूर की बात है। जंग के बाद जाने वहाँ भी क्या हाल हो?"

"साहणी के दोस्त इंडियन एम्बेसी में हैं, उनसे कह कर पता लगाता हूँ कि दाखला वहाँ आसानी से कैसे हो सकता है।"

"काहे को अपने को हलकान कर रहे हो? जहाँ रोज का आना-जाना है, वहाँ पर कोशिश करो।"

"हाँ, आपकी औलादों का पढ़ाई में बहुत दिल लगता है न? बड़े अच्छे नम्बर लाते हैं, जो अमेरिका, यूरोप ब्रिटेन की यूनिवर्सिटियाँ अपनी इज़्ज़त समझेंगी उन्हें दाखला देकर...!"

"मेरा यह मतलब नहीं था।"

"फिर आपको हिन्दूस्तान भेजने पर इतराज़ क्यों?"

"इतना पानी गंगा और सिन्ध में बह चुका है कि वापस लौटना, उन जगहों में अपने रिश्ते ढूँढ़ने की कोई खास मजबूरी समझ में नहीं आती है।"

"लड़का पढ़ने जायेगा, रिश्तेदारी निभाने नहीं।"

"जैसी ज़िन्दगी चल रही है चलनें दें। बड़ी मुश्किलों से तो थोड़ा-बहुत दिमाग़ी सुकून मिला है, वह फिर बिखर जाएगा। न जाने दोबारा इस कराची शहर में दिल लगे या न लगे?"

निज़ाम सबीहा का चेहरा देखता रहा। उस पर जाने क्या ढूँढ़ता रहा। यह सच था कि बहुत बड़ी संख्या में मुल्क से लोग बाहर जाने लगे थे। इसका असर आम इन्सान पर पड़ रहा था। मकान, जायदाद बन रही थी। फ़ौज का खर्चा बढ़ रहा था। गरीब और अमीर के बीच फ़ासला बढ़ रहा था। महाजिर भी इन बदलते सियासी और समाजी हालात में दो हिस्सों में बट चुके थे। एक वे जो सत्ता के क़रीब रह कर सत्ता में बना रहना चाहते थे। दूसरे वे जो सत्ता से दूर रह कर मार्क्सवाद के साथ लियाकत अली और जिन्नाह को तलाश करते सरकार की आलोचना में कमर कस चुके थे। इन्हीं दोनों के बीच निज़ाम सन्तुलन बनाए रखना चाहता था।

बाज़ार में मुक़ाबला, समाजी ज़िन्दगी में अच्छे रहन-सहन की दौड़, ताजिरों

की आपसी खींचातानी, मुल्क में खुले विदेशी बाज़ार की वजह से ग्राहकों को पाकिस्तानी चीजों की तरफ आकर्षित करना बहुत मुश्किल होता जा रहा था। इसी सबके बीच रहते-सहते निज़ाम भी अब पहले वाला निज़ाम नहीं रह गया था।

सबीहा के बाप की तबियत हर तरह के इलाज और देखभाल के बाद भी नहीं सँभली। उनकी माँग ने सबको झिंझोड़ कर रख दिया था। उनकी ख़्वाहिश थी कि वह मरने के बाद अपने वतन में दफन हों और बहुत चाहने पर भी यह तमन्ना निज़ाम पूरी नहीं कर सका। उसकी मजबूरी सबीहा समझती थी। सालेहा के मियाँ ने तो इस पर बात करने से ही इनकार कर दिया। वह बड़ा वतन परस्त क़िस्म का आदमी था। इस तरह से अहसास को वह दिमागी बीमारी कह कर टालता था। उसका विश्वास था कि आदमी जहाँ रहता है वही जगह उसकी हक़ीक़त होती है।

खाँ साहब के मरने के बाद सबीहा की माँ जैसे टूट कर रही गई। उनको भी तरह-तरह की बीमारियों ने घेरना शुरू कर दिया था। उनकी बड़ी ख्वाहिश थी कि मरने से पहले वह नबासे नवासी में से किसी का ब्याह देख लें। बाप की मौत के बाद सबीहा माँ का दिल रखना चाहती थी। उसने लड़का देखना शुरू कर दिया।

"इतनी जल्दी क्या है?" निज़ाम परेशान हो उठता।

"इसी उम्र में मेरा ब्याह हुआ था।" सबीहा हँसी।

"वह ज़माना अलग था।" निज़ाम बेटी की जुदाई से उलझता।

"ज़माना औरत के लिए हमेशा एक ही रहता है बेटे, लड़का अच्छा मिलते ही ब्याह दो।" सबीहा की माँ ने दामाद से कहा।

"जैसी आप सबकी मर्जी।" कह कर निज़ाम उठ गया।

कई तरह के घराने, लड़के, खानदान देखने के बाद आख़िर सबीहा की बड़ी लड़की नाहीद की बात तय हो गई थी। वह भी ताजिर लोग थे। लड़के ने बाप के कारोबार को सँभालना शुरू कर दिया था। देखने-सुनने में लड़का निज़ाम को पसन्द आया था। दोनों तरफ शादी की तैयारियाँ ज़ोरों पर चल रही थीं। सबीहा सब कुछ भूल कर बेटी के लिए ज़ेवर, जोड़ों को छाँटने, खरीदने के लिए बाज़ार का चक्कर लगाती और नानी चश्मा लगाए बड़े अरमान से नवासी के दुपट्टों में लचके टाँकती रहतीं।

"सुनो, सबीहा, मेरा दिल चाहता है कि दोनों बेटों के लिए फैजाबाद, लखनऊ मलीहाबाद के किसी अच्छे खानदान की लड़की को अपनी बहू बनाऊँ।" निजाम ने बेटी के ज़ेवरों के डिब्बे को बन्द करते हुए कहा।

"यह अपना दामाद कौन-सा काले कोसों दूर का है—? वज़ीर का ख़ानदान भी तो दुर्गापुर का है।"

"हाँ, मगर मैं दोनों शादियाँ वहीं करना चाहता हूँ।" निज़ाम जज़्बात में बहका।

"दे चुका कोई लड़की आपको! उस वक़्त नई-नई बात थी। रिश्तेदारी गुथी हुई थी। निस्बतें तय थीं। इरादे पक्के थे, मगर अब पता नहीं वहाँ लड़कियाँ भी कैसी निकल रही हैं?" सबीहा ने नया झुमका देखते हुए कहा।

"सुना है, वहाँ शरीफ़ ख़ानदानी मुसलमानों में गुरबत बहुत है, बेकारी अलग! वारिसशाह अभी दिल्ली से लौटे हैं। बता रहे थे कि यहाँ से गए सिंधी पंजाबी खूब रच-बस गए हैं, मगर जमींदारी टूटने से पुराना हिसाब-किताब बिखर गया है। ऐसी हालत में हर शरीफ़ घराना खाता-पीता लड़का ही बेटी के लिए तलाश करेगा। चलो, रिश्तेदारों में न सही जात-बिरादरी में तो लड़कियों का अकाल नहीं होगा।" निज़ाम ने दूर की सोचते हुए कहा।

"हाँ, शादी के बहाने उन बेचारियों को दंगे फ़साद से तो राहत मिलेगी।" सबीहा इतना कह कर ख़ामोश हो गई। उसका ध्यान इस वक़्त निज़ाम की बातों से ज्यादा लड़की के जहेज़ रखने-उठाने में लगा हुआ था। ट्रक भर-भर सामान देने का रिवाज बन चुका था। भर-भर हाथ सोने की चूड़ियाँ पहनना जहाँ ज़रूरत बन गई हो, वहाँ पर दुल्हन के ज़ेवरों का कहना ही क्या? ऊपर से निज़ाम जैसे शहर के बड़े ताजिर की बड़ी लड़की की शादी होने वाली है। हज़ार नज़रें टिकेंगी, नापेंगी, तौलेंगीं इसलिए हर चीज अपने आप में मिसाल होनी चाहिए।

पन्द्रह दिन पहले से घर में दावतें और गाना-बजाना शुरू हो गया था। मेहमानों की फेहरिस्त तैयार कर घर-घर नेवता भेजा जा रहा था। निज़ाम के दिल में जितने छिपे अरमान थे, सब इस शादी में निकल आए थे। कोई भी नई चीज़ सुनता, उसको बाज़ार में ढुँढ़वाता। नाहीद इतनी चीज़ों को देख ग़म को भूल ख़ुशी से अधमरी हुई जा रही थी। आखिर इस खरीद के पीछे माँ-बाप का प्यार था, जिसकी गर्मी उसे सहला रही थी।

निज़ाम ने बेटी की शादी का कार्ड बड़े अरमान से भाई, फ़ूफी, खाला को भेजा था। ख़त में लिखा था कि अगर आप सब आएं, तो मैं पूरा जहाज किराए पर ले लूँ ताकि आप को कोई तकलीफ न हो। अब्बा को अलग से उसने एक खत लिखा, जिसमें तरह-तरह की क़समें उन्हें देकर कराची जाने को लिखा था। बेटी को रुख़सत कराना उन्हीं के हाथों अंजाम पाना चाहिए। आख़ीर में उसने क़सम दिलाई, अगर वह नहीं आए, तो फिर निज़ाम का मरा मुँह देखेंगे।

नाहीद के ब्याह के बाद सबीहा को घर बड़ा सूना-सूना लगता। दोपहर के सन्नाटे में जब बच्चे स्कूल जाते और निज़ाम आफ़िस, तो दोनों माँ-बेटी अकेले गुज़री बातों को याद करतीं, या फिर नाहीद के ससुराल वालों का बखान होता। तबियत

ज़्यादा घबराती, तो दोनों मोटर में बैठ सालेहा के घर हो आतीं। उनकी शादी तो लाहौर में हुई थी, मगर पिछले ही दिनों उसके मियाँ अकबर का ट्राँसफ़र कराची हुआ था। अब उसकी भी गृहस्थी जम चुकी थी। बच्चे सकूल जाने लगे थे।

आज जब सालेहा माँ-बहन से मिलने आई, तो अपने साथ भाँजी का पैग़ाम भी साथ लाई। सब कुछ सुन कर सबीहा फ़ौरन कह उठी, "अभी एक के जाने से घर सूना हुआ है, फ़ौरन ही दूसरी लड़की को ब्याहने की हिम्मत मुझ में नहीं है।"

"लड़का देख लो, घराना पसन्द कर लो आपा, शादी चाहे जब करना।" सालेहा बोली।

"अभी तो यह बाहर जाना चाह रहे हैं। शायद हम लोग भी साथ जाएँ, फिर देखते हैं, क्या बनता है।" सबीहा बोली।

"अम्मी इस बहाने कम-से-कम हफ्ता भर मेरे साथ तो रह लेंगी।" कह कर सालेहा हँस पड़ी।

इस बार निज़ाम जब यूरोप तिजारत के काम से जाने लगा, तो उसने सबीहा और बच्चों को भी घुमाने का इरादा किया। जब से वह आई थी, लाहौर और इस्लामाबाद तक नहीं गई थी। एक शहर में क़ैद वह पूरे बीस साल गुज़ार चुकी थी। इस बार ऐसी दुनिया की सैर पर ले जाऊँगा, जहाँ पाकिस्तान के जहाज कि उतरने पर कोई रूकावट नहीं होगी।

कई दिनों से निज़ाम दिमागी तनाव का शिकार था। यूरोप का सफ़र टल गया और ताजिरों की अंजुमन में कई तरह की गैरजरूरी बातें भिनभिनाने लगीं थीं। यह सही था कि जो मुसलमान पंजाबी बटवारे के बाद हिन्दुस्तान की तरफ आए थे, वे पूरी तरह पंजाब में जाकर घुल-मिल गए थे। उनके साथ महाजिर शब्द नहीं जुड़ पाया था, मगर...!

"हम किसी भगोड़े या पनाहगीर को अपनी अंजुमन का सदर नहीं बनायेंगे।" यह आवाज़ एक नए उभरते सिंधी ताजिर की थी।

"इस तरह मत बोलो, साई हम ताजिर लोग हैं। हमारा काम, धंधा करना है, क़ौम और ज़बान की लड़ाई नहीं करनी है।" बूढ़े ताजिर थादानी ने कहा।

"देखो साईं, हम इन लोगों से ना पहले चिढ़ते थे, ना अब, हमारा बैर पंजाबी से था और यह पंजाबी के संग मिल कर...।"

"सियासत की बात हमारे बीच क्यों कर उठी? सियासत करनी है, तो तिजारत छोड़ दो। हमारा ग्राहक हमारा काम कराने वाला पंजाबी, महाजिर, पठान, ब्लोची, सिंधी होगा, किसी एक क़ौम से सिर्फ़ हमारा रिश्ता निभ नहीं सकता।" वारिसशाह ने भारी आवाज़ में कहा।

बात ख़त्म हो गई। निज़ाम सचिव चुन लिया गया, मगर उस दिन से आज

तक उसके जहन में बरसों पहले किसी की कही गयी बात गूँजती रही कि जब पाकिस्तान वजूद में आया, तो हम सबको एक क़ौम में ढलना था मगर जब हमारे माँ-बाप ने इस जमीन पर क़दम रखा, तो उन्होंने पाया कि यहाँ पंजाबी, सिन्धी, ब्लोची और पठान हैं। पाकिस्तानी कोई नहीं, अगर पाकिस्तानी कोई है, तो वह सिर्फ महाजिर...! हमने खुद को कभी महाजिर नहीं कहलाया था। उनकी कही बातें इतनी बार दोहराई गई कि आख़िर हम अपने को महाजिर कहने पर मजबूर हो गए और अपनी तारीख़, भाषाई पहचान जो दूसरी क़ौमों से जुदा है, भूल गए; मगर अब हम दूसरों से इस हक़ीक़त को मनवाना भी चाहते हैं।

"सब कुछ बदल रहा है।" लतीफ़ अहमद ने एक दिन कहा।

"हाँ...हाँ।" निज़ाम ने चौंक कर अपने साथी ताजिर को देखा।

"पहले हम गुजराती ताजिर और दस्तकार यहाँ पर हावी थे। बैंक के 'क़ौमी' हो जाने के बाद दूसरे लोग भी क़र्जे की सहूलियतों की वजह से अब दाख़िल हो रहे हैं। इस हक़ीक़त को हमें क़बूल कर लेना चाहिए, मगर अपनी हुक़ूमत, अपना दबदबा हाथ से जाता कौन देख सकता है।" लतीफ़ अहमद उखड़े-उखड़े लहजे में बोले।

"इधर ट्रांसपोर्ट पर पूरी तरह से पठान काबिज़ हो चुके। अब बड़े पैमाने पर तिजारत में भी दाखिल होना चाहते हैं।" निज़ाम ने धीरे से कहा।"

"यह सिंधी भी अब जाहिल-गँवार नहीं रह गए हैं। इनके भी पर निकलने लगे हैं, मगर समझदार लोग जानते हैं, बिना महाजिर और पंजाबी के उनका काम निकलेगा नहीं। इसीलिए थादानी, उस दिन ज़ोहरे पर बिगड़ पड़ा था।" वारिसशाह ने कहा।

"हाँ, हर इन्सान बेहतर ज़िन्दगी चाहता है और यह बिना जद्दोजहद किए तो हासिल हो नहीं सकती। सवाल ज़िन्दा रहने की लड़ाई का है और...।" कहते-कहते निज़ाम रुक गया।

"ख़ैर, छोड़ो, यह सब तो चलता है।" कहते हुए वारिसशाह ने ज़ोर का धप निज़ाम के कन्धे पर मारा और ऊँचा कहकहा लगाया।

इसी के साथ सब इकट्ठे बाहर निकले और सबने आपस में हाथ मिलाए। लौटते हुए कार में बैठा निज़ाम शहर की बढ़ती आबादी और खुशहाली को देखते हुए सोच रहा था कि कुछ भी तो नहीं बदला। वहाँ हिन्दुओं का खौफ़ था कि वह मुसलमानों को जीने नहीं देंगे, मगर यहाँ तो हिन्दू मुट्ठी पर ही हैं; और जो मुसलमान भरे हुए हैं, वह पंजाबी, सिन्धी, ब्लोची और पठान, पहले हैं। मगर महाजिरों पर आरोप है कि वह भारत में हिन्दू और अब पाकिस्तान में सिन्धी के साथ बना कर नहीं रह पा रहे हैं, क्योंकि बात चार कौमों की न होकर पाँच की

उठ रही हैं अलगाव का अहसस दिलों में बढ़ रहा है और कहा यह जा रहा है कि इनको मिल-जुलकर रहना आता ही नहीं है। पुराना वतन सियासत ने छुड़वाया और अब...? अब चारों तरफ़...। चारों तरफ घिरे इस भय के तम्बू के बीच अपने को साध कर नफ़े-नुकसान का फ़ैसला ख़ुद करना होगा। निज़ाम ने गहरी साँस लेकर आँखें बन्द कर लीं।

भाई की जुदाई, माँ-बाप की मौत, भारत-पाक युद्ध और केंचुली बदलते माहौल ने इमाम को तोड़ कर रख दिया था। यूँ तो हर दिन कहने-बताने वाली कोई घटना नहीं घटती थी, मगर शक का नाग जो दिमागों पर से गुजर कर दिलों पर फन काढ़ कर बैठ चुका था, उसकी सरसराहट का अहसास कोई भूला नहीं था। लोगों की निगाहों में एक तिरस्कार था। उसके सामने अपनी ईमानदारी की क़समें खाना जैसे ख़ुद अपने को नंगा करना था। इस दर्द का हाल किसके सामने बयान करें। कितनों की समझ में न दिखने वाले इस जख़्म की टीसें आ सकती हैं। जीने का मज़ा जाता रहा। दिलों की आब-ए-हयात को सियासत चुरा ले गई।

"आख़िर किस फ़िक्र मा डूबत रहत हैं आप हर बख़्त?" शमीमा मियाँ को हरदम चुपचाप बैठा देखा उसकी गिरती सेहत के लिए चिन्तित होती।

"कुछ नाही, शम्मो, तोहार जान की क़सम...कुछ नाही।" इमाम फँसा गला साफ़ करते हुए बोला।

"हमार समझ में नाही आवत कि लाख कोशिश के बावजूद ई घर की छत दिन-ब-दिन कमज़ोर पड़त जात है। उधर मँगरू काका और सुन्दर काकी गुज़र गएं इधर गोलू का इम्तहान सिर पर, लच्छू अकेला घर सँभाले या खेत! ओका आवारा बाप जाने कऊन सा मंत्र पढ़त सारे गाँव में फिरत है।" शमीमा बड़बड़ा रही थी।

"का भवा एकाएक?" इमाम चौंक कर बोला।

"अब का बताएँ?" ठण्डी साँस भरी शमीमा ने।

"कहो तो नौकरी से इस्तीफा दे दें?" कुछ सोचते हुए गम्भीर स्वर में इमाम धीरे से बोला।

"चलती पनचक्की थम कर खड़ी हो जाए वह भी तो ठीक नाही।" शमीमा ने उखड़े लहजे से कहा।

"रिटायर होय में अब साल ही कितने बचे हैं?" इमाम ने हँसकर कहा।

"ऐही वजह के कहत हन कि जिन्दगी रोअत-झीकत जैसी चलत है, चलय दें, वरना गाड़ी नई पटरी बदल जाने कउन-सी रफ्तार पकड़े?" अपनी धुन में मस्त शमीमा बोले जा रही थी।

"अब एमा हमार का खता है, शमीमा?" इमाम ने बेचारगी से कहा।

"खता?...आख़िर आप का करिन हैं?" चौंकी शमीमा, जैसे किसी और दुनिया से लौटी हो।

"तुम्हीं कुछ कहत रहीं।" इमाम ने सादगी से कहा।

"हम...? अकेले रहत-रहत अपने से बात करै कि आदत पड़ गई है।" शमीमा हँसते हुए बोली और कमरे से निकल बावर्चीखाने की तरफ़ बढ़ी।

बाहर आँगन में लच्छू बैल की सानी के लिए पानी की डोल ले जा रहा था। उसकी माँ ब्रज बहू आँगन में बैठी गेहूँ पछोर कर उसे कंडाल में डाल रही थी। नाली के पास पड़े अनाज के पछोड़न में मुर्गियाँ दाना चुग रही थीं। धूप दीवार के ऊपर फलगाँने की कोशिश कर रही थी।

"चाय बन गई है, बहिनी।" शमीमा ने गुड़ उबलते पानी में चाय की पत्ती डालते हुए कहा और दूध की हँडिया छीके पर से उतारी।

धूप सरक गई थी। हवा की गर्मी जाती रही। ब्रज बहू ने सूप दीवार की खूँटी पर टाँगा, मुर्गियों को हाँक दरबे में बन्द किया और कूड़े को नारियल की झाड़ू से समेट किनारे लगा, नलके की धार के नीचे मल-मल कर हाथ धोने लगी। लच्छू के घर में घुसते ही पूछ बैठी, "बापू मिला रहा?"

"हाँ, अड्डे पर बैठा कोड़ी खेलत रहा, ओही गँजेडियन के साथ मा...। कह दिया रहा कि माई बुलाय रही है। मुँह से कुछ बोला नाही।" लच्छू ने बड़े आराम से आँखें मटका कर कहा। कान पर खुसी बीड़ी चुपके से निकाल चिमटे से अँगारा घसीट उसे जलाया और हथेली की आड़ में छिपाए वह बकरी की थान की तरफ़ बढ़ा।

इमाम का ज़हनी तनाव दिन-ब-दिन बढ़ रहा था। उसके अन्दर एक दुनिया धीरे-धीरे करके आबाद होने लगी थी, जिसमें दुख, पछतावा, उनझन, कुण्ठा और जाने कौन-कौन सी भावनाएँ अपना डेरा जमाने के लिए उसके दिल व दिमाग़ को खोदती रहती थीं। इमाम को कभी-कभी महसूस होता कि वह ऊँचा सुनने लगा है। कभी महसूस होता है कि उसका दिमाग़ दूसरों की बातों का अतिरिक्त अर्थ लेने लगा है। प्रायः उसे तकलीफ़ होती कि वह ठीक तरह से शब्दों का उच्चारण नहीं कर पा रहा है। ज़बान जब रुकती-थमती कुछ वाक्य निकालती, तो उसे अपनी ही आवाज कानों में अजनबी-सी लगती।

"आप की तबियत तो ठीक है?" अक्सर उसके साथी पूछते।

"जी, ठीक है। इनायत है आपकी।" मुस्कराता इमाम हाथ माथे पर ले जाकर सलाम करने वाले अन्दाज़ से शुक्रिया अदा करता, मगर अन्दर-अन्दर अजीब उदासी से घिर जाता कि लोग उसे एक निरीह इन्सान की तरह देख कर तरस खा रहे हैं।

अब इमाम को कभी-कभी निज़ाम की बातें याद आतीं और वह सोचने लगता कि क्या सचमुच उसकी बातों में सच्चाई थी कि हम यहाँ अपने पैरों पर खड़े नहीं रह सकते? हमारी जड़ें काट कर हमें ज़मीन और आसमान के बीच छोड़ दिया गया है?

"नहीं...नहीं।" उत्तेजित-सा इमाम अपनी जगह से खड़ा हो जाता।

"कुछ कहा आपने?" चौंकता पास बैठा आदमी।

"नहीं।" कह कर इमाम शर्मिन्दा-सा हाथ धोने के बहाने कमरे से निकल जाता और अपने को सहज बना, मुँह-हाथ धो, कंघी कर, आराम से बाथरूम से निकल सीट पर आकर बैठ जाता।

"आप पाकिस्तान क्यों नहीं गए?" अख़बार तह करके रखते हुए उनका कोई साथी जिज्ञासावश पूछ लेता।

"वतन छोड़कर जाने की बात दिमाग़ में कभी आई नहीं?" इमाम की सारी तैयारी इस सवाल से अन्दर-अन्दर ढह जाती।

"आपके तो सगे भाई हैं वहाँ। जाने का, मिलने का, दिल तो चाहता होगा आपका?" वही आवाज़ कुरेदने पर उतर आती।

"हम लोग ज़्यादा घूमने-फिरने वाली तबियत के नहीं हैं। सफ़र से घबराते हैं।" इमाम जवाब देता।

"वह तो आए होंगे मिलने?" फिर सवाल उठाता।

"नहीं, अभी तक आ नहीं सके।" इमाम ने टूटती साँसों के साथ जवाब दिया।

"अजीब बात है!...सच, राजनीति भी क्या बुरी चीज है।" अन्त में कहा जाता।

"जी...जी, हाँ।" इमाम का टूटा विश्वास उस आवाज़ में गूँजती हमदर्दी से जुड़ने लगता।

ऐसे वाक्य के बाद इमाम अक्सर सोचता कि लोगों के दिल व दिमाग़ में इतनी बुराई नहीं है, जितनी एक उलझी गुत्थी को समझने की उत्सुकता है, मगर इतनी बारीकी से क्या हर इन्सान दूसरे को देखता और समझता है? या अपनी कुण्ठाओं से निकल कर शब्दों के अर्थ बदल सकता है? उसको दिल पर मैल नहीं जमने देना चाहिए। आख़िर बटवारे का ग़म उसको जितना है, उतना ही दूसरे हमवतन को भी हो सकता है। चूँकि खानदान मुसलमानों के अधिक बटे हैं, इसलिए उनसे सवाल ज़रूर पूछा जाएगा, फिर इस बात को लेकर इतना सम्वेदनशील होने की क्या जरूरत है? इमाम अपने को समझाता, दिलासा देता, अपने मरते दिल को खुशनुमा बातों से ज़िन्दा करने की कोशिश करता और काम में लग जाता। कुछ दिन, चन्द हफ्ते आराम-सुकून से गुज़र जाते।

गोलू का एम. ए. का नतीजा निकल आया था। वह फर्स्ट क्लास फ़र्स्ट पोजीशन में पास हुआ था। चारों तरफ़ से मुबारकबाद के ख़त आ रहे थे। ख़ानदान का पहला लड़का था, जिसने एम. ए. किया था। वह भी इतनी बढ़िया कामयाबी के साथ। इमाम को महसूस हुआ कि ग़यासउद्दीन उर्फ गोलू को कलक्टर बने देखने का उसका ख़्वाब पूरा हो जाएगा। गोलू की भी इच्छा थी कि वह मुकाबले में बैठे, इसलिए सामान बाँध फिर वह इलाहाबाद की तरफ चल पड़ा।

"हम तो इसी डर से पढ़ाई की तरफ नहीं बढ़े कि हमारे सारे रास्ते तरक़्की करने के बन्द हो चुके हैं, मगर गोलू भाई ने तो साबित कर दिया कि उभरने वाले को कोई दबा नहीं सकता।" लखनऊ वाली फूफी का लड़का अमजद बोला।

"अभी वक़्त कौन-सा गुज़रा है, जो थक-हार कर बैठ गए हो?" मँझली खाला की बेटी तबस्सुम ने कहा।

"जो कर रहे हो, अमजद, वही तुम्हारे लिए ठीक है। बोर्ड के हर इम्तहान का नजीता थर्ड क्लास रहा, फिर वी. ए., एम. ए. थर्ड क्लास करने से फ़ायदा?" तबस्सुम की बड़ी बहन नसीमा ने कहा।

"आप मेरा मजाक उड़ा रही हैं?" अमजद उखड़ गया।

"एक तो मैं छोटा भाई समझ कर नेक सलाह दे रही हूँ। ऊपर से तुम नाराज़ हो रहे हो।" नसीमा ने कन्धे उचकाए।

"ठीक तो कह रही हैं, बजिया, चार साल गवाने के बाद क्या मिलेगा? अभी तो आप कारोबार में जम गए हैं।" अमजद की छोटी बहन रेहाना ने भाई को सँभाला।

"हाँ, शौक़ के लिए तो पढ़ाई की कोई उम्र नहीं। ख़ूब अच्छी किताबें पढ़ो, इल्म बढ़ाओ।" नसीमा ने बात की नज़ाकत समझ कर कहा।

"लड़कियों, सिर जोड़कर क्या कर रही हो?" फूफी की पुकार सुनाई पड़ी।

खाना तख़्त पर लग चुका था। सब हाथ धोकर खाना खाने बैठ गए। खाने पर भी बुजुर्ग गोलू की बातें करते रहे। जिस हद को वे सब बन्द दरवाजा समझ रहे थे, उसे खोल गोलू एक नए रास्ते का पता उन्हें बता, गहरी लकीर खींचता आगे बढ़ गया था।

शमीमा जाने से पहले कई बार गोलू की नजर उतार चुकी थी। इस वक़्त भी दिल ही दिल में वह बेटे की बलाएँ लेती, उसकी हिफ़ाज़त की दुआएँ माँग रही थीं। इमाम के चेहरे पर अरसे बाद ताज़गी थी। हँसी की आवाज़ में भी जान आ गई थी।

गोलू के लिए घर-बाहर से रिश्ते आने शुरू हो गए थे। यह सच था कि जमींदारी टूटने के बाद अच्छे खानदानो के लड़के हालात की मार से पढ़-लिख नहीं पाए थे। शहर के खुशहाल घराने महाजरत कर गए थे। कहीं लड़कियाँ अच्छी

होतीं, तो जोड़ का लड़का नहीं मिलता और कहीं लड़का अच्छा होता, तो लड़की मुनासिब नज़र नहीं आती। शमीमा ने तो बहुत पहले से फूफी की लड़की मासूमा को पसन्द कर रखा था। वह भी बी. ए. कर रही थी।

इमाम आए पैग़ामों में से अक्सर लड़कियों और उनके ख़ानदान की खोजबीन करते, मगर शमीमा की ख़ामोशी देख बात आगे नहीं बढ़ पाती थी। कहीं से ज़ोर ज़्यादा डाला जाता, तो इमाम साफ़ कह देता कि लड़का तो अभी इम्तहान की तैयारी कर रहा है, फिर वह अपने पैरों पर खड़ा हो जाए, तो ब्याह की सोचेंगे।

गोलू के शानदार नतीजे के बाद इमाम पर दबाव और तनाव के दौरे पड़ने बन्द नहीं हुए थे, बल्कि चिन्ता का, केन्द्र बदल गया था। उसका दिल अब इस बात से काँपता था कि बटवारे के बाद जिस तरह हम पुलिस और फौज की नौकरी में वर्जित समझे जाते हैं, उसी तरह इस क्षेत्र में भी कहीं गोलू को काट न दिया जाए?

अक्सर इमाम इतना ऊब जाता कि घर-जायदाद के बटवारे की बात सोच, दरवेशों वाली जिन्दगी जीने का इरादा करने लगता। अभी तक चक्की के दो पाटों के बीच वह आहिस्ता-आहिस्ता पिसता रहा है, ताकि पुरानी और नई नस्ल के बीच सन्तुलन बना रह सके, मगर अब जैसे कन्धे झूलते जा रहे हैं और इस फैलाव को, जो गाँव और शहर के बीच पसरा है उसे समेट कर एक जगह बाँधना है, ताकि वह जमकर किसी एक माहौल में अपने को रचा-बसा सके।

"सोच रहा हूँ कि नन्हें को ख़त डाल दूँ।"

"काहे? रूसवाई और जगहँसाई मा कुछ कोर-कसर बाक़ी रह गई है, जो ओका पूरा करै को बुलावत हो?"

"अब्बा मरहूम की आख़री ख्वाहिश रही कि...।"

"उनकी तो ख़्वाहिश बस एक रही कि नन्हें गाँव छोड़कर ना जाए, मगर का पूरी भई?"

"उ नन्हें जाने, ओकी तरह हम अब्बा की नाफ़रमानी कैसे करें?"

"इ मसला हमार है। नन्हें और आपके बीच का नाहीं।"

"का होय जात है तोका रहत-रहत?"

"आप कान खोल के सुन लें कि हमारी बाप-दादा की ज़मीन पर केही ऐरे-गैरे नत्थू खैरे का हक़ नाही है।"

"ठीक है तुम ठहरी हमारी चचा की बिटिया, मगर नन्हें भी तोहार देवर से पहले चचाजाद भाई होत है?"

"हमार जो है, सो यहाँ है। एक बात हो तो कोई भूलें। सुग़रा की क़िस्मत भली रही, जो अच्छे घर गई। शरीफ़न के घर की तलाशी भई। चचा अब्बा सदमा न सह सके। अम्मा घुट-घुट कर मरीं। शुरू-शुरु मा जात-बिरादरी को तो छोड़ो गाँव

माँ आँख उठाए के चलत मा ज़िल्लत लगत रही कि जैसे कहत हों, देखो बहिनी, ओही नन्हें की भावज जात है, जो अपना घर-गाँव छोड़ गवा। अब ई सब बर्दाश्त करे के बाद क़यामत तोड़त हो कि हमार जोती-बोई जमीन दूसरन आके बाटे, बेचे और खाए-पी के चल दें?"

"हम न लिखबय कान पकड़त हन बाबा, तुम अब अपने को सँभालो तो?"

"तौबा करो...हजार बार अपना मुँह पीटो। ई बात कहकर तुम बहुत बड़ा गुनाह करे हो।"

"बैठ जाओ, तुम अपने होश में नाही हो।"

"होश तो तुम गवाए दियो हो।"

"हम तोसे माँफी माँगत हन। बहुत शर्मिन्दा हैं, शम्मो, तोहार दिल इतना दुख जाइ, हमका मालूम न रहा, वरना इ बात मुँह से न निकालते। हमका माफ़ कर देव।"

"बिना कफ़्फ़ारा अदा किये न हम न हमार खुदा तोका माफ़ करिहे।" इतना कह शमीमा तड़प कर उठी।

शमीमा में ढलकी उम्र के साथ वैसा ही बदलाव आ रहा था, जैसे खुद इमाम में तब्दीलिया, मगर शमीमा के दिल में इतना ज़हर और ज़बान पर ऐसी कड़वाहट होगी, इसका गुमान भी इमाम को नहीं था। उसको जहाँ सदमा पहुँचा था, वहीं ताज्जुब भी हुआ था। वह सहमे से पलंग के पास जाकर खड़े हुए। तभी दरवाज़े के पीछे से डरी परेशान सी ब्रज बहू की आवाज आई, "भौजी!...बड़की भौजी!"

इमाम आवाज़ सुन पीछे हट गए और कमरे के कोने में पड़ी कुर्सी पर जा बैठे। शमीमा की सिसकियाँ आज की नहीं थीं, जो रुक जातीं। वह तो पूरे दो दहाई के लम्बे अन्तराल की थीं। घर उसके आँसुओं में जैसे डूबने लगा। ब्रज बहू धैर्य रखकर कमरे के दरवाज़े की चौखट पर खड़ी न रह सकी और अन्दर आकर बोली, "का भवा बड़की भौजी? काहे को रोअत हो, बहिनी?"

शमीमा तड़प उठी और कटे पेड़ की शाख की तरह ब्रज बहू के कन्धे पर झूल गई, फिर कमज़ोरी, सदमे और ग़म से नीम बेहोश-सी होने लगी थी। लच्छू अंगारे सुलगा, कुर्सी उठा कमरे में आकर बड़ी अम्मा के पलँग के नीचे रख गया। ब्रज बहू धीरे-धीरे शमीमा के पैर दबाने लगी। सिरहाने बैठा इमाम शमीमा का सिर सहलाने लगा।

"दूध लावें?" लच्छू इमाम से पूछ गया।

"लाओ।" इमाम ने शमीमा के अधेड़ चेहरे को देखा।

इमाम शमीमा को आराम से लेटा देख गहरी सोच में डूब गए। ज़िन्दगी भर टूटी रीढ़ की हड्डी के संग सीधे चलते रहे। दिल पर लगे जख़्म हँस-हँसकर छिपाते रहे। हर तरह का ज़ुल्म और ज़्यादती यह सोच कर सहते रहे कि ज़माना बदलेगा, तो उन पर उठी उँगलियाँ झुक जायेंगी और दुनिया उनकी मोहब्बत, उनकी

ईमानदारी की हक़ीक़त को पहचानेगी, मगर आज शमीमा ने जैसे उन्हें हिलाकर रख दिया और सामने आइना दिखा दिया कि ज़मीन उसी की जो जोतता है, फसल उसी की जो बोता है।

ईद के दिन मुरादाबाद में हुए फ़साद ने जैसे हिलाकर रख दिया। घर-घर सोग सियाह चादर मुँह पर डाल बैठ गया। इमाम कई बार जब्बार के घर जा मेहदी की खैरियत पूछ आया था। उसका कहीं कोई पता नहीं था। मुरादाबाद वह किसी दोस्त की शादी में गया था। उसने वहीं ईद मनाने का तय किया था। दोस्त के घर जाए बगैर किसी तरह की इत्तला हाथ आने वाली नहीं थी। घर में सिर्फ़ औरतें थीं। जब्बर मियाँ बाराबंकी में थे।

शाम तक मेहदी की कोई खबर न मिली। उलटे एक-दो जगहों से वारदात की खबरें मिलीं, जिससे पता चला कि काफ़ी संख्या में लोग मारे गये हैं। जुमे की नमाज़ के दिन गाँव के चन्द बुजुर्गों ने अपने राशे वाले काँपते हाथ उठाकर ख़ुदा से बुलन्द आवाज में दुआ माँगी, जेसे वह ऊँचा सुनने लगा हो, "हमारे गुनाह माफ़ कर! हमारी ग़लतियाँ दरगुज़र कर मेरे माबूद! हमें अपनी ज़मीन पर इज़्ज़त बख़्श! तू तो सारी कायनात का मालिक है, अपने बन्दों का इम्तहान इतना सख़्त मत ले। हमारा सब्र न आजमा! हम पर रहम खा!"

उनकी उस दुआ के बाद थोड़ी देर तक उस पुरानी मस्जिद में सन्नाटा छाया रहा फिर हर नमाज़ी ने अपना दिल खोलकर ख़ुदा के सामने रख दिया और एक साथ सिजदे में गिरकर गिड़गिड़ाए।

"अल्लाह पाक! हमवतनों के दिलों से नफ़रत धो! उसमें हमारी मोहब्बत के बीज बो, या फिर हमें अपने पास बुला लो!" दिलावर मर्द जो कभी किसी के सामने रोए नहीं उनके दिलों में छाए ग़मग़ीन बादल ख़ुदा के सामने इस तरह आँखों से झमाझम बरसे, जैसे वे अपनी कुर्बानी, अपनी इज़्ज़त ख़ुदा को पेश करने सिजदे में गिरे हों।

निज़ाम को जिन्दगी जीने का मज़ा सही मायनों में अब आया था, जब हर तरफ़ उसके नाम के साइन बोर्ड, होर्डिंग बाजारों, दुकानों पर नज़र आते। हर महत्त्वपूर्ण समारोह में उसकी उपस्थिति ज़रूरी समझी जाती। अब उसका जहन किसी याद तले दबा हुआ नहीं था, बल्कि वह अपने वक़्त के सबसे तेज़ रफ़्तार घोड़े पर सवार तरक़्क़ी की मंजिलें तय कर रहा था। ज़ज़्बात, अहसास, तड़प उसे बड़े लिजलजे से शब्द लगने लगे थे। इनका इस्तेमाल वह वक़्त की बर्बादी समझने लगा। उसका नज़रिया आज की तारीख में कुछ इस तरह का बन चुका था कि जो मौजूद है, वही सच है, जो घट रहा है, वही हक़ीक़त है, जो चल रही है, वही ज़िन्दगी है।

निज़ाम के ज़हन से गाँव साफ हो चुका था। वहाँ पर आने वाली ज़िन्दगी का शानदार नक़्शा फैला था। इस बात का सबसे बड़ा सबूत इमाम का खत था, जो दो सप्ताह पहले आया था। उसे खोलकर पढ़ने की फुर्सत निज़ाम को नहीं थी। अब वह ख़त कई ज़रूरी फ़ाइलों के नीचे दब गया था। उसकी मेज के सामने लटकी सुन्दर जेबों में अब वे कार्ड खुसे नज़र आते जो बड़ी-बड़ी दावतों, जलसों के होते थे।

निज़ाम को फोन पर लम्बी बातों से वहशत होती और वह जल्द-से-जल्द बात ख़त्म करना चाहता, ताकि दूसरा बिजनेस फ़ोन बिना किसी रुकावट के सुन सके। पूरे घर में कुल मिला कर तीन फ़ोन थे। इधर निज़ाम के चढ़ते सूरज को देख कुछ मँझोले ताजिरों ने उसे यह कहकर चढ़ाना शुरू कर दिया कि वह इस खुले चुनाव में स्वतंत्र उम्मीदवार बनकर खड़ा हो और अपने दबदबे से वह कोई दुधारू मन्त्रालय का वज़ीर बन, जी भर कर दौलत दुहे और दूसरों का व्यापार फैलाए।

निज़ाम का दिल इस बात के लिए तैयार न होता उसे महसूस होता कि जो ताक़त आज उसके हाथों में है, वह बाद में सीमित हो जायेगी। अपनी इस स्थिति में बेशक नेता और प्रजा दोनों को खरीदने की क्षमता रखता है, मगर सियासी नेता बन जाने के बाद उसे पुलिस, फौज, जनता, ताजिर, प्रेस सभी के पंजे भी लड़ाना पड़ेगा और दरपर्दा हाथ भी मिलाकर रहना पड़ेगा। बेईमानी और ईमानदारी की,

समझौते और साझदारी की इस दोधारी तलवार को सदा कमर में खोसकर बड़ी समझदारी से चलना पड़ेगा। ज़िन्दगी का यह मज़ा और आज़ादी उससे छिन जाएगी।

कुछ दिनों में पाकिस्तानी राजनैतिक व्यवस्था में खुलापन आने और फ़ौजी सत्ता का ज़ोर कम होने से कुछ अलग तरह की सियासी तब्दीलियाँ नज़र आने लगी थीं। नए मुल्कों से तिजारती रिश्ते बनना शुरू हो गए और तिजारत के नए अवसर खुलने लगे। निज़ाम ने भी कोशिश करके कुछ नए देशों से अनुबन्ध करे और माल आने-जाने लगा। निज़ाम के सितारे, उसके साथ थे। विदेशी मोटर गाड़ियाँ, कई अदद कोठियाँ, बँगले, फार्महाउस, अनगिनत दुकान, ऑफिस क्या नहीं था उसके पास, जिसकी तमन्ना उसके दिल में रह गई हो? दिल खोलकर ख़र्च करता। अपनी बुलन्द हिम्मती पर उसे गुरूर होने लगा था।

वारिमशाह शाम को जब घर आए तो अपने साथ ढेरों नए-नए क़िस्से-कहानियाँ लेते आए। यूरोप से वापसी पर वह तीन दिन दिल्ली रुककर लौटे थे, इसलिए कुछ ज़्यादा उत्तेजित थे। उनकी बेचैनी देख निज़ाम ने रात को बाहर कहीं खाने पर जाने का इरादा बदल दिया।

"क्या आवभगत हुई है, पूछो मत...! अपने पंजाबी, सिन्धी भाई खूब रच-बस गए हैं। पैसा ही पैसा है।"

"यहाँ मुहाजिर कौन-सी बुरी हालत में हैं?" निज़ाम हँसा।

"वह सब ठीक है, मगर उस मुल्क की बात ही कुछ और है। अपनी फैक्टरी, अपना माल, अपने ग्राहक, अपना बाज़ार, फिर अपना रुपया...इसलिए मुझे वह पसन्द है। काश! हमारे यहाँ ऐसा सिस्टम होता, तो अब तक हम दुगना कमा लेते।"

"अच्छा यह बताओ वहाँ का रहन-सहन कैसा है? यानी हमारे बराबर का ताजिर वहाँ किस तरह के घर में रहता है?"

"कमाल है, यार!...क्या सवाल पूछा है? तू तो उसी गाँधी के देश का है, जिसका नारा था, 'सादा जीवन-उच्च विचार' वह आज वहाँ नज़र आता है।"

"हाँ, मगर उनके यहाँ दूसरे बाज़ार से मुकाबला नहीं है, तभी क्वालिटी नहीं निकलती होगी।"

"यार, पहली बार इस चुनाव के बाद हिन्दुस्तान-पाकिस्तान में गाढ़ी छन रही है। खुद एक चक्कर लगा कर आ, फिर तुमसे बातें मालूम होगी। अभी तेरी समझ में मेरी बातें नहीं आएंगी।"

"फैलता हुआ कारोबार साँस नहीं लेने देता। अरसे बाद आज फुर्सत निकाली है, जो बैठा आराम से बात कर रहा हूँ, वरना सब कुछ भूल चुका हूँ।"

"यूरोप घूम आओ। सबीहा भाभी और बच्चों को घुमाकर लाओ। इतना दाँत से पकड़कर पैसा मत रखो। कितनी बार समझाया कि खुद भी ज़रा बाहर मौज उड़ाओ, वरना घर का पुलाव खा-खाकर वक़्त से पहले बूढ़े हो जाओगे।"

"तेरी उस हुस्नबानों के क्या हाल हैं?"

"पिछली सदी की बात मत कर। अब मेरी लैला एक अमेरिकन ब्लैक है... काला जादू...जो काटे तो पानी नहीं माँगता।"

इसी के साथ की छत क़हक़हों से उड़ने लगी। खाना लग गया था। पूरा ख़ानदान बैठा था, इसलिए बातों का विषय बदल चुका था।

इधर कराची शहर में रोज किसी-न-किसी तरह की मुठभेड़ चल रही थी। ऐसी हालत में निज़ाम पर दबाव तिजारत के अलावा बच्चों के भविष्य का भी था। नाहीद अपने घर खुश थी। छोटी बेटी भी अब जवान हो गई थी। लड़को की कमी नहीं थी, मगर नादिरा अपनी बड़ी बहन से बिल्कुल अलग थी। उसको अभी तक कोई लड़का पसन्द नहीं आया था। सब में कोई-न-कोई कमी उसे नज़र आती थी। सबीहा उसके इन तेवरों से फ़िक्रमन्द थी।

"अभी उसकी उम्र ही क्या है?" निज़ाम सबीहा को समझाता।

"हाँ, मगर लड़के जो आत नज़र आज रहे हैं, वही तो कल भी दिखेंगे। फ़र्क़ सिर्फ़ इतना होगा कि सब शादीशुदा हो चुके होंगे।" सबीहा कहती।

"मम्मी, तब तो और आसान होगा। जिसकी बीवी मर चुकी होगी, वह तजुर्बेकार लड़का हमारी बहन नादिरा को झेलने की हिम्मत जमा कर लेगा और शादी हो जाएगी" बड़ा भाई तारिक़ चुटकी बजा कर शरारती लहजे में कहता।

"ऐ, खुदा की मार तुझ पर...।" सबीहा बनावटी गुस्सा दिखाती।

"ठहरो, भैया! मैं तुम्हें बताती हूँ।" चिनचिनाती-सी नादिरा मेज से मक्खन वाला चाकू उठाकर भाई के पीछे भागती।

"अम्मी, बाजी प्रेक्टिस कर रही हैं क्या?" छोटा भाई अख़्तर ज़ोर से पूछता।

"सूप तो सूप, चलनी भी बोले, जिसमें बहत्तर छेद।" नादिरा कहते हुई अख़्तर की तरफ़ मुड़ी।

"मैं डेढ़ पसली का हूँ। खबरदार! जो एक भी क़दम आगे बढ़ाया।" कहते हुए अख़्तर सीधे भागकर निज़ाम के पीछे छिप गया।

"डैडी, आप कुछ नहीं कहते।" पैर पटकती, बाल झटकती नादिरा निज़ाम के सामने आन खड़ी हुई।

"तुम जितना चिढ़ोगी, यह चिढ़ाएंगे।" निज़ाम हँसा और बेटी को पास बुलाया।

"साहब, बजाहत साहब तशरीफ़ लाए हैं।" नौकर ने आकर इत्तला दी।

निज़ाम उठ गया। बजाहत साहब बंगलादेश से उजड़कर आए थे। तंगदस्ती में थे। निज़ाम उनकी मदद करना चाहता था। उनको उसी ने घर बुलाया था, ताकि बातें विस्तार से हो सकें।

सुबह निज़ाम को इत्तला मिली की शहर के एक हिस्से में फ़साद हो गया है। उसने घर फ़ोन मिलाया और सबीहा को बताया कि इस हालत में किसी बच्चे को बाहर निकलने न दे।

दोपहर क़ो सबीहा ने निज़ाम को फ़ोन करके बताया कि उसके समझाने और मना करने के बावजूद तारिक़ कार लेकर बाहर निकला था, ताकि शाम को अपने दोस्त की सालगिरह पर उसे तोहफ़ा दे सके। दो घण्टे गुज़र गए। वह अभी तक घर नहीं लौटा। निज़ाम ने उसे तसल्ली देते हुए कहा कि आधा घण्टा और इन्तज़ार कर लेते हैं। हो सकता है, तोहफे के चुनाव में देर लग रही हो।

इस बीच निजाम ने जल्दी-जल्दी उसके सारे दोस्तों को फ़ोन कर लिया। जिन बड़े प्लाज़ा और स्टोरों में वे ख़रीदारी को जाते थे, वहाँ जाकर पता लगाया। हर जगह से 'नहीं' का जवाब मिला। वह वापस ऑफिस की जगह घर आया।

"तारिक़ लौटा?" घर में घुसते ही पूछा निज़ाम ने और चेहरे को सहज बनाए रखा।

"नहीं, कोई फोन नहीं आया। सात बजे तो उसको पार्टी में ज़ाना था, अब तो साढ़े छः बज रहे हैं?" सबीहा ने हौलते हुए कहा।

"पुलिस को ख़बर करता हूँ।" नाउम्मीद-सा निज़ाम फ़ोन पर नम्बर मिलाने लगा।

रात भर सब जागते रहे। किसी ने कुछ खाया, न पिया। नादिरा को रो-रोकर बुला हाल था। सबीहा, जानमाज़ बिछा इबादत में डूबी थी। निज़ाम दिल ही दिल में हज़ार तरह के ख़तरों का सोच कर बेहाल हो रहा था। बीच-बीच में अक़्सर दोस्तों से फ़ोन कर तारिक़ के बारे में पूछ लेता था।

हफ्ता गुज़र गया। तारिक़ का कहीं पता न चला। पुलिस उसकी कार ढूँढने में जरूर कामयाब हुई। उनको छानबीन से इतना पता चला कि जैसे तारिक़ का अपहरण किया गया हो। निज़ाम हर फ़ोन की घण्टी पर चौंकता कि शायद अपहरण करने वाले रुपयों की माँग करें, मगर हर बार नाउम्मीदी होती। पुलिस लाख ढूँढने पर भी न तारिक़ का पता लगा पाई, न लाश ढूँढ पाई।

वारिसशाह और दूसरे ताजिर दोस्तों की मदद से कई पैमाने पर तारिक़ की खोज हुई, मगर कोई इत्तला हाथ न लगी। घर में मातम छा गया। निज़ाम का ऑफिस में दिल न लगता। घर आता, तारिक़ का कमरा खाली देखता, तो उसके दिल में हूक-सी उठती। बेक़रार-सा सारे गली-कूचों और बाज़ार का चक्कर लगा

आता, जहाँ-जहाँ बेटा आइस्क्रीम खाने, कपड़े खरीदने जाया करता था।

"इस भीड़ में कैसे उसे ढूँढू?" निज़ाम अपनी प्यासी आँखों में हर जवान का चेहरा घूरता हुआ अपने से कहता।

बड़े बेटे के इस तरह ग़ायब हो जाने से निज़ाम की ज़िन्दगी ही बदल गई। अपने को सँभालते-सँभालते आख़िर निज़ाम को दिल का दौरा पड़ ही गया। घर वाले परेशान नर्सिंग होम का चक्कर लगाते और सबीहा थकी उदास-सी इस हक़ीक़त को कुबूल करने की कोशिश करती कि उम्र अब ज़िन्दगी में दाखिल होकर बीच रास्ते में पहुँच गई है और बुढ़ापे की तैयारी में सेहत का ख़्याल रखना बहुत जरूरी है।

घर का माहौल बदलने के लिए सबीहा ने बच्चों को कड़ी हिदायत दी थी कि निज़ाम के सामने कोई गुस्सा करेगा, न किसी तरह की ऊट-पटाँग हरकत करेगा, बल्कि हलकी-फुलकी बातें कर घर की फिज़ा, हमेशा खुशगवार बना कर रखनी है। नर्सिंग होम से लौट निज़ाम खुद अपनी सेहत का काफ़ी ध्यान रखने लगा था।

शाम को दोस्तों की महफ़िल जमती, जिसमें वारिमशाह अपने यार के दिल का बोझ हल्का करने के लिए एक-से-एक सियासी लतीफ़े सुना, हर नेता, हर वज़ीर की टाँग खींचता था। अख़्तर ने भी बाप की ज़िम्मेदारी को बाँटने की कोशिश शुरू कर दी थी, तारिक़ जितना खिलंदड़ा था, अख़्तर उतना ही संजीदा और ख़ामोश तबियत लड़का था।

सबीहा तारिक़ का ग़म पिछले छः महीने से दिल में छिपाए बाक़ी दोनों बच्चों की फ़िक्र में डूबी रहती। नादिरा के हाथ वह पीले कर देना चाहती थी। चुलबुली नादिरा अब बहुत बदल चुकी थी। भाई के ग़म ने उसे संजीदा बना दिया था। शादी के सिलसिले में उसने नाहीद से कह दिया था कि मम्मी-डैडी जहाँ चाहें, बात तय कर दें।

नाहीद ने ही एक लड़का पसन्द किया, जो इस्लामाबाद का था। नादिरा को लड़का पसन्द आया। फौजी वर्दी में तो वह बेहद हसीन लग रहा था। पेशे से डॉक्टर था। इस आर्मी डॉक्टर का नाम जमाल था। उसके वालिद रिटायर्ड कलक्टर थे। घर-बार देखकर निज़ाम ने हामी भर दी। शादी की तारीख ईद के महीने में पड़ी थी। नादिरा भाई को याद करके रोती थी, मगर इस शादी की तैयारी ने घर पर छाई मनहूसियत कम ज़रूर कर दी थी।

शहर की हालत बदल रही थी। बम्ब के धमाके, गोली और क़त्ल...जैसे एक डरावना ख़्वाब...! यह देखकर निज़ाम दिल ही दिल में सोचता, 'यह शहर कितना बदल गया! क्या सोचा था और क्या हो गया! ख़्वाब की ताबीर कितनी हकीक़ी, मगर कितनी डरावनी?' कभी-कभी अकेला बैठा-बैठा सोचते-सोचते भी ऊब जाता

और घबरा कर खुद से कहता, 'यहाँ से भाग कर कहाँ जाऊँ, यारब!'

निज़ाम की तरह बहुत से लोग परेशान थे। कुछ लोगों ने बोरिया-बिस्तर बाँधा और लन्दन, जर्मनी, अमेरिका में बसने लगे। उनके पास डिग्रियाँ थीं। उनका कहना था कि जहाँ काम करने का सुख मिले, अमन और सुकून हो, वहाँ क्यों न रहा जाए जाकर? जब हिन्दुस्तान छूटा, तो तिनका-तिनका जोड़ कर ज़िन्दगी शुरू की, उसे हम दोबारा बर्बाद नहीं होने देंगे। बार-बार उज़ड़ना और बसना बहुत मुश्किल है। इसलिए अच्छे दिनों में ही बारिश की आमद की बू सूँघ कर पनाह ढूँढना होगा। यह सारी दलीलें समझते हुए बहुत से महाजिर पाकिस्तान से हमेशा के लिए चले गए। उनका जाना देख कर निज़ाम अपने को बहुत बेबस पाता था।

नादिरा की शादी का दिन आ गया। निज़ाम ने तारिक़ की शादी का अरमान भी इस शादी में निकाल लिया था। मेहमानों से लॉन भरा था। हिफ़ाज़ती दस्ता सुरक्षा को नज़र में रखते हुए मुस्तैद था। आतिशबाज़ी का ख़ास इन्तज़ाम निज़ाम ने किया था। तारिक़ की शादी में शहनाई बजनी थी। निज़ाम ने लड़की की शादी में भी बजवाई। सोने से पीली नादिरा कई ट्रक जहेज लेकर बिदा हो गई।

"घर सूना हो गया, मम्मी।" सारे मेहमानों के जाने के बाद अख़्तर बोला।

"हाँ, गई भी तो इस्लामाबाद। नाहीद को देखने का जब दिल चाहा बुला लिया, या चले गये, मगर नादिरा...!" सबीहा ने ठंडी साँस भरी।

"मम्मी, अब अख़्तर की शादी कर दें।" नाहीद बोली।

"लड़की है कोई नजर में?" सबीहा बोली।

"मेरी ननद...शाकरा...!" नाहीद ने कहा।

"ओह, बाजी!....मुझे बख़्शो उस शाकरा से। जब देखती है, तो एक ही लहजे में कहेगी, आप बहुत खूबसूरत लग रहे हैं। मैं तो अभी से बोर हो गया हूँ। उस से शादी...।" अख़्तर एकदम से बोला!

"छाड़ो, जब वह इतनी बुरी लगती है...!" नाहीद भाई की परेशानी देख हँस पड़ी।

निज़ाम सोफ़े पर बैठा कुछ और ही सोच रहा था। अख़्तर उसका बिजनेस सँभालने की कोशिश कर रहा है। लड़का खासी दिलचस्पी ले रहा है। ऐसी हालत में तिजारत को आगे बढ़ाना ही मुनासिब होगा। अभी सारे वज़ीर, अफ़सर जान-पहचान के हैं। काम बनने में देर नहीं लगेगी।

"ज़रा कमरे में तो आना!" निज़ाम अख़्तर से कहता हुआ उठ कर अपने कमरे की तरफ़ बढ़ा।

निज़ाम बेटे के आने पर उससे मुल्क के बदलते हालात, तिजारत के नफ़े-नुक़सान और आगे के प्रोग्राम को लेकर काफ़ी देर तक बातें करता रहा। उसके पास

दिमाग़ी परेशानी से भागने का एक ही जरिया था, खूब काम करना, अपने को हर पल व्यस्त रखना।

निज़ाम के लिए नई उम्मीदों के दरवाज़े जद्दा और बहरीन में खुले थे। अख़्तर जिस चीज में हाथ डालता, धन बरसना शुरू हो जाता था। निज़ाम पूरी तरह से अख़्तर में डूब चुका था। कभी-कभी अख़्तर को अपने मम्मी-डैडी से डर लगने लगता कि वह तारिक़ भाई को खोकर इस तरह उसे पलकों पर उठाए रखते हैं कि उसे घबराहट होती। कभी कुछ उसने अनजाने में ही उनके मर्ज़ी के खिलाफ़ कर दिया, तो उनका क्या हाल होगा?

"कोई लड़की पसन्द हो तो बताओ?" सबीहा शादी से इनकार सुनते-सुनते आख़िर एक दिन पूछ बैठी।

"लड़की तब पसन्द आयेगी, मम्मी, जब घूमूँ फिरूँ...यहाँ तो फ़ाइल, बाज़ार बैंक और...!" अख़्तर ने माँ को देखा।

"फिर मेरी पसन्द पर भरोसा करो!" सबीहा बोली।

"मम्मी, मुझे अभी शादी नहीं करनी है।" अख़्तर ने फैसला सुनाया।

दिल-ही-दिल में अख़्तर ने तय कर रखा था कि जब तक दिल व दिमाग़ से मम्मी-डैडी तारिक़ के ग़म से बाहर निकल कर उसकी मौत की हक़ीक़त क़बूल नहीं कर लेंगे, वह शादी नहीं करेगा, वरना जो लड़की ब्याह कर आएगी, वह भी तो अख़्तर पर अपना हक़ जताएगी। उस वक़्त घर एक दबे-छिपे तनाव में बँध जाएगा।

नादिरा के घर जुड़वाँ बच्चों की पैदाईश से सारा घर दुगुनी खुशी से भर गया था। सबीहा सारे दिन के बाद जब नर्सिंग होम से लौटती, तो खुशी में उबलती हुई। अख़्तर खुदा का शुक्र अदा करता कि माँ का ध्यान अब उसकी तरफ से हट कर दूसरी तरफ लग गया है, वरना उसकी हर हरकत, यहाँ तक की साँस लेने पर भी वह चौंक उठती थीं।

"तुम्हारी तबियत ठीक है ना? सिर में दर्द तो नहीं? दूध लाऊँ। क्या खाओगे रात के खाने में?"

जब नादिरा घर लौटी तो नाहीद और सालेहा भी आ गई थीं। घर में ऐसी चहल-पहल और शोर मचा होता कि अब अख़्तर अपना नाश्ता भी माँगता, तो नौकर-चाकर की भरमार के बावजूद मम्मी उसको अपनी मर्ज़ी का नाश्ता बना कर न दे पातीं। नाहीद के दो बच्चे नानी पर लदे होते। नादिरा के बच्चों की देख-भाल भी जरूरी, ऊपर से सालेहा की तीन औलादें...!

निज़ाम भी आजकल खुश नज़र आने लगा था। थोड़ी-बहुत भूख भी लगने

लगी थी। वज़न कम हो गया था। इस सबके बावजूद वह ज़्यादा देर कहीं टिक नहीं पाता था। थोड़ी देर बाद ही किसी को फ़ोन पर तिजारत के बारे में कुछ बातें करने लगता था। सब आदी हो चुके थे कि उनका ओढ़ना-बिछौना तिजारत, सिर्फ़ तिजारत थी।

जिस बात का डर था। वह होकर रही। ज़माना तमाशाई बना खड़ा रहा और पाकिस्तान ख़ामोश। मोहल्ले-मोहल्ले दहशत फैल गई और शहरी अकबका से गए। फाँसी का फन्दा जो इतने दिनों से सिर पर झूल रहा था, वह भुट्टो की गर्दन में कस गया। निज़ाम इस खबर को सुनकर सकते में आ गया। इस हादसे ने जैसे पिछली रील खोल कर रख दी। खून, क़त्ल, गोली, फाँसी, बदहवासी। आख़िर कहाँ जाकर रुकेगा इस मुल्क का सियासी सफ़र!

निज़ाम को अपने बेटे का ग़म छोटा लगने लगा। उसे महसूस हुआ, जैसे मौत एक ऐसा सच है, जिसके आगे दुनिया की हर चीज छोटी और बेकार है। इन्सान यह दौड़-भाग, दाव-पेंच आख़िर क्यों करता है? कई वर्षों से दिल और दिमाग़ पर जमी धूल जैसे झड़ गई। निज़ाम को अम्मा-अब्बा याद आए। गाँव का घर और अपना बचपन याद आया।

"इतने सालों तक आख़िर मैं किस सफ़र पर निकला हुआ था? इन्सान किस तरह अपने को भूल बैठता है? भाई और मेरे बीच कोई सम्वाद नहीं? आखिरी ख़त जंग से पहले लिखा था। बस, उसके बाद एक और जंग और फिर लम्बी ख़ामोशी—! इस ख़ामोशी को तोड़ना होगा—यकीनन तोड़ना होगा।"

गोलू के कलक्टर बनते ही सारी शंकाएँ इमाम के दिल व दिमाग़ के दरवाज़े खोल कर जाने कहाँ भाग गई थीं। सब कुछ इतना हलका और सहज महसूस हो रहा था, जैसे कभी कुछ टूटा-बिखरा ही न हो, बल्कि वही जुड़ाव-कसाव, जिसकी उसको बरसों की तलाश थी। इतने दिनों बाद उसे वापस घेर बैठा था। विश्वास की ज़मीन नीचे थी और सुरक्षा का आकाश ऊपर था। उसक चारों तरफ फैली कायनात थी, जो हँस रही थी।

कल तक इमाम तिल-तिल कर मर रहा था, आज का इमाम पल-पल जी रहा है। जिस तरह वक़्त से पहले बुढ़ापा उसे घेर बैठा था, अब उसी तरह अधेड़ चेहरे पर शादाबी की परत अपनी तहें जमा रही थी। इस वक़्त वह बड़ा मगन हो ख़्वाब की दुनिया में डूबा था। लच्छू ने इमाम को इतने दिनों बाद बाहर चबूतरे पर यूँ लेटा देखा, तो पास जाकर बैठ गया ओर धीरे-धीरे इमाम का पैर दबाने लगा।

"आज का बात है, लच्छू?" हँसा इमाम।

"कुछ नाही ताऊ।" शर्माया लच्छू।

"कुछ तो, पैर दबाए कोई मतलब से आए हो, गुरु!" इमाम ने कुछ देर बाद कुरेदा।

"ताऊ!" लच्छू कहते-कहते रुक गया।

"अब बोल, सुसरे!" इमाम ने बाप के लहजे से कहा, जिसे सुन कर लच्छू के हाथ थम गए। इमाम खुद चौंक-सा गया।

थोड़ी देर दोनों चुप रहे। इमाम कहीं दूर यादों में डूब गया और लच्छू बोलने के लिए उचित शब्द तलाश करने लगा। कल माई से कहा था कि ताई से कहे जाकर, मगर उसने झिड़क दिया था। आख़िर खुद ही उसने हिम्मत ज़मा की थी, लेकिन बात अब आगे कैसे बढ़े?

"जाओ, रात ज़्यादा होय रही है। जायके सो जाओ!" इमाम ने धीरे से कहा।

"हम गोलू भय्या के पास जइबे..." कह गया लच्छू जल्दी में।

"तो जाओ कउन रोकत है। आख़िर वह भी अकेला रहत है। कुछ दिन के लिए दुसरात हो जइहे।" इमाम ने मीठे स्वर में कहा।

"अगर ताऊ हम भय्या के अरदली बन जाएँ तो?" आख़िर दिल की बात

ज़बान पर आ ही गई।

"ठीक है, तोहार भी पर निकल आए हैं। आय देव गोलू को, कह देबै।" इमाम ने कहा।

"ताऊ!" इतना कह कर लच्छू ने अपने दिल की खुशी हाथों में भर दी।

"अरे, लच्छू, धीरे-धीरे, बेटवा!" इमाम उसके जवान हाथ की जकड़ने से तड़प उठा।

"अब हम जाएँ?" लच्छू ब्याकुल हो उठा।

"जाओ, जायके सो जाओ!" इमाम इतना कह कर उठा। ठीक इमामउद्दीन की तरह खँखारता हुआ घर में दाखिल हुआ और सदर दरवाजे की कुंडी लगाई।

लच्छू चबूतरे से नीचे उतरा और अपने बिस्तर पर सोने के बजाए वह अँधेरे में तीर की तरह सनसनाता घर गया। बाहर खाट पर सोई माँ को झिंझोड़ कर ख़बर सुनाई और बिना माँ का जवाब सुने वह सरपट चबूतरे की तरफ दौड़ पड़ा। पीछे ब्रजा की गाली सुनाई पड़ी, मगर वह रुका नहीं।

"को रहा? अरे, बोल, तो कउन आया रहा?" नशे में बड़बड़ाया ब्रजा।

"तोहार बेटवा,...लच्छमन अरदली।" कहते हुए लच्छू की माँ गहरी नींद में डूब गई।

"भाँग खाय गई है, स्साली...!" ब्रजा चिढ़ कर बोला और सिरहाने बीड़ी का बण्डल टटोलने लगा।

ऊपर आकाश साफ था। हवा बन्द थी। गर्मी गज़ब की थी। ब्रजा की नींद उड़ चुकी थी। वह पलंग पर बैठा-बैठा धुआँ उड़ाने लगा।

इमाम के घर के सामने अब डोली कहार लेकर नहीं आते थे, बल्कि ड्राइवर जीप लेकर आता था या कभी कार। उसमें से गयासउद्दीन कलक्टर बड़ी शान से उतर कर घर में दाखिल होता और सीधे मुनिया के पिंजड़े के पास जा उसकी कटोरी में दाने डालता, सीटी बजा उन्हें गाने का न्योता देता, फिर वहीं से चीखता, "अम्मा, कहा हो? हम आए गए हैं।"

शमीमा उसे देखकर निहाल हो जाती और नाश्ता-खाना चुनने लगती। उसके दुबले होने पर फिक्र ज़ाहिर करती और आखिर शादी पर आकर तान टूटती। इस वक़्त वह गोलू के बालों पर हाथ फेर कर बोली, "आख़िर कब घर मा दुल्हन अइहे?"

"जब तुम चाहो, अम्मा।" पहली बार ग़यास ने शर्माते हुए अपनी रजामन्दी दे दी।

"तोका मासूमा कैसी लगत है?" बेटे की इस अदा पर शमीमा ने फौरन दिल की बात उगल दी।

"अम्मा, तोहार पसन्द से हमार पसन्द कभी अलग होय सकत है का?"

हँसता हुआ ग़यास बोला।

"तो फिर पैग़ाम भेजें?" शमीमा ठोक-बजा लेना चाहती थी।

"भेजै की क्या जरूरत है, चलो हम लखनऊ चल के फूफी से मिल आवत हैं।" गोलू ने कहा।

"तो ई बात है?" हँस पड़ी शमीमा।

इमाम ने घर में दाखिल होकर बेटे को गले लगाया और हाल-चाल पूछकर लच्छू की ख़्वाहिश बताई। सुनकर ग़यास हँसा, फिर कहने लगा, "तो फिर हिंआ का ताम-झाम, अब्बा?"

"अब बटाई पर देवै; और तो कोनो रास्ता नाही है।" इमाम ने कहा।

"ठीक है। आप लोगन हमरे पास चलकर रहें, अब्बा।" ग़यास बोला।

दोपहर के खाने के बाद ग़यास चला गया। साथ में लच्छू भी सामान बाँधकर चल पड़ा। आस-पास के इलाके में जब दौरे पर ग़यास निकलता, तो मौक़ा निकालकर एक-दो घण्टे के लिए घर की तरफ़ हो लेता था। गाँव वाले भी उसके आने का इन्तज़ार करते और बेटवा भय्या करते हुए अपनी अपनी अर्ज़ी थमा देते थे।

दो महीने बाद गोलू यानी ग़यास और मासूमा की मँगनी हो गई। बिरादरी में लड्डू बट गए और शादी की तारीख़ तय हो गई। रात को मेहमानों से निपटकर इमाम का दिल निज़ाम को ख़त लिखने को चाहा। शमीमा का गुस्सा अपनी जगह, मगर बेटे की शादी की इत्तला देना उसका फर्ज़ है। आख़िर कल जवाबदेह तो उसको ही होना पड़ेगा, फिर कौन-सा निज़ाम चला आ रहा है?

इधर हर महीने शमीमा के चक्कर लखनऊ के लगने लगे थे। कभी ज़ेवर पसंद करने हैं, तो कभी बने जेवर लेने हैं। पटापटी के काम के लिए कपड़े खरीदने हैं, तो कभी चुटकी के काम के लिए लचका ख़रीदना है। इकलौता बेटा वह भी लायक। माँ का दिल चाह रहा था कि बहू को लेने-देने में कोई कसर न उठा रखें। ऊपर से इतने दिनों बाद उनके चौखट पर रूठी खुशी वापिस लौटी है। वह दोनों हाथों से दिल के अरमान निकालना चाहती है।

पन्द्रह दिन पहले शमीमा के माँ-बाप आ गए थे। सुग़रा भी अपने तीनों बच्चों के साथ लदी-फँसी पहुँच गई थी। रज़िया शादी से तीन दिन पहले पहुँचने वाली थी। उसके छोटे बेटे को खसरा निकल आई थी। शादी के हफ्ता भर पहले गोलू घर आ गया था। साथ में लच्छमन अरदली भी था।

पूरे गाँव में लच्छू की शान निराली थी। सुबह उठकर वह कुँए की जगत पर नहाता, फिर तेल चिपोड़, कँघी कर वर्दी पहनकर पूरे गाँव का चक्कर लगाता और

हर टकराने वाले का दूर से पुकारकर कहता, "सलाम, चाचा...। राम राम काका...! कहाँ जात हो, भौजाइ? लाओ, मौसी, बोझा हम पहुँचाए दें...।" वगैरह वगैरह।

"ईमुसटुंडा कउन है?" कोई बुढ़िया आँखें मिचमिचाती।

"अरे, मँगरू ताऊ का पोता है रे!...शहर मा अरदली लग गवा है।"

"ब्रजा को अब सरम होइ का चाही ना।" कोई जाते-जाते नाक पर उँगली रख कहती।

"अरे, स्कूल से भागत न, तो इस सुसरे की आज क़िस्मत खुल जात।" गाँव के मास्टर जी उसको अकड़ कर चलते देख बचपन की शरारतें याद करते हुए कहते।

इधर कुछ दिनों से ब्रजा को सचमुच बेटे की चाल-ढाल देखकर अपने ऊपर लाज आने लगी थी। पहले उसने कौड़ी खेलना छोड़ा, फिर गाँजा पीना और धीरे-धीरे करके अपने को सँभालने लगा, ताकि लच्छू मँगरू का पोता न कहला कर ब्रजलाल का बेटा कहलाए। इसी कोशिश में वह शादी के घर जाकर कभी बिना ज़रूरत झाड़ू देने लगता, कभी लिपाई-पुताई की डोल उठाता और रात को इमाम का पैर दबाने बैठ जाता, फिर रात को वहीं पसर जाता। शायद उसने खुद-ब-खुद तय कर लिया था कि वह इस घर का चौकीदार है।

"ब्रज बहू, इस बुढ़ापे में तोरे भाग खुल गए री।" शमीमा लच्छू की माँ को छेड़ती।

"का कहत हो, भौजी।" शरमाती ब्रज बहू और झेंपकर उठ जाती और मसाला कूटने में जुट जाती।

बावर्ची, रसोइया ने अपनी जगहें सँभाल ली थीं। सजावट से घर ही नहीं, पूरा गाँव जगमग-जगमग कर रहा था। शादी कलक्टर की थी, इसलिए अन्दर बाहर वाले इस तरह इन्तज़ाम में लगे थे, जैसे पूरा गाँव बाराती होकर जाने वाला है और घर में बहू की अगवानी होनी है। स्वागत का ऐसा माहौल बन गया था कि इमाम चारों तरफ हँसते क़ुमक़ुमों को देखकर सोच रहा था कि जब बात बनने वाली होती है, तो सारी चीजें किस आसानी से जुड़ती चली जाती है।

जिस दिन मासूमा ब्याह कर गाँव आई, तब वलीमे की दावत में लगभग सारा गाँव उमड़ आया था। बाहर नाच-गाना, आतिशबाजी, शहनाई, शेरो-शायरी हर तरह की महफ़िल अपने-अपने जौक़-शौक़ से हिसाब से जमा रखी थी। अन्दर घर में डोमनियाँ नक़ले करके मेहमानों को हँसा रही थीं। मीरासिनें गाने के साथ समधिनों के लिए गालियाँ भी गा रही थीं। पूरी रात जश्न का माहौल बना रहा था। जाड़े आते ही शमीमा के पैर की तकलीफ बढ़ गई थी। गोलू कई बार लिख चुका था कि वह शहर की तरफ़ निकल आयें, ताकि इलाज लगकर हो सके। इस वक़्त भी

डाक से आया खत गोलू का था। शमीमा ने खत पढ़कर इमाम की तरफ़ बढाया।

"हो आव न? मर्ज़ पाल के कोइ फ़ायदा तो मिलिहे ना?" इमाम ने खत पढ़ कर कहा।

"अकेले का जायें?" शमीमा ने लापरवाही से कहा।

"पैर माँ तुमरे तकलीफ है, अब हम का करेंगे जायके वहाँ?"

"यहाँ पर ब्रजा तो सब सँभालत है।"

"चलो, अब रिटायर आदमी ठहरे, जोरू के हुकम पर चलै का पड़ी।"

"तो फिर खत लिख दो?"

"हाँ, अगले इतवार को चलो। तब तक बीज खाद का इन्तजाम हो जइहें और ब्रजा भी सैयद सराबाँ से लौट अइहे।"

"ठीक है।"

तकलीफ़ दो-तीन दिन के अन्दर इतनी बढ़ी कि शमीमा को पैर के इलाज के लिए गोलू के पास जाना ही पड़ा। बहू-बेटे की गृहस्थी देख शमीमा को सुख मिला। मासूमा ने सास की सेवा इस तरह से अंजाम दी कि हफ्ते भर बाद ही पैरों को आराम हो गया और शमीमा गाँव लौटने के लिए बेचैन हो उठी। किसी तरह मसूमा ने उन्हें हफ्ते भर और रोका, आख़िर ग़यास बड़ी मुश्किल से शमीमा को भेजने पर राजी हुआ। लच्छू ने अपनी माँ के लिए धोती, बाबू के लिए कुर्ता वगैरह खरीद कर बिस्तरबंद में बाँध दिया।

"आऊँगी, जल्द आऊँगी।" शमीमा ने बेटे को उदास चेहरा देखकर गाड़ी में बैठते हुए कहा।

"जाने आपको मुझसे दूर, वहाँ रहने में क्या मजा आता है? अब्बा को कितनी बार लिख चुका हूँ कि आप दोनों अब मेरे साथ रहें, मगर...।" ग़यास ने खिन्न मन से कहा।

"उस घर मा चिराग़ कौन जलइहे, बेटवा? बुजुर्गों की रूह भटक जइहे। बरसों से रोशनी मा आयकी उनकी आदत जो पड़ गयी है।" शमीमा ने धीरे से कहा।

"ना जाये ना।" मासूमा शमीमा के गले में लिपटी।

"वायदा करत हन कि जल्द ही अइबे।" शमीमा ने कहा।

सिंगल डाउन हुआ। डिब्बा हिला, गयास और मासूमा दोनों नीचे उतर आए गाड़ी सरकने लगी और पल भर बाद नज़रों से ओझल हो गई। ख़ाली पटरी को पार करके मुसाफ़िर इधर-उधर आने-जाने लगे। ग़यास गुम-सुम-सा खड़ा रहा। मासूमा ने हलके से उसके कन्धे पर हाथ रखा। वह चौंका और अनमना-सा दरवाज़े की तरफ़ बढ़ा।

इमाम को यह बात मथ रही थी कि कहीं लच्छू के शहर में जाने के बाद ब्रज बहू हमारा काम करने में अपनी मजबूरी न समझ रही हो और शहर जाकर लड़के के साथ रहने के लिए उसका दिल मचल रहा हो। ब्रजलाल बरसों बाद सुधरा है। सब कुछ देख-भाल रहा है, मगर कल फिर दिमाग़ पलट गया तो?

छुट्टी में जब गोलू और मासूमा गाँव आए, तो इमाम ने बेटे से दिल की बात कह दी। गोलू की रजामंदी पाकर उसने अपना फ़ैसला शमीमा की मदद से ले लिया। जब शाम को इकट्ठा बैठे, तो शमीमा ने लच्छू की माँ से पूछा, "बहू, लच्छू तो अब गोलू के साथ शहर माँ बस गवा है। हमार भी कुछ पता नाही कि गोलू के पास ही ज़िन्दगी काट दें। अब तुम बताओ कि इहाँ गाँव में रहियो या सहर माँ?"

"हम अब ई बुढ़ापे में कहाँ जावें? आपके आसरे रहें आपके साथ रहिबै।" कुछ न समझने वाली परेशान-सी मुद्रा लच्छू की माँ की हो गई।

"बहू ध्यान से सुनव।...अगर बात ठीक नाही लगे, तो बड़ा भाई समझके टोक सकत हो। उधर वाला चने का खेत, ओसे लगा कुँआ और अमरूद का बाग़ तोहार लच्छू के नाम करे का इरादा है और उधर वाला खेत आम वाला बाग़ और कुआँ गोलू के नाम, राज़ी हो?" इमाम ने ब्रज बहू को ताका।

ब्रज बहू कुछ जवाब न दे सकी। घूँघट तले उसकी सिसकी उभरी, जो उपकार, प्यार और आदर के सिवा कुछ न थी। थोड़ी देर ख़ोमोशी रही, फिर इमाम धीरे से बोला, जैसे अपने से कह रहा हो, "ई, हम सब लोगन का घर रहा, हम साथ-साथ जिये, दुःख-सुख झेला।" आगे की बात इमाम के गले में फँसकर रह गई।

मासूमा ने सास-ससुर का मुँह ताका, फिर गोलू की तरफ देखा और उठकर चाय का पानी रख आई। मेज बीच में डाली, उस पर नाश्ते का सामान लगाया। इस बीच ब्रज बहू अपने को समेटकर उठी और जाकर ब्रजा को बुला लाई, जो खेत में आकर बैल बाँध रहा था। धीरे-धीरे उसने जो कुछ भी उसके कान में कहा हो।

"बड़े भय्या हो।" ड्योढ़ी से ब्रजा की आवाज आई।

"अंदर आए जाव।" इमाम की आवाज उभरीं

"पाय लागूँ, बड़की भौजी।" कहकर ब्रजा आड़ में खड़ा हो गया।

"कहो, का खबर है?"

"लच्छू की माई कहत रही कि आप हम लोगन का हिस्सा देइके अलग करत हन?"

"हाँ, तुम्हौ आजाद रहो, काका-काकी ने हम लोगन की बड़ी सेवा की है। अब हम शहर माँ जाये के रहन की सोचत हन। तुम लोगन भी जो मुनासिव समझो करो।"

"एक बात कहे की इजाजत देव, बड़के भय्या।"

"हा, बोलव।"

"बहुत देर मा हमका होस आवा है, ऐकी इतनी बड़ी सजा न देव। अब हम लोगन का अपने से अलग न करो।" कहता हुआ ब्रजा आगे बढ़ कर कुर्सी पर बैठे इमाम का पैर दबाने लगा।

"जैसी तोहार मर्जी, मगर जो बटवारा होय गवा है, ओका काग़ज पर रहन देव, ज़िन्दगी का कोई भरोसा नाही। कल चल देवै, तो कम-से-कम खुदा के सामने शर्मिन्दा तो न होइबै कि दोनों लड़कन मा हम फ़र्क़ समझा रहा।" कहकर इमाम चुप हो गया।

"साथ ही रहै देव, भय्या।" ब्रजा यह कह अँगोछे से आँखें साफ़ कर तेज़ी से उठकर बाहर चला गया।

इमाम का दिल हलका हो गया था। खुदा ने उसे बहुत दिया था। सबसे बड़ी दौलत होनहार बेटे की शक्ल में दी थी, जिसके आगे यह ज़मीन-जायदाद, पैसा-कौड़ी सब बेकार था।

मुल्क में सिन्धु देश आन्दोलन के साथ महाजिरों को सियासी 'ब्लैक मेलर' का ख़िताब दे दिया गया था। सिन्धियों के लिए कोटे की बात सरकार नज़रअन्दाज़ न कर सकी। महाजिर क़ौमी आन्दोलन भी अपने साथ हो रही ज़्यादती का इज़हार अपनी तरह से कर रहा था। ऊपर से अफ़गान शरणार्थियों ने पूरे पाकिस्तान में फैलकर अजीब समा पैदा कर दिया था। लोग आपस में खून से प्यासे हो रहे थे। आगज़नी, लूटपाट, बम के धमाके, औरतों की बेइज़्ज़ती चार सूबों के बीच अब कोई बुरी बात नहीं रह गई थी। पाँचवीं क़ौम अपनी पहचान की माँग कर रही थी।

ऐसे हालात में निज़ाम का चोट खाया दिल सहम जाता। जब वह देखता हथियार का शौक़ यहाँ हर खास व आम का हो गया है। बन्दूक़े तो उसने भी दो ख़रीदकर ड्राइंगरूम में सजाई हैं, मगर उनको चलाने का दम किसके पास है। एक ख़ौफ़ साए की तरह पीछे लगा हुआ है। निज़ाम अक्सर सोते से चौंक जाता है। बैठे-बैठे नज़र उठाता, तो लगता पास से कोई गुज़र गया है। दिल पर ऐसी घबराहट तारी होती कि उसको लगता ऊँची जगह पर खड़े होकर ख़ूब गहरी साँसें खींचे कि उसके दिल व दिमाग़ पर छाया भारीपन छट जाए।

"असदउल्लाह चचा का फोन है।" अख़्तर की आवाज़ से निज़ाम चौंका।

निज़ाम की सारी थकन एकाएक काफ़ूर हो गई। अपने पुराने यार से एक क़ालीन का छोटा-सा वर्कशाप खोलने की बात चल रही थी। वह तय हो गई। ऐसे तिजारती अनुबन्धनों के समय निज़ाम के बदन का खून गर्दिश में आ जाता, चेहरा चमक उठता और आवाज़ में जोश भर जाता, मगर दो दिन बाद उससे सम्बन्धित सारी परेशानियों के हल और उसे आगे बढ़ाने की तरकीबों में ऐसा खो जाता कि पाने की खुशी कहीं खो जाती और वह चिन्ताओं के जाल में फँसा फड़फड़ाता रह जाता।

"अख़्तर की उम्र बढ़ रही है। उसे अब शादी पर राज़ी हो जाना चाहिए।" सबीहा मियाँ को तन्हा ख़ामोश बैठा देख फौरन अपनी बात कहती।

"जब उसको लड़की ही नहीं पसन्द आती, तो वह ज़बरदस्ती कैसे हमारी बात मान ले...? शायद उसका जोड़ा हिन्दुस्तान जाकर मिले?" निज़ाम कहते-कहते फोन का चोगा उठा कोई नम्बर मिलाता।

"यह शेखचिल्ली के ख्वाब देखना कब बन्द करेंगे?" सबीहा चिढ़कर उठ जाती।

"तुम तो बिलावजह तुनक गई। आओ पास बैठो...।" निज़ाम ने फ़ोन रख दिया।

"क्या ख़ाक बैठूँ! यह तिजारत तो जैसे शैतान की आँत हो गई है, जो बढ़ती ही जा रही है, कहीं ख़त्म भी होगी?" सबीहा उलझकर बोली और सोफ़े पर आकर बैठ गई।

"अभी मौक़ा है, सियासी फिजा साफ है, बादल का कोई टुकड़ा आसमान पर नहीं है। हिन्दुस्तान घूमते हैं। लड़की पसन्द आई, जोड़ा मिला, तो वाह-वाह! वरना देखा जाएगा।" निज़ाम ने सदरी की जेब से रूमाल निकालकर चश्मे का शीशा साफ किया।

"मैं देख रही हूँ कि हिन्दुस्तान आपके लिए 'हुमा' की तरह मुबारक निशान बन गया है, मगर यह ख़्याली चिड़िया है कहाँ, जो हमारी सलामती का ज़ामिन हो? सबीहा हँसी।"

"ख़ुदा को बुरा लग सकता है, इस तरह उसके बन्दे का मज़ाक़ उड़ाना। सबीहा बी, तुम सुनो, अगर इस बार हिन्दुस्तान न जा सका, तो बेशक तुम्हें मेरा नाम बदलने का हक़ होगा।" निज़ाम बहुत दिनों बाद खुश नज़र आ रहा था।

"हालात पर क्या ज़ोर? मैं तो नाउम्मीद हो चुकी हूँ कि कभी हमें भी फ़ैजाबाद जाने का मौक़ा मिलेगा।" सबीहा ने कहा।

"यक़ीन रखो, इस बार हमारी क़िस्मत हालात के ऊपर भारी होगी।" निज़ाम ने कहा और उठ खड़ा हुआ।

सबीहा के दिमाग़ में फिलहाल फैजाबाद की यादें समस्या नहीं रह गई थीं, न उसका प्रभाव पहले जैसा उसका पीछा करता था, मगर वह परेशान थी अपने बेटे अख़्तर के लिए जो दिन-ब-दिन अपने में खोता, अपनी एक दिमाग़ी दुनिया में जीने लगा था। वह अपने हमउम्रों से अलग नहीं था, मगर सबीहा को लगता, उसमें और बेटे में मोहब्बत के अलावा हर बात में फासला बढ़ रहा था।

आज अरसे बाद शहाणी से निज़ाम की मुलाक़ात हुई थी। बहुत-सी पुरानी बातें खुल गईं। घर-बार की, तिजारत, ज़मीन की बातों के बाद तान सियासत पर आकर टूटी और एक-दूसरे पर छींटाकशी कर दोनों बड़ी देर तक हँसते रहे।

"यार, शाहणी! सियासत इन्सान को बन्दर का नाच नचाती है।" निज़ाम ने कहा।

"गलती तो दोस्त हमारी है, जो डुगडुगी बजाने वाले के हाथों हम अपनी गर्दन की रस्सी थमा बैठते हैं।" शहाणी ने संजीदा होकर कहा।

"यह खालिस्तान का चक्कर अजीब उठ गया है।" निज़ाम ने बात का सिरा

पकड़ते हुए कहा।

"फ़िक्र काहे की, यार! खालिस्तान बना, तो अपना लाहौर जाएगा, मगर यह कराची सैयद साहब के मुताबिक हिन्दुस्तान में वापस मिल जाएगा, फिर तुम्हें दुख काहे का, मेरे यार?" शहाणी ने ज़ोर का क़हक़हा लगाया।

"चलो, हमारा बुढ़ापा जैसे-तैसे कट गया। अब तो यह आने वाली नस्ल का सिर दर्द है कि क्या करेगी?" निज़ाम भी शहाणी के साथ खुलकर हँसा।

शहाणी हिन्दू सिन्धी है। जमींदार आदमी है। उसको दुनिया की कोई फ़िक्र नहीं सताती यहाँ तक, भारत गए मामा की याद भी और यही सीख वह निज़ाम को देता है कि जाना तो मरने के बाद या स्वर्ग में है या नर्क में, फिर परेशानी से फायदा? खाने पर भी लतीफ़ों और क़हक़हों का बाज़ार गर्म रहा। वह दोनों जानते थे कि उनकी नकेल तो किसी और के हाथ में है। वरना पंजाब की जरखेजी सूब-ए-सरहद की पहलवानी और बलोचिस्तान की ज़हमतकशी सिन्ध और महाजिरों की मिली-जुली तरक्की आज मुल्क, की ताकत बनती न की दूसरे मुल्कों की सियासी रह-गुज़र।

आज घर में मेहमान आने वाले थे। इसलिए सुबह से सबीहा का ध्यान बावर्चीखाने में था। अख़्तर का बचपन का दोस्त रईस अपने माँ-बाप के साथ कनाडा जा रहा था। अख़्तर और रईस में गहरी छनती थी। उसका जाना अख़्तर को बुरा लग रहा था। कई बार उसने दोस्त से इस सिलसिले में बात की, मगर हर बार उसका एक ही जवाब होता।

"मुझे तो सारी दुनिया अपना घर बनाकर देखने की आदत डालनी है, यार। हो सकता है कल हालात हमें कनाडा से भी दूर अफ्रीका की तरफ जाने को मजबूर करे। इसलिए अब दिल को हर जगह जमाना और उखाड़ना पड़ेगा। सियासी हालात के हम खिलौने बन गए हैं।" रईस ने लम्बी साँस खींचीं

"मगर कहीं तो जमना होगा न?" अख़्तर ने परेशानी से दोस्त को देखा।

"हम बटवारे में बिहार से चटगाँव जाकर बसे और वहाँ से भागकर कराची आना पड़ा। यहाँ पर बिहारी होने की वजह से मार खाई। खैर, छोड़ो असलियत तो यह है कि सियासत ने हमें अहसास और सोच की ज़मीन पर जरूरत से ज़्यादा 'एक्सपोज' किया है। अब एक जगह चैन से बैठना हम जैसों के लिए मुश्किल हो गया है।" रईस ने लापरवाही से शाने झटके।

"जाना मैं भी चाहता हूँ, मगर भाई के गुम हो जाने के बाद मैं ही मम्मी-डैडी की उम्मीद हूँ, वरना इस घुटन को तोड़ देता।" अख़्तर ने धीरे से कहा।

"टेक इज इज़ी।" रईस ने उसका शाना दबाया।

"यह तुजुर्बा कितना तकलीफ़देह होता हैं कि जहाँ आप पैदा हों, जिस ज़मीन

को आप अपना वतन समझें, उसे बाक़ी लोग आपका ग़लत कब्ज़ा बताएँ। क़दम-क़दम पर यह अहसास दिलाएँ कि तुम यहाँ के नहीं बाहर के हो। हिन्दुस्तान के गाँव से निकलकर आए हो। तुम्हारी पहचान एक पनाहगीर की ओर यह 'टेक इट इज़ी' तक का मसला नहीं रह जाता है।" अख़्तर ने घने बालों में उगलियाँ फँसाई, जैसे उनको हिलाकर सोच की जड़ता को हिला डालेगा।

रईस और अख़्तर बड़ी देर तक एक दूसरे के आमने-सामने ख़ामोश सिर झुकाए बैठे रहे। अपने आप को जितना बहलाएँ और दिलासा देने की झुठी कसमें खाएँ, मगर सच जो आपके अन्दर होता है, उसका कोई भी ज़बान का जामा नहीं पहना सकता, वह तो सिर्फ अहसास होता है, जिसे सिर्फ इन्सान ख़ुद समझ सकता है और इस वक़्त दोनों दोस्त अपने अहसास, अपनी सोच के वजूद में डूबे थे।

नाहीद और नादिरा अपने-अपने घर खुश थी, मगर अख़्तर को लेकर ज़रूरत से ज्यादा फ़िक्रमंद भी थीं। नादिरा ने बड़ी चालाकी से भाई के दिल का हाल जानना चाहा, मगर उसे नाउम्मीदी हुई। जब नाहीद ने खुलकर बात की, तो उसे महसूस हुआ कि अख़्तर की समस्या सिर्फ घर बसाने तक सीमित नहीं है, बल्कि उसकी उलझने और परेशानियाँ कुछ और हैं। वह एक दूसरी सतह पर खड़े होकर ज़िन्दगी को देख रहा है। जब समझकर कोई फैसला लेगा, तो खुद ही दाख़िल हो जाएगा।

"देखो, चुप रहकर भी अख़्तर को देख लेती हूँ।" सबीहा ने नाहिद के ख्यालात जानकर ठण्डी साँस भरी।

"तुम तो आपा कुछ जल्द ही परेशान होने लगी हो।" सालेहा ने बहन को दिलासा दिया।

"मैं तो समझ रही थी, वह किसी से धुआँधार इश्क़ में मुबतला होगा। वह गरीब लड़की इनकार कर रही होगी और...।" नादिरा ने तेज़ी से हाथ चलाते हुए कहा।

"तुम तो हिन्दुस्तानी फिल्में देख-देखकर दीवानी हुई जा रही हो।" नाहीद ने बहन को छेड़ा।

"करने को है भी क्या?" नादिरा चहकी।

"क्यों?" सालेहा ने भाँजी को टटोला।

"बच्चे बिलायत में, मियाँ बाहर तथा सास-ससुर पार्टी और मीटिंग में...और मैं अकेली कहाँ तक कपड़े बदलूँ, शापिंग करूँ?" नादिरा ने अपने खूबसूरत बाल झटके।

"इतने छोटे बच्चों को तुम्हें अपने से अलग नहीं करना चाहिए था।" नाहीद बोली।

"स्टेटस का सवाल था। मेरी उस घर में चलती कहा है?" नादिरा ने

मुस्कराकर कहा।

"बेहया की तरह मुस्कुराते रहने से तो अच्छा है कि बेहिसी छोड़ तुम खुद कुछ क्यों नहीं करतीं।" नाहीद ने डाँटा।

"अब तुम्हारी तरह औरतों की महफिल जमा कर बेजान ज़ेवरों, कपड़ों की नुमाइश तो नहीं लगा सकती।" नादिरा ने होंठ सिकोड़कर कहा।

"कम-से-कम हम इन्सानों का चेहरा तो देख लेते हैं। तुम तो खाली तस्वीरों को बैठी ताकती रहती हो। एक दिन आँख फोड़ लोगी।" नाहीद चिढ़कर बोली।

"आँखें फूटें मेरी दुश्मन की। ये फिल्में एक-सी ज़िन्दगी की ख़ामोश मौत से मुझे बचा ले जाती हैं, जो मैं नहीं कर सकती, वह फिल्मों में देखकर खुश हो लेती हूँ कि चलो उस औरत ने कुछ कर तो दिखाया।" नादिरा ने कुछ इस तरह कहा कि सबीहा को पलटकर उसका चेहरा देखना पड़ा।

"लगता है, सास की पकड़ कुछ ज़्यादा तगड़ी है तुम पर?" सालेहा ने कहा।

"यह सब शादी करते हुए आप लोगों ने समझा नहीं, अब मुझसे कुरेदा जा रहा है। मेरे पेट से बात निकालना बड़ा मुश्किल है।" नादिरा ने चेहरा उतारकर कहा, फिर एकाएक घुटने पर सर रखकर इस तरह हिली की सब समझे, वह रो रही है। माँ, बहन, खाला परेशान हो गई।

"खुदा की मार तुझ पर।" एकदम से खिलखिलाट की आवाज सुन सबीहा ने बनावटी गुस्से से कहा।

"कैसा बेवकूफ बनाया !...कुछ बोरियत तो कम हुई।" हँसती हुई नादिरा उठी और माँ के गले में झूल गई।

अभी यह लोग सिर-से-सिर जोड़े हँसी-मज़ाक़ कर ही रही थीं कि निज़ाम घर में दाखिल हुआ और आते ही उसने सबीहा की तरफ़ देखकर कहा, "सामान ठीक करें। हिन्दुस्तान का वीज़ा ले आया हूँ।"

"अरे, वाह!" सबीहा इतना कहकर मियाँ की तरफ प्यार से देखकर उठी।

"डैडी, आप लोगों पर हिन्दुस्तान इतना क्यों हावी रहता है? फॉर व्हाट?" नादिरा ने मचलते हुए लहजे से कहा।

"तुम नहीं समझोगी, बेटी।" निज़ाम ने कहा और सबीहा की तरफ़ मुस्कराकर देखा। लड़कियाँ समझ गई कि माँ-बाप के बीच एक ख़ामोश संवाद जारी है, जिसको वह पकड़ नहीं सकती हैं।

"खाला आप कितनी बड़ी थीं, जब आई थीं?" नाहीद ने पूछा।

"कुल आठ साल की, मुझे कोई खास तरह से चीज़ें याद नहीं" सालेहा ने लापरवाही से कहा और स्वेटर की सलाइयाँ उसी रफ्तार से घुमाती रही।

"ख़त लिख दो फिर।" निज़ाम ने सबीहा से कहा।

"आप लिख दें ना?"सबीहा ने कहा और उठकर निज़ाम के लिए जूस लाने गई।

रात को लैम्प की रोशनी में सबीहा ने कई पन्ने खराब किए, फिर कहीं जाकर ख़त का मजमून उसे ठीक-ठाक लगा। क़लम रख कर वह ख़त पढ़ने लगी। रिश्ते में हम छोटे हैं, इसलिए आपकी क़दमबोसी के लिए पहले हाजिर होंगे, मगर इसका यह हरगिज़ मतलब नहीं है कि आप लोग कराची न आएँ। बच्चे चचा-चची को देखने के लिए तरस रहे हैं। लड़कियाँ अपने घर की हो गई हैं, मगर आपका भतीजा अख़्तर हमारे साथ आ रहा है। गोलू तो अब बाल-बच्चों वाला हो गया। यही क्या कम है कि हमें सालों बाद ही सही, आप लोगों के दीदार का मौक़ा नसीब हो रहा है...!

खत मोड़कर उसने लिफ़ाफ़े में रखा और लैम्प बुझा दिया। पूरा घर नींद में डूबा है। निज़ाम को जल्दी सोने की आदत है। आज सबीहा की आँखों से नींद कोसों दूर जा चुकी थी। ख़त मामूली था, मगर उसके पीछे बहुत कुछ था, जो बादलों के घेरे से निकल साफ़ तस्वीर की तरह आँखों के सामने झिलमिला रहा था।

निज़ाम के हिन्दुस्तान जाने की बात जैसे ही पता चली, उठने-बैठने वालों में हलचल सी मच गई। जैसे पुराने जख़्म की पपड़ी उखड़ गई हो। रात के खाने पर अलीनक़ी ने निज़ाम के साथ दूसरे बहुत से लोगों को बुलाया था। हर तरह की बातों के बीच हिन्दुस्तान का ज़िक्र भी आता रहा।

"सुना है, यहाँ की तरह वहाँ भी कुछ तनाव की कैफ़ियत है। इतने करोड़ मुसलमान आख़िर इस बार जाएँगे कहाँ?" शीराज़ी साहब ने कहा।

"उर्दू ज़बान तो है नहीं कि वहाँ से निकाली गई, तो आपने सारा अदबी ख़ज़ाना हथियाने की सोच ली।" मतीन साहब ने शीराज़ी पर चोटकी।

"सुना है पिछड़ों के कोटे के बाद मण्डल कमीशन को लेकर वहाँ हाय-तौबा मची है?" शीराज़ी बोले।

"आप जा रहे हैं। सही ख़बर आकर देंगे कि आखिर वहाँ सियासत किस तरफ, किस मोड़ पर जा रही है?" मतीन साहब ने शीराज़ी साहब पर ठण्डी नज़र डाली।

"जनाब, मैं तो अपने रिश्तेदारों से मिलने जा रहा हूँ। सियासत की समझ तो वैसे भी मुझ में बहुत कम है। जवानी में जिस सियासत को समझा, आज वही गल़त साबित हुई।" निज़ाम ने हँसते हुए कहा।

"निज़ाम, मेरे वालिद साहब तुमसे मिलना चाहते हैं। तकलीफ तो होगी।" अली नक़ी ने निज़ाम के पास आकर कहा, फिर उसे मकान के अन्दर के कमरे में ले गए।

"आदाब अर्ज़ है!" नब्बे साल के बुजुर्ग को देखकर निज़ाम ने झुक कर

सलाम किया।

"जीते रहो...। आओ पास बैठो...। तुम्हारा नाम निज़ाम है ना?" अली नक़ी के वालिद ने काँपती आवाज़ में कहा और राशे से हिलते हाथ को उठाकर निज़ाम के कन्धे पर रखा।

"जी मेरा नाम निज़ामउद्दीन है। मैं अली का दोस्त हूँ।" निज़ाम ने कहा और उनके चेहरे में जाने किसका अक्स देखने लगा।

"लखनऊ जाओगे?" बुजर्ग ने पूछा।

"कह नहीं सकता, वैसे कोशिश करूँगा।" निज़ाम ने जवाब दिया।

"मैं तो सोचता रह गया, बेटे। मैंने बड़े इमामबाड़े में मन्नत मानी थी। वह पूरी हो गई, मगर चाँदी का शमादान चढ़ाने न जा सका। भूला हुआ था। मेरी नवासी बहुत बीमार थी। ठीक हुई, तो मन्नत का होश आया। तुम यह क़र्ज़ा उतार देना।" कहते-कहते वह हाँफने से लगे।

"बहुत अच्छा बेफिक्र रहिए। मैं ख़ुद यह काम अंजाम दूँगा।" निज़ाम ने छोटा-सा चाँदी का शमादान अली नक़ी के हाथ से लेते हुए कहा।

"ज़माना गुज़र गया। हमें किसने याद रखा होगा वहाँ? अब तो इस अरसे में हमारा भी कब्रिस्तान यहाँ आबाद होने लगा। सब बीत गया...। अच्छा, बेटे, तुम चलो, खाना लग गया होगा।" अली नक़ी के वालिद ने कहा।

"जी बहुत बेहतर।" निज़ाम ने आदाब किया और बाहर निकल गया।

उनकी बात से निज़ाम का दिल जाने कहाँ भटक गया था। जवानी गायब हो गई थी, बचपना सामने आन खड़ा हुआ था। सारा माहौल एकाएक अजनबी हो उठा। महसूस हुआ जैसे अभी-अभी गहरी नींद से जागा था।

गयास उर्फ गोलू को ट्रांसफ़र रायबरेली से गोंडा, फिर इटावा से आजमगढ़ हो गया था। जहाँ वह जाता, अपनी ईमानदारी और सख़्त बर्ताव से दोस्त और दुश्मन एक साथ बना लेता था। किसी ग़लत बात पर मुस्करा कर चुप रह जाना, उसने जैसे सीखा ही नहीं था। इसलिए जब फल, मिठाई की डालियाँ घर आतीं, तो वह उन्हें क़बूल करना तो दूर, लाने वाले को बड़े कसके फटकारता था। उसका यह अन्दाज़ देख लोगों के हाथ-पैर फूले रहते।

"अरे, न ख़ुद खाते हैं, न खाने देते हैं।" तहसीलदार सर पीटता।

"कहीं जाकर जब फँसेगे, तो पता चलेगा। अभी नया जोश है, सुधार का बुख़ार चढ़ा है।" सिंचाई योजना का इंचार्ज बड़बड़ाता।

"घर के मजबूत आदमी है, तभी नहीं फिसलता, वरना घर आई लक्ष्मी को कौन लौटाता है?" शहर का सेठ चिढ़ कर कहता।

ग़यास को पता नहीं था कि वह ईमानदार है, या बेईमान! उसका एक ही उसूल था, काम सही ढंग से वक़्त पर ख़त्म करना। जो मुनासिब है और सच है। फैसला उसी को नज़र में रखकर करना है। ख़ुद खेतिहर परिवार का होने के कारण वह ज़मीन से जुड़ी बातों को न सिर्फ़ जानता था, बल्कि गाँव-क़स्बे के लोगों की कठिनाइयों, कुण्ठा और मानसिकता को पूरी तरह समझता था। इसलिए उसको चकमा देना बहुत मुश्किल काम था। जो उसके परिवेश को नहीं जानते थे। वे धोखा खा रँगे हाथ पकड़े जाते थे। ग़यास के दोस्त भी ग़यास की तरह ही थे। इसलिए उसे अकेला समझ कर कोई फाँस नहीं सकता था, वरना पूरा जाल सारी चिड़ियाएँ एक साथ लेकर उड़ जातीं और बहेलिया देखता ही रह जाता।

ग़यास पर जिम्मदारियों का बोझ बढ़ गया था। यह सच था कि उसने चचा के पाकिस्तान जाने का ग़म झेला था। पूरे घर को भावनात्मक धरातल पर डगमगाते भी देखा था, मगर उसका अपना घर, गाँव, बहुत मज़बूत ज़मीन पर था। जो उनके पैर न उखाड़ सका। पूरे ख़ानदान का ध्यान सारी परेशानियों के बाद बटा नहीं। यह इतनी ही बड़ी हक़ीकत थी, जितनी यह कि करोड़ों की तादाद को छोड़ चन्द लाख लोग सरहद पार कर जाएँ, मगर आज उसके सामने जो दंगों की खबरें आतीं,

उन्हें सुन कर वह ज़रूर ताज्जुब से भर उठता कि आख़िर इतना गुस्सा क्यों भरा है लोगों के दिलों में? यह सिर्फ़ बटवारे का आक्रोश है या कुछ और...कुछ क्या हो सकता है? इसका पता लगाना होगा?

"मुझे अपना नाम बदलना है, डैडी।" मज़हर ने कहा।

"नाम बदलना है?" ग़यास हँसा।

"हाँ,...ऐसा नाम, जिससे पता न चले मैं कौन हूँ।" मज़हर की आँखें चमकीं।

"तो फिर सबसे अच्छा नाम होगा, रोटी, कपड़ा और मकान।" ग़यास ने राय दी।

"आप मजाक कर रहे हैं?" मजहर रुआँसा-सा बोला।

"यही हिन्दुस्तान की सारी जनता की तकलीफ़ है, इसलिए तुम कौन हो, यह भूलकर वह सिर्फ़ तुम्हें अपना समझेंगे।" इतना कह कर ग़यास लापरवाही से उठा और सीटी पर गाने की धुन बजाता रेकॉर्ड प्लेयर पर नया रेकार्ड लगाने के लिए छाँटने लगा।

"हम आपसे नहीं बोलते।" मज़हर थोड़ी देर बाप को देखता रहा, फिर रूठ कर कमरे में जा सिसकियाँ भर रोने लगा।

"क्या कह दिया आपने उससे?" मासूमा किचन से निकलकर ड्राइंगरूम में आईं।

"किससे, मेरी जान?" ग़यास शरारत से हँसा।

"बेटे से।" मासूमा उसकी आँखों में कौंधी शरारत को नज़रअन्दाज़ करते हुए बोली।

"वही रट...नाम बदलने की...। मैंने भी कह दिया, रख लो, रोटी कपड़ा और मकान।" ग़यास ने कन्धे उचकाए।

"वह रो रहा है। आप ही जाकर चुप कराएँ।" मासूमा, ग़यास के नए नाम को सुन कर खिलखिलाकर हँस पड़ी।

"रोने दो, यार!...दिल हलका हो जाएगा और आदत भी पड़ जाएगी। इस मुल्क में रहना है, तो 'शाक प्रूफ' बनकर रहना पड़ेगा, छुई-मुई का पौधा नहीं। यहाँ तरह-तरह के लोग हैं। माली मुश्किलात हैं। मुक़ाबला है। गन्दी, पस्त सियासत है। निजी फायदे हैं। अकाल है। बाढ़ है। ऐसी भीड़ में सबने नार्मल रहने का ठेका तो नहीं ले रखा है?"

"अजीब बातें करते हैं आप?" मासूमा बुरा मान गई।

"मैं जो रोज़ ज़िन्दगी की हक़ीक़त देखता हूँ अगर उसे देख रोने बैठ जाऊँ, तो यक़ीन करो पूरी एक सदी तक लगातार रोता रहूँगा। हम भी बच्चे थे, हमारे भी समझ थी, मगर हमारा यक़ीन साथ रहने का था। यह कल के पिद्दी जो सोचते हैं, देखते हैं, झट से कह देते। सब्र करना सीखना चाहिए इन्हें। कभी हमने-तुमने इलाहाबाद, लखनऊ के फसादों में नाम बदलने की सोची थी?"

"अब जमाना और हालात ऐसे हैं कि बच्चे क्या बूढ़े तक अपनी हिफाजत की पहले सोचते हैं। मौत सबका पीछा क़दम-क़दम पर कर रही है।" मासूमा ने हालात का दूसरा रुख़ बताया।

"जो भी हो, निचोड़ सिर्फ इतना है कि मज़हर को मजबूत बनाना, हालात से लड़ना, मुसीबत में तनकर खड़ा होना हमें सिख़ाना है। दूसरों को मारना, दूसरों से लड़ना, तो हर इन्सान को आता है, मगर उस पर क़ाबू पाना भी उसी इन्सान को सीख़ना पड़ेगा। इसलिए उसे रो लेने दो। नन्हें से दिल पर छाया गुबार धुल जाएगा।" कहते हुए ग़यास कमरे में गया और कपड़े बदल टेनिस का रैकेट हाथ में ले, गुनगुनाता-सा बाहर निकला। लॉन में खेलती ग़ज़ाला के गालों को छुआ और उचक कर जीप में बैठ, क्लब की तरफ चल पड़ा।

शाम का झुटपुटा जब बढ़ने लगा, तो मासूमा को बेटे की फ़िक्र हुई। कमरे में जाकर देखा, वह अब भी औंधा पड़ा था। मासूमा ने कमरे की चीज़ें उठाते हुए अनजान बनकर पूछा, "आज खेलने नहीं जाना है? दूध भी नहीं पिया तुमने?"

"नहीं,...मुझे भूख नहीं है।"

"रूठे हो?"

"हाँ, डैडी ने इतना गन्दा नाम रखा कि...।"

"क्या है नाम?"

"रोटी, कपड़ा और मकान...।"

"नाम तो अच्छा है।" तुम्हें नहीं पसन्द आया, तो अलग बात है। इस नाम से तुम सबके प्यारे-दुलारे बन जाओगे। उठो तो बताऊँ! आओ। अब दूध पी लो, फिर बात करती हूँ।" मासूमा बेटे को बहलाकर बाहर ले आई, मगर वह खुद नहीं जानती थी कि मज़हर को कैसे समझाए! ग़यास का कहना किसी हद तक सही है, मगर बच्चे को इतनी सख़्ती से नहीं समझाया जा सकता है।

"बताइए।" दूध की खाली प्याली मेज़ पर रख कर मज़हर बोला।

"नाम पहचान होती है और पहचान छिपती नहीं...ठीक!...रोज़ तुम किसी को भीख माँगते, सड़क के किनारे सोते, चिथड़े में लिपटा देखते हो ना? अगर कोई उन्हें यह सब दे दे, तो वह कितना खुश होंगे? हमारी ज़िम्मेदारी बनती है उनकी मदद करना, उन्हें प्यार देना, क्योंकि वे सब हमारे अपने हैं। इसलिए रोटी, कपड़ा और मक़ान...यह नाम ऐसे ही लोगों की उम्मीद है और ऐसे लोग बहुत हैं, इसलिए यह नाम एक उम्मीद है। इस प्यारे नाम को तुम दिल में छिपा लो। यह नाम जब तुम्हारा होगा, तो सब लोग तुम्हारे होंगे। तुम उनके होगे, वे तुम्हें प्यार करेंगे। कोई किसी को मारेगा नहीं। जानते हो आदमी की असली पहचान उसका दिल होता है, उसके काम होते हैं वही फिर नाम बन जाता है। मजहर नाम तो

लोग एक दिन भूल जाएँगे, वरना अभी तो हर एक को बताना पड़ेगा। सुनो, लड़के का नाम मज़हरउद्दीन थोड़े ही है, फलाँ-फलाँ है। नाम बदलने का मतलब है, बहुत कुछ बदलना क्योंकि नाम बच्चे की पहचान होती है और पहचान का मतलब है, उसकी असलियत। एक नाम अन्दर, एक नाम बाहर।" मासूमा अपनी रौ में बोलती गई।

"आप जाने क्या कहना चाहती हैं, मम्मी, मैं नहीं समझ पा रहा हूँ? भला मैं कैसे सबको रोटी, कपड़ा और मकान दूँगा?" पाँच साल के महजर के चेहरे पर उकताहट-भरी परेशानी उभरी।

"देता तो कोई किसी को कुछ नहीं है। जब तुम अपने को बदलोगे, तो उन्हें यह चीज़ें अपने आप मिल जाएँगी और....।"

मासूमा की बात बीच में काट मज़हर ने जम्हाई लेते हुए कहा, "अब मैं खेलने जाऊँ?"

"जाओ, मगर पार्क में अँधेरा होगा इसलिए टिंकू के साथ अन्दर खेलना।" मासूमा ने प्यार से बेटे को कहा।

मजहर सब कुछ भूल चुका था। माँ की बातें उसकी कितनी समझ में आई थी, कहा नहीं जा सकता था, मगर उसके चेहरे पर पहले वाली मासूम खुशी नाच रही थी। उछलता-कूदता हुआ वह घर के बाहर निकला। मासूमा ने खिड़की से देखा, वह बलदेव सिंह के घर की घण्टी बजा रहा था, जो पिछले फ़साद में मारे गए थे। यही सियासत का क़हर था, जो समाज के ताने-बाने पर आग का अँगारा बनकर गिरता था।

शमीमा और इमाम अब बेटे के साथ ही रह रहे थे। इमाम की तबियत इधर ज़्यादा ख़राब हो गई थी। गाँव में अब पहले वाले हालात नहीं थे। बहुत कुछ वहाँ भी ज़हर की शक्ल में फैल रहा था, फिर भी डॉक्टर और डिस्पेंसरी थी, मगर जो आराम और सहूलियतें शहर में थीं, उनका कोई मुक़ाबला न था। इमाम सारा दिन कभी धूप में लेटे, कभी आराम कुर्सी पर बैठे किताब पढ़ते रहते। उन्होंने अब जाना था कि बुढ़ापे में बेटे का सुख क्या होता है। बेटा भी कैसा क़ाबिल और होनहार! उसके ख़्वाबों की ताबीर! इमाम कभी-कभी निज़ाम के बच्चों के बारे में सोचता। उसके दिमाग़ में उन्हें लेकर कोई ख़ाका नहीं बन पा रहा था।

वह बच्चे देखने में कैसे हैं यह तो तस्वीर से और ख़त में लिखी बातों से जान गया था, मगर उनकी तालीम, तरबियत कैसी हुई होगी! माहौल ने उन्हें कितनी अलग परवरिश दी होगी! जाने वह अपने बाप-दादा के बारे में, उनके वतन के बारे में कितना जानते होंगे। क्या सोचते होंगे और...? वहाँ शलवार-कुर्ता मर्द पहनते हैं, अवामी लिबास...! बहरहाल, जैसा देस होगा-वैसा भेस होगा...! हर जगह की अपनी रीत होती है। अब तो चालीस साल के लम्बे अरसे में निज़ाम भी बहुत बदल गया होगा...और...!

"दादा जान, यह मोहन-जो-दड़ो तो हमारा है ना?" मज़हर ने अपनी इतिहास की किताब पढ़ते हुए एकाएक पूछा।

"हाँ, हमारी तारीख़ है और...।" इमाम ने बताया, लेकिन चुप हो गया।

"अब्बू कहते हैं यह पाकिस्तान में है। भला हमारी चीज़ पाकिस्तान में क्यों होगी?" मज़हर ने किताब बन्द करके पूछा।

"हाँ, वह पाकिस्तान में है।" धीरे से इमाम बोला।

"है?" मज़हर का ताज्जुब से मुँह खुला रह गया।

"हिमालय तो हमारा है ना?" टूटी-सी आवाज में मज़हर बोला।

"हाँ, वह हमारा है।" इमाम ने जवाब दिया।

"तब ठीक है।" मजहर खुश हो गया और इतमीनान से बैठकर उसने किताब खोली, जैसे उसे बहुत बड़ी फ़िक्र से आज़ादी मिल गई हो।

'आज कल के बच्चे...।' इमाम न जाने क्या कुछ सोचता चला गया।

कुछ दूर पर विजय और मोहन ग़यास के साथ बैठे चाय पी रहे थे। विजय के कान मजहर की बातों को सुनने में लगे थे। एकाएक उसने कॉफ़ी का प्याला मेज पर रखा और कहा, "यार ग़यास, तुम्हारे बेटे ने मुझे मेरा बचपन याद दिला दिया।"

"क्या हुआ?" ग़यास ने नज़रें उठाई।

"तुम तो जानते हो, हम लोग कराची के हैं। दिल्ली आकर बसे, कभी किसी कमी का अहसास नहीं हुआ, मगर आज तक इस बात से नहीं उबर सका कि मोहन-जो-दड़ो नहीं रह गया, जहाँ हम अक्सर घूमने जाते थे। इन्सान क्या है? उसका दिल व दिमाग क्या है? सोच का सिलसिला बिल्कुल एक-सा कैसे वर्षों चल सकता है? मैं और मज़हर...! बिल्कुल एक-सा अहसास कि अपनी चीज़ किसी दूसरे के पास पहुँच जाए, तो कैसा अजीब-अजीब-सा लगता है!" विजय ने खोए खोए अन्दाज़ में कहा।

"हाँ, कोई भी मानवीय घटना किसी क़ौम की सोच का हिस्सा बन जाती है। बरसों क्या, सदियों उससे निकलना मुश्किल होता है।" मोहन ने सर हिलाते हुए सिगरेट का कश खींचा।

"इतना तजुर्बा मेरे पूरे ख़ानदान को है।" ग़यास ने धीरे से कहा।

"वह कैसे?" विजय ने उत्सुकता से पूछा।

'मेरे चचा बटवारे के फौरन बाद कराची चले गए थे। मेरा सारा बचपन उसके मौजूद न रहने पर भी उनके ज़िक्र से भरा गुज़रा। कोई उन्हें भूल न पाया। घर की हर चीज़ हर हादसे, हर त्योहार से उनको मैंने जुड़ा देखा।" ग़यास ने दूर कहीं झाँकते हुए कहा।

"कभी आए?" मोहन की दिलचस्पी बढ़ गई।

"नहीं, जब भी आने को हुए, तो कभी रास्ते बन्द, तो कभी सियासी तनाव और कभी जंग।" ग़यास ने हँसकर कहा।

"तुम लोग भी मिलने न गए?" विजय ने हैरत से पूछा।

"दादा को उनका जाना अच्छा नहीं लगा था। पूरा खानदान उनसे ख़फ़ा था। ऐसी हालत में उनसे मिलने जाने का सवाल ही कहाँ उठता? सच पूछो, तो हमारे खून में ऐसा कुछ बसा है कि हम अपनी जगह से हिल नहीं सकते। अम्माँ पहली बार कहीं इस तरह जाकर रहीं, तो वह मेरा घर था।" ग़यास कहते-कहते हँस पड़ा, "फिर अब तो मेरी नौकरी ही ऐसी है कि सरकार से परमीशन मिलना आसान नहीं।"

"हाँ, आना तो हम भी कराची से नहीं चाहते थे, मगर एक बुख़ार था, जो सर पर चढ़ गया था। रास्ते में बहन को फ़सादी उठा ले गए। पिताजी को मार डाला और मैं...! छोड़ो यार, किस याद में आन फँसा!" विजय ने ज़ोर से सिर झटका और कॉफ़ी का आखिरी घूँट पिया।

"मुझे भी उस अँधी सुरँग से डर लगता है। इसीलिए मैं हरदम अँधेरे से लड़ता रहता हूँ।" ग़यास ने कहा और उठकर नया रेकार्ड लगाया।

"अम्मी ने अपने हाथों से आप लोगों के लिए बनाए हैं।" मासूमा पकौड़ियों की प्लेट लेकर कमरे में दाखिल हुई। सबके चेहरे बुझे थे, एकाएक जल उठे।

"तभी माँ नज़र नहीं आ रही थीं।" मोहन ने कहा और गर्म पकौड़ी उठाई।

"भाभी, एक प्याला कॉफ़ी और...!" विजय मुस्कुराया।

"और लेव, भय्या!" कहते हुए शमीमा गर्म पकौड़ियों की दूसरी प्लेट लेकर दाखिल हुई।

"आप क्यों तकलीफ़ कर रही हैं।" कहते हुए मोहन उठा और हाथ जोड़कर माँ को प्रणाम किया।

"माँ पहले बताओ पैर का दर्द कैसा है?" विजय अपनी डॉक्टरी पर उतर आया।

"अच्छा है, भय्या, दर्द बिल्कुल गायब होय गवा।" कहते हुए शमीमा सोफे पर बैठ गई।

विजय और मोहन के सामने पहले शमीमा आती नहीं थी, मगर ग़यास के इतने जिगरी दोस्त होने के नाते, उनसे पर्दा करना भी मुश्किल था। विजय डॉक्टर और मोहन एस. पी. था। कहीं शहर में कुछ होता, तो एक दोस्त समाज की नब्ज पकड़ लेता, दूसरा सुरक्षा बेड़ा और तीसरा क़ानून लागू कर देता। उनका एक दोस्त और था, जो दैनिक समाचार-पत्र में रिपोर्टर था। वह इस वक़्त भोपाल की तरफ़ गया हुआ था, वरना यह महफ़िल इतनी खामोश न होती। फ़ज़ल बातों से, लतीफ़ों से घर को गुलज़ार बना देता।

शमीमा मटर छील रही थी। ग़ज़ाला छोटे मुलायम मटर के दाने कटोरे से चुन-चुनकर खा रही थी। छुट्टी का दिन था। सब घर में मौजूद थे। लच्छू धूप में बैठा था। उसे देखकर न जाने शमीमा के दिमाग़ में क्या आया कि वह बोल पड़ी, "अरे लच्छू, मौक़ा अब भी है, पढ़ लेव। भय्या कहीं बढ़िया जगह लगाए देहें...।"

"हमारे पास दिमाग़ बहुत है, पढ़ै नाहीं हैं तो का भवा? चतुराई मा केसे कम हैं, सब जानत-समझत हैं, बड़की अम्मा।" लच्छू बड़े सन्तोष से बोला।

"उसका ख़्वाब बस अरदली का था, जो पूरा हो गया।" मासूमा ने कहा।

"लच्छू अंकल, तुम चलोगे न आज पार्क में?" ग़ज़ाला उसके पास आकर खड़ी हो गई।

"हाँ, बहिन आज हमार छुट्टी है। जी भर कर घुमइबे तोका।" लच्छू ने बड़े आराम से जवाब दिया। वह इतवार के दिन किसी तरह के काम को करने पर राज़ी नहीं होता था। सारा दिन नहा-धोकर घूमता या आराम करता रहता था।

"यह आत्मदाह क्या होता है?" मज़हर ने अखबार उलटते-पलटते हुए पूछा।

"अपने को जलाना।" मासूमा बोली।

"ओह!" मज़हर का चेहरा बुझ गया। वह अखबार की तस्वीर को देखते हुए जैसे डर गया हो।

"चलो अब नहा लो!" मासूमा ने अखबार तह करते हुए बेटे से कहा।

"अभी नहीं।" मज़हर मचला।

"आज दादी तहरी पका रही हैं। गर्म-गर्म मटर, आलू डली पीली-पीली।" मासूमा ने बेटे का ध्यान खींचा।

"क्यों दादी?" ग़ँज़ाला ने दादी से ही पूछा।

"हाँ, तुम्हारे चुगने से मटर बचे तो तहरी पक्के।" शमीमा ने हँसकर कहा।

"दादी, इसको कच्चे चावल और आलू के साथ गर्म पानी दे दीजिए, सब कुछ पेट में पककर तहरी बन जाएगी।" मज़हर ने उठते हुए कहा और गुसलख़ाने की तरफ भागा।

उसकी बात पर सब हँसे। मासूमा उठकर उसके कपड़े निकालने चली गई और शमीमा ने बुआ को चावल भिगोने को कहा। इमाम ने चाय की फ़रमाइश की और गोलू बाप के पास आकर बैठ गया।

"कहीं यह ज़ीरो 'इयर' न मान लिया जाए। बच्चों की पढ़ाई बन्द, कारोबार ठप और मेहनत मज़दूरी करने वाले परेशान। इसके नतीजे में महँगाई बढ़ेगी।" इमाम ने अख़बार बन्द करते हुए कहा।

"स्कूल बन्द न हो तो बेहतर है।" मासूमा ने केक का मैदा फेंटते हुए कहा।

"दादी छुट्टी में गाँव चलेंगे न?" ग़ज़ाला ने दादी से सटकर पूछा।

"हाँ चलेंगे।" शमीमा ने सिर हिलाया।

"मुझे चार दिन के टूर पर जाना है। कल शाम ऑफिस के बाद निकल जाऊँगा।" मेज पर बिखरी फाइलों को समेटते हुए ग़यास ने उन्हें बाँधा और ज़ोरदार अँगड़ाई ली।

"तुम घर को ऑफिस बनाने से आखिर कब बाज़ आओगे?" मासूमा बोली और केक बेक के लिए अवन में रख दिया।

"अम्मी, इस बार शायद ट्रांसफर रायबरेली हो।" ग़यास ने वहीं धूप में दाढ़ी का सामान मेज पर रखा।

"कितने दिन बाक़ी हैं?" इमाम ने पूछा।

"साल तो लग जाएगा ऑर्डर मिलने में।" ग़यास इतना कहकर मुँह पर शेविंग क्रीम मलने लगा।

'मेरी दाढ़ी कब उगेगी?' बाप की तरफ देखते हुए मज़हर ने सोचा।

सारा घर धूप में बैठा चहक रहा था। सब खुश और मुतमइन थे। काला अतीत डूब चुका था। उजला सूरज उग आया था। उन्हें कल की चिन्ता न थी। वर्तमान अगर अच्छा है, तो फिर भविष्य पर आस्था अपने आप बनती है। अटल विश्वास की आभा सबकी आँखों में नाच रही थी।

कराची से उड़ा जहाज दिल्ली पहुँच जाएगा। थोड़ी-सी देर में पैंतालीस बरस की दूरी सिमटकर एक फसाना बन जाएगी। निज़ामउद्दीन हवाई जहाज़ में बैठे-बैठे सोच रहे थे। धीरे से उन्होंने अपनी आँखें घुमाई और बीवी को देखा, सबीहा का चेहरा पल-पल रंग बदल रहा था। उस पर यादों की परछाइयाँ आँख-मिचौली खेल रही थीं। बेटा अख़्तर जरूर हर चीज़ से बेनयाज़ अंग्रेजी का नॉवेल पढ़ रहा था।

"दिल्ली हवाई अड्डे पर गोलू लेने आएगा, कैसे पहचानूँगा उसे? हाँ...तस्वीर... तस्वीर....भेजी थी न!" निज़ाम को एकदम से याद आया और उसी के साथ अपनी आखिरी मुलाक़ात जब गोलू ने उससे लिपटकर कहा था।

"कहाँ जात हो चच्चा, हमका भी ले चलो साथ...।" और धीरे से कँगनी का थैला उसे पकड़ा दिया था।

"क्या आज पिंजड़ा होगा वहाँ?" आँखों के सामने बेशुमार लालमुनियाओं के झुण्ड चमकने लगे व महावर लगे पँजे, लाल चोंच, माथे पर बिन्दी और लाल, सुरमई व कत्थई पँखों पर, सफेद धब्बा, सुहागिन चिड़ियाएँ कैसा मीठा गाना गाती थीं। निज़ाम ने आँखें बन्द कर लीं। उसे लगा, जैसे अमरूद की डाल पर बड़ा-सा पिंजड़ा लटक रहा है।

"नन्हें, बड़ी देर लगाए दियो, बेटवा, आखिर कहाँ रह गए थे! साँझ ढलने को आई।" अम्मा की आवाज़ कानों से टकराई। चूड़ीदार पायजामे पर बड़ा-सा कुर्ता और सिर पर दुपट्टा!

सहसा वह चौंका।

"सो गए क्या?" सबीहा धीरे से पूछ रही थी।

"दिल्ली पहुँच गए हैं।" अख़्तर ने हँसकर कहा। उसी के साथ उतरते हवाई जहाज ने ज़मीन को छुआ। एक धक्का-सा लगा और फिर रनवे पर दौड़ता जहाज़ अपनी जगह पर जाकर रुक गया मुसाफिर उतरने लगे।

हवाई जहाज़ से उतरते निज़ाम को हवा का झोंका इस तरह हिला गया, जैसे पानी से भरा तालाब में कमल के पतले डंठल को...। उसका पूरा वजूद नाक में ढल गया था। उन खुशबुओं को हवा से निथार कर नथुनों में खींच रहा था, जो उसकी

यादों में प्यास की तरह बसी हुई थीं।

अन्दर पहुँचते-पहुँचते निज़ाम इतना जज़्बाती हो गया था कि कस्टम पर अपने कागज़ दिखाने का उसे होश था, न उसकी नज़र किसी एक जगह ठहर पा रही थी। दिल की तपिश के साथ उसका सारा वजूद धड़क रहा था। कस्टम से निकल कर खोया-खोया-सा जब बाहर निकला, तो उसे हर चेहरा इमाम और गोलू जैसा लगा। तभी आगे बढ़कर गोलू चचा से लिपट गया। अख्तर से उसने हाथ मिलाया और पीठ पर धप मारी। चची को आदाब किया। कुछ दूर पैदल चल कर सब कार में बैठे। रास्ता सुनसान था। आगे जाकर जब रोशनियाँ दिखीं, तो निज़ाम ने कहा, "दिल्ली पहली बार देख रहा हूँ। बड़ा शानदार शहर है।"

"कल दिन में घूमेंगे।" गोलू झट से बोला।

"कल गाँव चलेंगे।" निज़ाम बेचैनी से बोला।

"जल्दी क्या है? अम्मी, अब्बू एक शादी के सिलसिले में दिल्ली आए थे। आपके लिए रुके हुए हैं। अभी यू. पी. निवास चलते हैं। वे लोग वहीं आपका इन्तज़ार कर रहे हैं।" गयास ने कहा।

कार सड़कों पर घूमती, चौराहों के चक्कर लगाती यू. पी. निवास में दाखिल हो गई। सब कार से उतरे सामने ही बेचैन-से इमाम खड़े थे। वह आगे बढ़े, मगर निज़ाम उन्हें पहली नजर में पहचान न सका। तीस से पच्छत्तर साल में जो फ़र्क़ एक इन्सान में आ सकता था, वह इमाम के चेहरे पर मौजूद था। निज़ाम को पहचाना इमाम ने सिर्फ इस वजह कि उसके साथ ग़यास था।

दोनों भाई पहले एक-दूसरे को देखते रहे, फिर तड़प कर बग़लगीर हुए। एक दूसरे से लिपट कर उन्होंने अम्मा, अब्बा, अपना बचपना, अपनी जुदाई को याद करके जैसे उन्हें समेटा हो और न चाहने पर भी दोनों रो पड़े। उनकी यह हालत देखकर गयास ने दबी ज़बान से बाज़ू पर हाथ रखकर कहा, "अब्बा, अन्दर तो चलें, अम्मी चची का इन्तज़ार कर रही होंगी।"

"हाँ, चलो!" दोनों होश में आ गए। जेब से रूमाल निकाल कर उन्होंने आँखें खुश्क कीं और आगे बढ़े।

कमरे के बीच में शमीमा बेचैन आँखों के संग खड़ी थी। सबीहा पहले कमरे में दाखिल हुई। सलाम-दुआ के बाद दोनों जेठानी-देवरानी गले मिलीं, फिर अख़्तर के आदाव करने पर उसकी बलाएँ लीं। अन्त में दोनों भाई दाखिल हुए।

"भाभी सलाम...! बिलाई की तरह सूँघत-सूँघत आखिर हम अपने ठिकाने को लौट आए।"

"मगर भैया सारी जवानी गुज़ार के लौटे हो।" कहकर शमीमा देवर को गले लगाकर रो पड़ी।

जब मिलना-मिलाना हो गया, तो सबने चाय पी। कुछ हालचाल ख़ानदान

वालों का पूछा गया। दुख-सुख कहा गया और तय पाया कि दो दिन बाद गाँव चला जाए। थोड़ी देर बाद ग़यास ने ट्रंककॉल मिलाकर सबकी बात मासूमा और बच्चों से करा दी। सारी रात बातों में और रिश्तेदारों की ख़ैरियत जानने में गुज़र गई।

दूसरे दिन चाय-नाश्ते के दौर के बाद भी बातों का सिलसिला जारी रहा। दोपहर के खाने के बाद ग़यास ने ज़ोर देकर सबको तैयार किया और दिल्ली घुमाने ले गया।

"भाई, दिल्ली कुछ-कुछ लाहौर की तरह है।" अख़्तर ने कनॉट सरकस को देखकर कहा।

"अब जब खुद लाहौर देखेगे, तब तुम्हारी बात मानेंगे।" ग़यास ने प्यार से भाई को चिढ़ाया।

"साथ में लोगों की दी इतनी बड़ी खरीदारी की फेहरिस्त है, भाभी कि बस पूछें न आप!" सबीहा हँसी।

"जो जिसको याद आता रहा, वही वह पाना चाहता है। किसी ने पान मँगाए हैं, तो किसी ने हिना इत्र, तो किसी ने लखनऊ की रेवड़ियाँ,—बड़ी छोटी-छोटी फरमाइशें थीं।" निज़ाम हँसते हुए बोला।

"तुम्हारे लाहौर में इतना बड़ा पार्क है? ऐसा फव्वारा भी?" ग़यास ने अख़्तर को छेड़ा।

"आपके दिल्ली में नहर किनारे वाली ठण्डी सड़क है?" अख़्तर झट से बोला।

"हमारी तो हर सड़क ठण्डी सड़क है, उसके लिए ज़रूरी नहीं है कि आप नहर भी खोदें। पाँच सौ साल पुराने दरख़्त हैं, घने साएदार; और दिखाता हूँ, यह इतनी बड़ी-बड़ी चिमगादड़ें, हैं आपके किसी पेड़ पर....?" ग़यास ने क़हक़हा लगाया।

दो दिन कब और कैसे गुज़र गए, किसी को पता नहीं चला। दिल्ली तो पहली बार इमाम और शमीमा भी आए थे। इसलिए उन्हें भी राजधानी को देखकर खुशी हुई।

गाँव वैसा ही था। कुछ नहीं बदला था। सभी स्टेशन से सीधे क़ब्रिस्तान गए थे। क़ब्रें कुछ ज़्यादा बढ़ गई थीं। निज़ाम और सबीहा ने माँ, बाप की क़ब्रों पर फातिहा पढ़ा, फिर वहीं एक पुराने दरख़्त के साए में बैठकर निज़ाम चुपचाप आँखों से गिरते आँसुओं को पोंछता रहा। शमीमा और इमाम भी अपनी आँखें पोंछ रहे थे। सबीहा घुटने पर सिर रखे जाने क्या सोच रही थी। अख़्तर और ग़यास, मज़हर और गज़ाला के साथ पैदल चलते क़ब्रों के बीच से होते बेमक़सद से घूम रहे थे।

"पाकिस्तान वाले भैया आए हैं का?" बूढ़ा तकियादार लाठी टेकता पास आकर खड़ा हो गया।

"सलाम चचा!" कहते हुए निज़ाम अपनी जगह से उठ खड़ा हुआ।

"सब खैरियत है?" तकियादार ने उसी आवाज़ में पूछा।

"यह आपकी बहू और उधर आपका पोता अख़्तर है। दो बेटियाँ थीं, ब्याह दीं। पहलौठी का बेटा था, वह जाने कहाँ गुम हो गया, घर लौटा ही नहीं, आठ-दस साल गुजर गए।" ये सब बातें निज़ाम अब्बा, अम्मा को सुना रहा था, या तकियादार से कह रहा था, यह तो वही जानता था। सबीहा की उदास आँखें एकाएक छलछला आईं।

सब उठ गए थे। खेतों की मेड़ों और आम-अमरूद के बागों से गुज़रते हुए वह घर के सामने पहुँचे। ब्रजा और लच्छू सामने ही खड़े थे। अब्बा का चबूतरा लिपा-पुता था। उस पर एक खाली चारपाई पड़ी थी।

"कस बे ब्रजा कैसा है!" निज़ाम की पुरानी चुलचुलाहट ब्रजा को देखते ही बदन में फैल गई और उसने बिना सोचे-समझे हाँक लगाई। दोनों हमउम्र थे। साथ-साथ बड़ी शैतानियाँ की थीं।

"सब ठीक है, छोटे मालिक।" ब्रजा निज़ाम के कपड़े, चाल-ढाल और चेहरे-मोहरे को देख बिदक गया था।

"स्साला, मक्कारी कर रहा है?" पास से गुज़रते हुए निज़ाम ने उसके कन्धे पर ज़ोर से धप मार फुससाकर कहा।

"नमस्ते!" कहता हुआ लच्छू निज़ाम के पैरों की तरफ झुका, फिर एकदम तनकर ज़ोर से सैल्यूट मारा।

"छोटे दादा जान, यह डैडी का अरदली है।" गज़ाला ने निज़ाम के चेहरे पर आई मुस्कराहट को देखकर इत्तला दी।

"कैसी हो, भौजाई? हमार सुन्दर काकी और मँगरू काका कहाँ हैं?" निज़ाम ने ब्रजा की बहू को आँगन में हाथ जोड़े खड़ा देखकर कहा।

"आपके देखे की आस लिए चले गए, मालिक।" लक्छू की माँ ने धीरे से कहा।

"सवै को जल्दी रही जाए की...।" कहता हुआ निज़ाम आँगन में बिछे तख़्त पर बैठ गया।

"डैडी, यह बोली तो आपके मुँह से हम पहली बार सुन रहे हैं?" अख़्तर बाप के बदले सरापा को देखकर बोला।

"अभी तो आए हो, बहुत कुछ बाप-दादा के बारे में तुम्हें पता चलेगा।" इमाम ने हँसते हुए कहा।

"चचा जान और मामूजान, मैं मासूमा...।" कहते हुई मासूमा निज़ाम के पास

आकर बैठी। निज़ाम ने उसका माथा चूमा।

"दोनों रिश्ते एक साथ निभाए हैं। इससे ख़बरदार रहिएगा।" ग़यास ने फुलझड़ी लगाई।

"इधर आना बेटी।" सबीहा ने सलाम करती मासूमा को गले लगाया, माथा चूमा, फिर अपने पर्स से सोने का एक हार निकाल कर उसके गले में डाला।

"मैंने पहले ही कहा था। यह कुछ लिए बगैर रहेगी नहीं।" ग़यास ने हँसते हुए कहा।

"यह तो बहुत प्यारा है, चची जान।" मासूमा ने हार पहनकर कहा और सबको बारी-बारी सलाम किया।

"और हमें, भाभी जान?" अख़्तर मज़ाक में बोला।

"तुम्हें देर से आने का इनाम।" कहकर मासूमा ने अपने मामूज़ाद भाई और चचाज़ाद देवर का कान जोर से मोड़ा।

"अम्मी, यह तो डैडी से ज़्यादा आपकी रिश्तेदार लगती हैं, कान मरोड़ने में।" अख़्तर इतनी सख़्त गोशमाली के बाद अपना कान सहलाते हुए बोला।

चाय की ट्रे मासूमा ने लाकर तख़्त पर रखी। तभी पिंजड़े में झूलती मुनियाओं ने गाना-गाना शुरू कर दिया। निज़ाम ने अजीब हसरत भरी नज़र से अमरूद के पेड़ पर टंगे उस पिंजड़े को ताका, जिसमें नन्हें-नन्हें परिन्दे उत्सव का गीत या उसका स्वागत कर रहे थे।

चूल्हे से लपलपाती नारंगी लपटों को देखने के लिए निज़ाम की आँखें बावर्चीखाने की तरफ उठीं और थकी-सी लौट आईं। वहाँ गैस का चूल्हा रखा हुआ था। निज़ाम के सामने वह चूल्हा घूम गया, जिसकी लाल लपटों पर काला तवा चढ़ा होता और अम्माँ गर्म-गर्म रोटियाँ उतारती।

"अम्माँ....अम्माँ...। तवा हँसत है?" तवे के नीचे नन्हीं-नन्हीं चिंगारियों को देखकर सामने पटरे पर बैठा नन्हें चीखता।

"कोई खुशी होइए।" अम्माँ तेज़ी से आटे की चँगेल बनाती हुई कहती।

निज़ाम ने आँखें घुमाकर पीछे वाले छोटे दालान को देखा, जहाँ चक्की, मुर्गी का दड़बा, बकरियों का थान, कुएँ की रस्सी, सूप, चलनी जाने क्या-क्या भरा होता था और एक तरफ पड़ी चारपाई जिस पर सुन्दर काकी कभी-कभी कमर सीधी करने के लिए लेट जाती थी, अब वहाँ यह सब कुछ न था, बल्कि पूरा घर नए और पुराने के साथ मिलकर बिल्कुल नया-नया लग रहा था। जैसे तख़्त, मसनद, हुक़्क़े, रेडियो के साथ सोफा, पेंटिंग, टोस्टर, टी. वी. बड़े सलीक़े से सजे हुए थे।

इसी झिंगोला पलंग के नीचे कभी-कभी ब्रजा और नन्हें लेट जाते और सोई हुई कली की पीठ जो बान से बिने पलंग की जाली से नज़र आती उसकी उँगली से दबाते। नींद में डूबी काकी बार-बार कहती, "न करो भैया! जाओ बाहर खेला तू लोगन।"

मगर कौन सुनता उनकी आवाज़। ब्रजा मचल कर दोनों टाँगे उनके बदन के नीचे बान में फँसा उसको पूरी ताक़त से हाथ-पैर से ऊपर उठाता और ज़ोर से चिल्लाता—

"डोला डंडा पालकी,
जय कन्हैया लाल की।"

निज़ाम की आँखों में शरारत भरी यादें उभरीं और होंठों पर मुस्कराहट फैल गई। चाय की प्याली उठा वह इस नीयत से उठे कि अम्माँ के कमरे में चलते हैं, मगर जाने क्यों क़दम ठिठक गए। वह घर जवान भतीजे और बहू का है, जाने कौन-सा किसका कमरा हो?

"खाने में क्या खाएँगे आप लोग? मुर्ग, कबाब और...?" मासूमा ने पूछा।

"अरहर की भाप उड़ाती दाल, जिसमें घी पड़ा हो, गर्म-गर्म भुरता, धनिया की चटनी और तवे पर से उतरती भाभी के हाथ की सफेद चिकत्तीदार रोटियाँ।" जाने कैसे निज़ाम चहकते हुए बोल उठा।

"बस...?" मासूमा का चेहरा उतर गया, मगर उसने जल्दी से अपने को सँभाल लिया। दो दिन से वह जाने कौन-कौन से पकवान बना-बनाकर फ्रिज के हवाले कर चुकी थी।

निज़ाम को बरसों पहले वाला वह दिन याद आया, जब वह घर छोड़कर जा रहा था। उसे महसूस हुआ, काश! वह वक़्त वहीं ठहर जाता, तो आज इतना कुछ न होता। जाने क्यों उसके दिल में गहरे पछतावे जैसा अहसास उभरा और अजीब-सी कमज़ोरी सारे बदन में फैलने लगी। काश! अम्माँ उसे जाने न देती। उसने मुड़कर आँगन का वह छोटा-सा चबूतरा देखा, जिस पर अम्माँ बैठकर उसका मुँह धुलाती थी। उसके रोने पर कहती थी, "किची-किची कव्वा खाए...दूध मलाई भैया खाए।"

"हम नन्हे हैं, अम्माँ....कहो नन्हें खाए।" नन्हें चिढ़कर कहता और उसकी समझ पर अम्माँ खिलखिलाकर हँसती कि वह भैया से बड़े भाई इमाम को समझ रहा है। बहुत दिनों तक नन्हें इस बात पर माँ से रूठता कि उसे क्यों नहीं पहले पैदा किया? निज़ाम ने गर्दन झुका ली। दिल से एक शिकवा फूटा, जैसे वह उन गुज़रे लम्हों की टीस से घबरा गया हो।

"आपकी बात हम कभी टाला रहा, अम्माँ?" उ रोज़ अगर आप हमेशा की तरह पुकार के टोक देती, तो का हमार पैर, ड्योढ़ी लाँघत? काहे चुप हो गई रही आप उ रोज़?"

थोड़ी देर बाद गाँव से मिलने वालों का ताँता बँध गया। मोची, कहार, पासी, पनभरा, कुम्हार एक-एक करके छोटे सरकार, छोटे मालिक से मिलने आते रहे। निज़ाम अब्बा की चारपाई पर बैठा, सबसे मिलता-जुलता रहा। जब सब चले गए,

तो वह गर्दन झुकाए सोच में डूब गया।

"खाना लग गया है, साहब।" लच्छू ने आकर इत्तला दी।

"अबे तू ब्रजा का लौंडा है न, फिर मुझे सरकार, साहब क्यों पुकार रहा है?" निज़ाम ने मस्ती में आकर कहा।

"फिर का कहें, मालिक?" लच्छू हड़बड़ा के बोला।

"कह, चच्चू...हम तोहार चच्चू हैं...साहब, साईं, मालिक यही सब पिछले चालीस साल से सुन-सुनकर हमार कान पक गए हैं। अब तो हमार ऊपर रहम खाओ, बाबू साहिब।" निज़ाम ने उसके कन्धे पर अपना हाथ रख उसे सीने से लगाया।

शाम को जब आराम करने के बाद सहपहर चाय के लिए निज़ाम उठा, तो उसे जब्बार साहब, मौलाबख़्श, सलमान मियाँ, रामदीन बाऊ, सन्तू भाई का ख़्याल जाने कहाँ के ज़हन में कौंध गया। सबके चेहरे आँखों के सामने घूम गए।

"कौन ज़िन्दा बचा होगा, मुझे देखने के इन्तज़ार में?" सोचते हुए वह उठा। दालान में जाकर उसने कुल्ली की, मुँह पर छींटे मारे और आकर ताज़ा गर्म चाय की प्याली मुँह में लगाई।

"थोड़ा, गाँव घूमूँगा, कुछ लोगों से मिलूँगा।" निज़ाम ने कहा।

"किससे मिलबो, भैया, पुराने लोगन मा से अब कोई नहीं बचा। बूढ़े मरखप गए। जवान नौकरी करै लागे। कुछ अपनी ज़मीन बेच-बाच शहर में पक्का मकान खड़ा कर लिहिन। कुछ अपने माँ-बाप का साथ ले गए, जैसे हम। छः महीना शहर मा, छः महीना गाँव मा।" भाभी ने निज़ाम की बात सुन कर कहा।

"हाँ, सब कुछ पहला जैसा थोड़े होई है। हिंआ आयके हम जाने क्यों, वक़्त की रफ्तार को भूल गए हन।" निज़ाम ने लम्बी साँस खींची।

"वक़्त तो बादशाह के लिए भी नाही रुकत, भैया।" इमाम ने धीरे से कहा।

निज़ाम चुपचाप चाय पीता रहा, फिर उठ कर उसने कपड़े बदले और दरवाज़े के बाहर निकला। सूरज अभी डूबा नहीं था। वह आगे बढ़ने लगा। कई घरों के माथे पर ताले झूल रहे थे। कुछ घरों में नए लोगों के रहने का अहसास हो रहा था। बचपन में कुआँ झाँकने की आदत अभी छूटी नहीं थी। निज़ाम ने पुराने कुएँ की तरफ़ देखा और उस तरफ़ जाकर अन्दर झाँका। लोग उसमें कूड़ा डालने लगे थे। इसका पानी सूख गया है, तभी इसे पाट रहे होंगे।

सूरज डूब गया। सुरमई अँधेरा घरों के बीच में दुबकने लगा। निज़ाम खेतों की तरफ निकल आया था। एक-दो जगह उसके पैर कीचड़ में भी धँसे मगर वह इसकी परवाह किए बगैर जैसे मिट्टी की सारी ख़ुशबू इसी शाम नथुनों में भर लेना चाहता था।

"ओ नन्हें भैया!...उधर न जाओ, अब लौट आओ!" एक पुरानी आवाज़ उसके कानों में टकराई, "उधर बावन बीछी साँप होइए।"

निज़ाम ने पलट कर देखा, पीछे कोई नहीं था, सिर्फ अँधेरा...। आवाज़ जाने कहाँ से आती रही। कुछ देर खड़ा रहा, फिर ख़ामोशी से लौटने लगा। रास्ता उसे पता भी था और अनजाना भी लग रहा था। दूर जलते चिराग़ों को देखता, वह दिशा पकड़ता आगे बढ़ने लगा।

निज़ाम को गाँव आए चार दिन हो गए थे। प्यास अभी बुझी नहीं थी। उसकी शिद्दत में कमी ज़रूर आई थी। इमाम और निज़ाम अरसे बाद चबूतरे पर साथ-साथ बैठते। बातों का सिलसिला भी जारी रहता, मगर इमाम के सवालों से एक बात का अहसास जरूर निज़ाम को हो गया कि वह किसी गैर की तरह इस घर के लिए है, जिसकी ज़िन्दगी के बारे में उसका अपना बड़ा भाई कुछ नहीं जानता।

जब निज़ाम ने इमाम, गोलू, गोलू के बच्चों के बारे में पूछना शुरू किया, तो उसे महसूस हुआ कि उसका सोचना कितना एकतरफा था। वही हालत तो उसकी भी थी। उसे तो बाप की मौत की इत्तला भी जंग की वजह से न दी जा सकी और गोलू की शादी का रुक्का तो उस तक पहुँच ही नहीं पाया था।

ये दूरियाँ, यह लापरवाही कैसे एक खून के रिश्ते में जन्म ले बैठी? क्या हो गया था उसे तब? कौन-सी दीवानगी का दौरा पड़ा था, जिसमें अक़्ल गुम हो गई थी? ऐसा सुकून, ऐसा इतमीनान तो उसे एक हज़ार गज़ वाली अपनी कोठी में भी कभी नसीब नहीं हुआ। यहाँ से जाकर वह क्या करेगा वहाँ? यहीं रुक जाता, इसी घर, इसी मिट्टी में। निज़ाम की आँखें गीली होने लगीं।

रिश्तेदारों से घर-भर गया था। निज़ाम से मिलने वालों का सिलसिला जारी था। उसके साथ उनके जवान बेटे-बेटियाँ भी थे। निज़ाम बेटियों को बड़े ध्यान से अख़्तर के लिए देख रहा था। एक-दो जो पसन्द आई, बाद में पता चला, उनकी मँग़नी हो चुकी है। इसी बीच गयास ने इत्तला भेजी कि चचा का वीज़ा कई शहरों का हो गया है। इसलिए वह लखनऊ मलीहाबाद, फैज़ाबाद जा सकते हैं। सबके बाद वह रायबरेली मेरे घर आएँ।

फैज़ाबाद में अपना मकान देखकर सबीहा के आँसू रुक ही नहीं रहे थे। उसमें एक मिश्रा परिवार रह रहा था। उसने बड़े आवभगत से सबीहा और निज़ाम को बैठाया। ख़ातिरदारी की। अपना दुख-दर्द बयान किया। सबीहा के पूछने पर उन्होंने रहमत अल्लाह साहब के यहाँ ख़ुद अपना बेटा भेज कर सबीहा की आमद

की इत्तला भिजवाई। सबीहा अपने घर पर आख़िरी निगाह डालकर उनसे विदा हुई। शन्नो के घर में सिर्फ उसकी माँ थी। जो सबीहा को पहचान न सकी। शन्नो की याद दिल में घुटकर रह गई। जब पता चला कि वह कब की मर चुकी है।

रहमतउल्लाह और मिर्ज़ा साहब में गाढ़ी छनती थी। अब वह दोनों ज़िन्दा न थे। उनकी बेटा सैफउल्लाह उस मकान में था। उस वक़्त सबीहा पर्दा करती थी, इसलिए दोनों ने एक-दूसरे को पहली बार देखा था। सैफ की बीबी हुमैरा ने उनकी ख़ूब आवभगत की। अपने रिश्तेदारों के बारे में पूछा कि क्या निज़ाम उन्हें जानता है? सैफउल्लाह की बेटी रूही, सबीहा को बहुत प्यारी लगी। गरीबी में भी उसका रंग कुन्दन की तरह दमक रहा था।

"ज़मींदारी छिनने के बाद नौकरी भी मुनासिब न मिली। बस, इज़्ज़त से कट रही है। बेटा अलीगढ़ में अभी लेकचरर लगा है।" सैफउल्लाह ने बताया।

"और क्या चाहिए, जनाब, औलाद पढ़-लिख जाए, रोज़ी-रोटी कमाने लगे, तो माँ-बाप का दिल बाग़-बाग़ हो जाता है।" निज़ाम ने कहा।

"आप लोगों की तो खूब बढ़िया कट रही होगी? सुना है, शुरू में जाने वाले खुशहाल हैं वहाँ?" सैफउल्लाह बोले।

"हाँ, यहाँ से बेहतर हालत में हैं मुसलमान वहाँ।" जाने कैसे निज़ाम के मुँह से यह बात निकल गई।

"हाँ, कुछ लोग होंगे। सुना है, गरीबी तो वहाँ भी बहुत है?" हुमैरा ने धीरे से कहा।

"ग़रीब तो ग़रीब है, मगर खुशहाल लोग यहाँ के खाते-पीते लोगों से बेहतर ज़िन्दगी गुज़ार रहे हैं।" निज़ाम ने जरा नर्म होकर कहा।

"अच्छा, बहन, चलते हैं। अल्लाह ने चाहा तो फिर मुलाक़ात होगी।" सबीहा ने उठते हुए रूही पर नज़र डाली।

"आदाब!" रूही ने अदब से खड़े होकर कहा।

"कहीं इसकी बातचीत चली?" सीधा सवाल सबीहा ने कर डाला।

"नहीं, बहन, लड़के, वह भी अच्छे और कमाऊ उनका तो जैसे अकाल आ गया है। पढ़ते-लिखते कहाँ हैं?" हुमैरा ने कहा।

"हाँ, अब लड़कियाँ माशाअल्लाह ज़्यादा होशियार हो रही हैं।" सबीहा ने कहा।

"आप लोग ठहरे कहाँ हैं?"

"कहीं नहीं, बस, अब सीधे मलीहाबाद और लखनऊ जाएँगे।"

"बुरा न मानें तो हमारी दावत, क़बूल करें। एक रात इस घर में गुजार लें।" सैफ ने कहा।

"आपको तकलीफ होगी, बहन, वरना दिल तो इस फैजाबाद से जाने को नहीं चाह रहा है।"

"मेरा एक बेटा है अख़्तर। हमारे साथ आया है। बदपरहेजी की वहज से कुछ तबियत खराब हो गई और वह अपने भाई के पास रायबरेली में रुक गया है। उसे इत्तला करनी पड़ेगी।"

रात को खाने के बाद सबीहा ने हिम्मत करके बात ख़ुद ही शुरू की, आखिर अब वक़्त कहाँ था? बीजा ख़त्म होने वाला था।

"बहन, अख़्तर के लिए लड़की की तलाश है। आपकी रूही हर एतवार से हमें पसन्द आई। पता नहीं इस सिलसिले में आप क्या सोचें? मैं तो चची के हक़ से यह बात कह रही हूँ।" सबीहा ने कहा।

"आपकी बात सर आँखों पर। पता नहीं सैफ़ लड़की को पराए देश भेजना चाहेंगे या नहीं। आप तो जानती हैं, सैफ़ के घर का कोई पाकिस्तान नहीं गया। मेरा पूरा ख़ानदान चला गया, मगर अब्बा मरहूम नहीं गए। ऐसी हालत में...।" हुमैरा ने नर्मी से कहा।

"सैफ़ भाई से पूछ लेती हूँ।" सबीहा ने कहा।

"सुबह नाश्ते पर पता कर लीजिएगा, कौन से वह भागे जाते हैं।" हुमैरा ने पान की गिलौरी सबीहा की तरफ बढ़ाई।

गई रात दोनों औरतें अपने देस घर और शहर की बातें बताती, अपना दुख-सुख बाँटती रहीं। पिछले चालीस-पैंतालीस साल की लम्बी दास्ताँ थीं। सुबह के करीब जरा-सी आँखें झपकी। कार सेवकों के नारे से सबीहा की आँख खुल गई। शोर बदस्तूर जारी था।

नाश्ते के बाद सहीबा और निज़ाम ने अपने दिल की बात सैफ़उल्लाह के सामने रखते हुए अपनी ख़ानदानी दोस्ती का हवाला दिया। सुन कर सैफ़ के बूढ़े चेहरे पर उलझन की पर्त जम गई। कुछ बोले नहीं, खामोश सिर झुकाए बैठे रहे, फिर एकाएक सिर उठाकर उन्होंने सबीहा और निज़ाम को देखा, "आप इस शहर की हालत देख रहे हैं?" ऐसी हालत में अपनी लड़की का हाथ कैसे किसी पाकिस्तानी लड़के के हाथ में थमा दूँ। पहले के लगाए दाग़ धोते-धोते चालीस-पैंतालीस साल गुजर गए और अब फिर वही बात...।" सैफ़उल्लाह के होंठ जज़्बात से काँपने लगे थे।

"नादान लोगों के इल्ज़ाम से हम रिश्ते तो नहीं तोड़ सकते? निज़ाम ने मौक़े की नज़ाकत समझते हुए कहा।"

"रिश्ते टूट चुके हैं, मियाँ,...रिश्तों को अब कोई नहीं पहचानता। जब वह नई बात थी, तो दिल को मसलती थी। एक चने की दो दाल, आज हम दो दरख़्तों में बदल चुके हैं। हमारा माहौल, हमारी सोच, हमारी चुनौतियाँ, सब एक दूसरे से जुदा हैं...।"

"कैसी बातें कर रहे हैं आप, भाई!" सबीहा शर्मिंदा-सी बोली।

"कौन अपनी लड़की नेपाल, अफ़गानिस्तान, ईरान ब्याहता है? फिर पाकिस्तान हम क्यों ब्याहें? मिट्टी की क़िस्म इन्सान को इन्सान से बाँधती है, भले ही उसकी इन्सानी हमदर्दी जापानी, चीनी अफ्रीकी इन्सान से हो, अगर ऐसा न होता तो...।" बाक़ी बातें एक ग़मगीन मुस्कराहट तले छिप गईं।

"जैसी आपकी मर्ज़ी। हमारी ख़्वाहिश थी अपने लोगों के बीच की कोई लड़की ब्याह कर, लाएँ।" निज़ाम ने कहा।

"तो उसका सबसे अच्छा तरीक़ा है अपने मुल्क लौट आओ, यहीं बसो। तुम तारीख़ को बदल नहीं सकते। वह ज़मीन चालिस साल में तुम्हारी नहीं बन सकी। जड़ें तुम्हारी यहाँ हैं...यहाँ...।" सैफ़उल्लाह ने कहा।

उनकी बातों से निज़ाम का ख़ून गर्म होने लगा। आख़िर उसके कान, बदन, ज़हन कराची शहर के आदी हो चुके थे। उसको पाकिस्तानी होने पर किसी ने इस तरह शर्मिंदा नहीं किया था। कितना लपेट कर जूता मारा है! निज़ाम के कान और चेहरा सुर्ख हो गए। सबीहा के ख़्याल से मुँह तक आती कड़वी बात भीतर ही रह गई।

मलीहाबाद पहुँच कर पता चला कि अख़्तर की तबियत अभी ठीक नहीं हुई है। वह आज रात मलीहाबाद पहुँचेगा। दोनों मियाँ-बीवी का दिल सैफ़उल्लाह की बातों से बुझ गया था। फुफीज़ाद भाई ने शहर के कई सम्मानित लोगों को भी रात के खाने पर बुला लिया था। बढ़िया महफ़िल जमी। दोनों तरफ़ के सियासी लतीफ़ों पर क़हक़हे। पुराने अनुभव याद किए गए, नए बताए गए।

"ज़माना बदला है। कल अगर पाकिस्तान की जीत पर हमें अपने भाँजे को खेलता देखकर खुशी में मिठाई बाँटते थे, तो लोग हमें जासूस कहते थे। यह भूल जाते थे कि चन्द साल पहले ही तो एक घर, दो भाई, एक ख़ानदान दो ख़ानों में बँटे हैं और दोनों ने अपनी पसन्द की जगहें चुनी हैं, तब यहाँ का बाशिन्दा पाकिस्तानी कैसे हो सकता है?" डॉक्टर शम्स ने पाइप को दोबारा सुलगाया।

"हाँ, रिश्तेदारों के लिए तड़पना और रोना कहाँ से साबित करता है कि हम वतनपरस्त नहीं हैं?" क़मरउद्दीन जज बोले।

"अब साहब, हालात यह हैं कि इमरान खान अब हमसे ज़्यादा हमारे हिन्दू बेटे-बेटियाँ फ़िदा हैं। घर-घर पाकिस्तानी ड्रामों की धूम है।" डॉ. शम्स ने क़हक़हा लगाया।

"तारीख़ को हमने जख़्मी किया, उसने हमें घायल किया। हम उस तहख़ाने से निकल आए, मगर आज फिर इन्सानों को तहख़ानों में बन्द करने की साजिश शुरु हो गई है।" हसनैन एडवोकेट बोले।

"अब तारीख़ अपने को दोहराएगी नहीं। मेरा विश्वास है कि यह तूफ़ान उठा है, तो तबाही भी लाएगा, मगर जिन्हें यह गुमान था कि सारे धर्म भाई एक जुट हो जाएँगे, उनका भ्रम टूटा। साथ ही स्वयं उनकी हरकतों की निष्ठा को धक्का लगा।" प्रो. ज्वालाप्रसाद बोले।

"हाँ, आख़िर इसके बाद उनके पास जमे रहने का विकल्प क्या होगा?" नरेन्द्र सिंह ने ज़ोर का क़हक़हा लगाया।

"एक तो मुसलमानों में पहली बार मध्यम वर्ग पिछले पच्चीस-तीस वर्षों में धीरे-धीरे करके जो पनपा है, उसे ही एक तरफ संकीर्ण राजनीति तोड़ने की कोशिश कर रही है, मगर जनाब मेरा विश्वास है कि आज यही वर्ग इस सड़ी बदबूदार सियासत के खिलाफ़ मज़बूती से खड़ा भी होगा।" प्रो. ज्वालाप्रसाद ने आँखें अधमूँदी सी करके कहा।

"अरे, जनाब, आप भी कुछ बोले ना! डॉ. शम्स ने निज़ाम की तरह देखा।"

"आपके और हमारे हालात में कोई ख़ास फ़र्क़ नहीं है। वही सूबाई रंजिश, ज़बान का मसला, नौकरियों का कम होना वग़ैरह-वग़ैरह, मगर दोनों जगह इन सारी परेशानियों को पाकिस्तान की पीठ पर लादने का तर्क समझ में नहीं आता। हमारे लोग कहते हैं कि हिन्दुस्तान चाणक्य नीति अपनाए हुए है और एक छोटे पड़ोसी मुल्क को जीने नहीं दे रहा है। इधर आकर सुनने को मिल रहा है कि पाकिस्तान असली फ़साद की जड़ है।" निज़ाम ने कहा।

"लेकिन इतने बड़े हादसे को आप लोगों के ज़हन से निकाल नहीं सकते।" शायर तनवीर आलम ने कहा।

"मानता हूँ लोग नहीं भूल पाते, मगर सियासतदाँ तो आगे की सियासत करें। वह तो जैसे साँप निकल जाने के बाद लकीर पीट रहे हैं। हमारे ज़िया साहब मुसलमानों की हालत पर जब-तब हमदर्दी के जुम्ले कहते थे। यहाँ के मुसलमान जलकर कह रहे हैं कि वह चुप ही रहा करते तो हमारी भलाई थी, क्योंकि यहा के नेता उसका दूसरा ही अर्थ निकालते हैं।" निज़ाम ने परेशानी से कहा।

"सच पूछे तो बटवारा हमारी सोच का, हमारी भावना का हिस्सा बन चुका है। उस मानवीय विलाप से हम आज भी निकल नहीं पाए हैं, शायद अगले पचास वर्ष तक इससे निकल भी नहीं पाएँगे। मैं लाहौर का हूँ। ना शहर भूला, ना दोस्त, ना वह खुशबू! आज भी तालिब मुझे ख़्वाबों में नज़र आता है।" प्रो. ज्वालाप्रसाद ने सिगरेट लाइटकर से जलाते हुए कहा।

इस बात को सुनकर कुछ देर तक कमरे में सन्नाटा छाया रहा, क्योंकि जो यहाँ का था, उसे जाने वालों की और जो बाहर का था, उसे वहाँ छूट जाने वालों की याद आज भी आती है। हर इन्सान की ज़िन्दगी तजुर्बों का असंख्य घुमाव ही सही

मगर साँसों की नदी तो एक ही होती है। उसमें बहुत कुछ छूटता भले जाएँ, यादों में कुछ नहीं भूल पाता है।

अख़्तर लौट आया था। ज़नानख़ाने में खाना खाकर सो गया था। उसकी तबियत अभी पूरी तरह से ठीक नहीं हुई थी। एयरकंडीशन में सोने का आदी लड़का गर्मी की उमस झेल नहीं पाया। ऊपर से मच्छरों का रेला, तरह-तरह के दावती खाने और पुराने रिश्तों की ख़ुलती पर्तें उसे ज़हनी तौर से थका चुकी थीं।

"अब अम्मी मुझे कराची याद आने लगा है।" सुबह अख़्तर ने सबीहा से कहा।

"क्यों?" कपड़े निकालते हुए सबीहा के हाथ ठिठक गए।

"यूँ ही, इसकी वजह कोई ख़ास तो नहीं होनी चाहिए।" अजीब अन्दाज़ से अख़्तर ने कहा।

"लखनऊ कल जाना है। दो दिन वहाँ रहकर फिर दिल्ली और दिल्ली से कराची।" सबीहा ने कहते-कहते महसूस किया कि कराची तक पहुँचते-पहुँचते उसके दिल में जैसे ख़ुशी की नन्ही बूँद टपकी हो।

मलीहाबाद में जितने खानदान थे, उनकी लड़कियाँ जो दो दिन में देखने को मिलीं, वे पसन्द भी आईं मगर दोनों मियाँ-बीवी मुँह खोलकर किसी से कुछ बोले नहीं। अख़्तर से मिलने-जुलने के बाद भी किसी बेटी के बाप ने किसी और से अपनी ख़्वाहिश का इज़हार भी नहीं किया।

दोनों मियाँ-बीवी एक अजीब अहसास से परेशान थे। उसको महसूस तो कर रहे थे, मगर पकड़ नहीं पा रहे थे। इसीलिए उसे शब्दों का जामा भी नहीं पहना पा रहे थे। रिश्तेदार बिछे जा रहे थे। खातिर में, लेन-देन में कहीं कोई कमी नहीं थी, फिर भी जाने कौन-सी कमी उन्हें खटक रही थी।

रायबरेली पहुँच कर निज़ाम की आँखें खुल गईं। ग़यासउद्दीन की शान ही निराली थी। अरदली, चपरासी, कर्मचारी, दूसरे हाकिम आगे-पीछे। सलाम और सैल्यूट करने वाली गारद हर क़दम पर आँखें बिछाए खड़ी थी। निज़ाम ने दिल ही दिल में हिसाब लगाया कि करोड़ों का मालिक होकर भी यह शान उसको कराची में नसीब नहीं है। वहाँ तो बख़्शिश मिलने पर सैल्यूट मिलेगा और यहाँ—यहाँ तो सरकार का सारा अमला अपने ज़िले के सबसे बड़े अफ़सर की एक नज़र का मुन्ताजिर खड़ा है।

"क्या सोच रहे हैं, चचा?" ग़यास ने निज़ाम के उदास उड़े चेहरे को ताकते हुए पूछा।

"पछतावा...बहुत पछतावा हो रहा है बेटे। तुम से क्या छिपाना। कुछ मज़ा नहीं आया ज़िन्दगी में सब कुछ पाकर भी। क्या खोया, यह आज समझ में आया।" निज़ाम थके-से लहजे में बोले।

"कमाल है, चचा!...रामदीन, चाय बाग़ में लगाना।" ग़यास चचा को गहरी नज़रों से देखते हुए आगे बढ़ा और अरदली से बोला, फिर दूसरी तरफ खड़े पेशकार और चन्द शहर के लोगों की तरफ मुखातिब हुआ, 'रामअवतार जी फाइल तैयार हो गई हो, तो मेरी मेज पर रख देना और गुड़िया रानी का केस आप ही समझ लेना आज खुद जाकर। मैं कल आप से डिसकस कर लूँगा।" ग़वास के कहते ही पेशकार सलाम करके आगे बढ़ गए।

"साहब, आप हमारे जलसे में मुख्य अतिथि होंगे?" दोनों सज्जनों ने एक साथ हाथ जोड़ते हुए कहा।

"अरे, आप हमारी जगह किसी भलेमानस को बुलाएँ ना।" ग़यास ने बात टालते हुए कहा।

"ऐसा न करें, जनाब, ये कार्ड छप कर आ गए हैं।" एक आगे बढ़कर बोला।

"पहले पूजा में आप शरीक हों, फिर...।" दूसरे ने कार्ड ग़यास को अदब से पेश किया।

अख़्तर और निज़ाम ने पूजा के नाम पर चौंककर एक साथ उन सबको देखा—चेहरे का बदला रंग किसी से छिपा न रह सका। ग़यास ने उन दोनों की तरफ देखकर कहा, "यह हमारे चचा हैं निज़ामउद्दीन साहब, पाकिस्तान से हफ्ता भर पहले तशरीफ लाए हैं और यह मेरा क़जन अख़्तर है। चचा, ये शहर के नामी सेठ हैं। समझो शहर इन्हीं के कन्धों पर टिका है।"

"आपकी कृपा है हुजूर।" दोनों ने निज़ाम को झुककर नमस्ते किया।

चाय आ गई थी। बाग में पड़ी वेंत की कुर्सियों पर सब बैठ गए। निज़ाम का दिमाग़ तेज़ी से एक बात में उलझा हुआ था कि आज तक हिन्दू-मुसलमान फसाद की ख़बरें तो पाकिस्तान में पहुँचती रही थीं, मगर यह इत्तला वहाँ नहीं पहुँची थी कि एक मुसलमान अफसर के नीचे हजारों मातहत हिन्दू भी हो सकते हैं और... दँगे-फसाद मे मारे जाने के बाद भी इस मुल्क में उनकी खुशहाली पिछले चालीस वर्षों में पनप उठी है, जो बहुत कुछ न कहकर भी बहुत कुछ बताती है कि असलियत वह नहीं, जो बताई है, बल्कि सच्चाई वह है, जो नज़र आ रही है।

"चचा, आप लोग आराम करें। मैं हाज़िर होता हूँ।" कहते हुए ग़यास सामने खड़ी जीप पर सवार हुआ और फिर सैल्यूट क साथ अरदली-चपरासी की भीड़ एक तरफ हटी और तीन जीपें एक-के-बाद-एक हार्न बजाती आगे-पीछे मुआयने के लिए पास के गाँव की तरफ बढ़ीं।

निज़ाम ने कनखियों से अख़्तर को देखा। उसका चेहरा भी पूरे ताम-झाम से प्रभावित नज़र आ रहा था। आँखों में अजीब चकराहट नाच रही थी और अन्दाज़ में कुण्ठा। वह बौखलाया-सा बाप के साथ उठा और किसी अजनबी की तरह घर में दाख़िल हुआ। मासूमा ने पूरी मेज पर नाश्ता कुछ इस तरह सजा रखा था कि लग रहा था, जैसे पूरी बारात को बुलाया हो।

पूरे घर में अपनी तरह की सादगी-भरी शान थी। पैसे की जगह खूबसूरती टपक रही थी। निज़ाम चुपचाप कुर्सी पर बैठ गया। उसका दिल जाने क्यों उदासी की गहराइयों में उतरने लगा। ख़ामोशी से चाय पी। बहुत कहने पर भी वह कुछ खा न सका। शाम की गाड़ी से उन्हें लखनऊ जाना था।

लखनऊ आकर सबीहा और निज़ाम काफी खुश हुए। थोड़ी बहुत खरीदारी की, बड़े-छोटे इमाम बाड़ों की जियारत की, लखनऊ घूमे और लड़कियाँ भी देखीं। यहाँ पर माहौल दूसरा था।

एक दिन जगदीश चाचा के बेटे राहुल ने निज़ाम से कहा, “यार, ख़ुद तो सुगरा से शादी नहीं रचाई, अब अख़्तर की शादी तो यहाँ करो, ताकि हम भी बेटे के सिर पर बँधा सेहरा देख सकें ओर बाराती बनने का मज़ा उठाएँ।”

“बताइए कोई लड़की। कल ही निकाह पढ़वा देते हैं।” निज़ाम खिलखिला कर बोला।

“हमारे दोस्त अमीर शाह, हैं रिटायर एस.पी.। उनकी बेटी नूरी है। कमाल की है। सूरत, सीरत दोनों भगवान ने छप्पर फाड़कर दी हैं।” राहुल ने गम्भीरता से कहा।

“शाम को खाने पर बुला लेते हैं।” फूफी के बेटे असगर ने कहा।

शाम तक शमीमा और इमाम लखनऊ पहुँच गए। रायबरेली से ग़यास और मासूमा, फिर लम्बे इन्तज़ार के बाद रज़िया अपने मियाँ और बच्चों के संग लदी-फँदी पहुँची। रज़िया की सास की तबियत अचानक खराब हो गई थी, इसी वजह से वह गाँव नहीं पहुँच पाई थी।

“झूठों ही कभी याद कर लेते, भैया।” रज़िया ने निज़ाम से लिपट सिसकी भरते हुए कहा।

“कितना बुलाया तुम लोगों को, कोई न आया मुझे देखने। जब-जब मैंने तैयारी की दोनों फौजें बन्दूक तानकर खड़ी हो गई।” निज़ाम ने बहन के बच्चों को प्यार करते हुए कहा।

“यह शाहेदा है बड़ी बेटी।” रज़िया ने भाई को बताया।

“माशाअल्लाह...!” निज़ाम ने उसके सलाम का जबाब देते हुए कहा।

शाहेदा खूबसूरत थी, शर्मीली और बिल्कुल माँ की तरह सीधी-सादी थी।

“अगले माह इसकी शादी है, भैया तुम्हारी शिरकत बहुत ज़रूरी है।” रज़िया बोली।

“मैं कहाँ रुक पाऊँगा तब तक!” निज़ाम ने अजीब उदासी से कहा, जैसे उसके हाथों से भरा शरबत का गिलास किसी दूसरे ने ले लिया हो और वह देखता ही रह गया हो।

उधर कमरे में अख़्तर को घेरकर शाहेदा, निर्मला और फातमा बैठी थीं। उसकी खिंचाई भी कर रही थीं और उसके छेड़ने पर बनावटी गुस्सा दिखा रही थीं। लतीफ

और अमजद दोनों भाई अख़्तर की जमकर टाँग खींच रहे थे, अख़्तर भी उन्हें धता बताकर उलटे उनकी घिसाई कर रहा था।

खाने के वक़्त तक नूरी भी अपने घर वालों के सँग आ गई। उसे देखकर अख़्तर परेशान हो गया। जीन्स पर मर्दानी शट पहने वह लड़की स्मार्ट और ज़हीन लगी। बहस में इस तरह के तर्क दे रही थी कि अख़्तर सोचने लगा कि यह न लाहौर में खप पाएगी न कराची में। उसके सियासी ख़्यालात भी पाकिस्तान की आलोचना से भरे हुए थे। यह अलग बात थी कि वह अपने मुल्क की कमज़ोरियों को भी खोलकर सामने रख रही थी।

खाने के बाद जब मेहमानों से धर खाली हुआ, तो निज़ाम ने सबीहा से कहा कि लड़की और लड़की के बाप उसे पसन्द आए हैं। सबीहा ने कहा कि उसे लड़की और लड़की की माँ पसन्द आई है। अब निज़ाम को फिर अख़्तर की मंशा लेनी थी।

अख़्तर लोगों को विदा कर लौटा।

"नूरी कैसी लगी, बेटा?" सबीहा ने पूछा।

"बहुत अच्छी, संजीदा क़िस्म की लड़की है।" अख़्तर ने लापरवाही से कहा।

"फिर पैग़ाम भेजूँ?" निज़ाम ने कहा।

"नहीं डैडी, वह हमारे मुल्क में घुटकर रह जाएगी।" अख़्तर ने जल्दी से कहा।

"क्या मतलब?" निज़ाम चौंका।

"मुझे यहाँ के फैलाव से, बड़ेपन से, पर्त-दर-पर्त मुआशरे से ख़ौफ लग रहा है। कितनी बातें हैं, कितना कुछ है, जो न हम तर्जुबा कर सके, न जानते हैं, मेरा तो यहाँ साँस लेना मुश्किल हो रहा।" अख़्तर ने घबराकर कहा।

"क्या बक रहे हो?" निज़ाम ने झुँझलाकर कहा।

"सच डैडी, उस घुटन को, जो हमें बुरी लगती है। उसका मैं आदी हो चुका हूँ। मछली को पानी से निकाल दें, तो क्या वह जी पाएगी? उसी तरह अगर मेंढक को समन्दर के गहरे पानी में डाल दें, तो क्या वह जी पाएगा? मर जाएगा डैडी...वह मर जाएगा।" परेशान-सा अख़्तर कह उठा।

"तुम्हारी तबियत तो ठीक है?" सबीहा ने बेचैनी से बेटे का माथा छुआ।

"मैं ठीक हूँ।" अख़्तर बोला।

"शादी नहीं करोगे तो यह बढ़ती उम्र...।" निज़ाम गुस्से में बोला।

"आपने तो बहुत देर में शादी की थी, डैडी, मैं तो अभी कुल बाईस साल का हुआ हूँ।" अख़्तर ने बेबसी से कहा।

निज़ाम और सबीहा बात बढ़ाना नहीं चाहते थे, इसलिए ख़ामोश हो गए। अख़्तर कमरे से निकल गया। उसके ज़हन में कई सवाल चक्कर लगा रहे थे कि आख़िर वह कैसे यह सब बर्दाश्त कर रहा है! अम्मी, डैडी दो नावों में जज़्बाती तौर

पर सवार हैं, मगर वह तो एक ही ज़मीन की हक़ीक़त पर खड़ा है, फिर ज़बरदस्ती रिश्तों की खोज का मतलब क्या है?

दिल्ली के सफर में इमाम और ग़यास साथ थे। शमीमा की तबियत ख़राब होने की वजह से मासूमा को रुकना पड़ा। चलते वक़्त उस तरह लिपटकर रोना नहीं हुआ, जितना पहली बार मिलने पर हुआ था। निज़ाम ने एक-एक को पकड़कर पाकिस्तान आने का वायदा लिया था। स्टेशन पर भीड़ तीनों को घेरे खड़ी थी। बातों के बीच लगातार निज़ाम को महसूस होता रहा, जैसे वह मोहब्बत का इज़हार अपनी जगह है, मगर जो उन्स भरा गहरा लगाव साथ रहने पर एक-दूसरे के साथ पैदा होता है, वह यहाँ मौजूद नहीं था। यही वह कमी थी जिसका अहसास उसे शुरू से खटकता रहा था, जैसे उसके और भाई के बीच कोई और महत्त्वपूर्ण हो चुका है, शायद वह वक़्त ही था।

गाड़ी पर चढ़ते हुए निज़ाम का दिल और चेहरा मुरझा गया, आँखें भर आईं। बाकी लोगों ने अपनी आँखें साफ कीं। ट्रेन चल पड़ी, क़बीला पीछे छूट गया।

सीटों पर सब बैठ गए। यह ज़माना भी जैसे दिल पर क़दम रखता हुआ गुज़र गया। थोड़ी देर बाद एक दूसरे की तरफ़ देखकर उस सबने पहलू बदले।

अख़्तर काफी मगन नज़र आ रहा था। सबीहा थकी-सी, मगर खुश थी। पता नहीं निज़ाम को क्या हो गया कि उसका दिल बुझ-सा गया था। इमाम ने उससे ढेरों बातें की थीं। ज़मीन-जायदाद की भी, मगर उसका दिल किसी चीज़ में नहीं रमा और उसने उस गाँव की किसी शै को लेने या अम्माँ-अब्बा की किसी चीज़ को उठाने में कोई दिलचस्पी नहीं दिखाई। उसे लगातार वह बात कचोटती रही थी कि जिस चीज़ को हासिल करने के लिए उसने ज़िन्दगी के पैंतालीस साल गँवा दिए, वह तो उसके हर रिश्तेदार के पास मौजूद है, फिर उसने हासिल क्या किया?

"चचा, दोआबा गुज़र गया।" ग़यास ने बताया।

"मेरा बीजा बढ़ नहीं सकता क्या?" निज़ाम ने मुँह से एकाएक निकला।

"पहले कहते तो कोशिश करता। बहरहाल दिल्ली चल कर देखता हूँ।" गोलू ने अकबका कर चचा का चेहरा देखा, जो सूखा था, मगर गोलू को जाने क्यों वह पानी से भरे धान के खेते जैसा लगा।

निज़ाम को महसूस हुआ, जैसे उसकी साँस घुट रही है, दिल डूब रहा है, सिर चकरा रहा है और वह बेहोश-सा होने वाला है। काफी देर तक आँखें बन्द किये बैठा, सारे बदन में एक अजीब कँपकँपाहट-सी दौड़ पड़ी थी। बचपन हुमक-हुमक कर उसके दिमाग़ में शोर मचा रहा था। गोलू चचा के पास सर झुकाए बैठा रहा। उनका हाथ थामे रहा। ट्रेन पूरी रफ़्तार से दौड़ रही थी।

गयास ने दिल्ली पहुँचते ही चचा के वीज़ा बढ़ाने की कोशिश शुरू कर दी। जिस तरह के हालात देश में चल रहे थे, उसमें किस का दिमाग़ किधर पलट गया था, इसका अहसास गयास को था। राष्ट्रीयता अपना अलग रंग एकता के अर्थ की तरह लगाने लगी थी, फिर भी गोलू ने बिना वक़्त गँवाए दोस्तों से मिलना जारी रखा।

निज़ाम फैसला नहीं कर पा रहा था कि वह हमेशा के लिए यहाँ रह जाए और कराची को सिर्फ जवानी की दीवानगी का नाम देकर भुला दे, या फिर फौरन लौट जाए। इस ज़मीन से इतना दिल लगाना ठीक नहीं है। अपने अन्दर मची जंग से निजाम का दिमाग़ी तनाव इतना बढ़ गया कि उसे हाई ब्लड प्रेशर हो गया। सबीहा उसकी यह हालत देखकर एकदम हौल गई और कराची वापस जाने के लिए बेचैन हो उठी।

"कुछ खास बात नहीं है परेशानी की। बस, थोड़ा आराम करें।" डॉक्टर ने ट्रैंकुलाइँजर के साथ ब्लडप्रेशर की दवाओं की डोज बढ़ा दी।

"यहाँ से अगर फोन ही जाता, तो..." सबीहा का दिल पूरी तरह दिल्ली से उचट गया था।

"कोशिश करता हूँ।" कहकर इमाम ने नम्बर ऑप्रेटर को दे दिया।

"यह सब आखिर क्यों कर रही हो?" निज़ाम झुँझला गया। तभी फोन की घन्टी बज उठी।

"शायद कराची मिल गया?" इमाम कहते हुए उठा और फोन की तरफ बढ़ा।

"हलो, नाहीद! हाँ, बेटे, हम ठीक हैं...तुम लोग कैसे हो? हाँ डैडी ठीक हैं, अख़्तर भी...आज बाज़ार जाऊँगी, तो खरीदूँगी...हाँ, हम पहुँच रहे हैं...परसों तुम्हारी तरफ से सबको आदाब कह दूँगी। चचा से बात करनी है? डैडी भी पास ही हैं...ठहरो।" तभी फोन कट गया। सबीहा ने रिसीवर क्रेडिल पर रख दिया।

"चलो, कुछ समझदारी दिखाई।" निज़ाम मुस्कराया।

"इनकी बीमारी झेलने के बाद...।" सबीहा ने रूमाल से चेहरा साफ किया।

"कैसी बीमारी? क्या हुआ था नन्हें को?"

"कुछ नहीं।"

"बस, हलका-सा दिल का दौरा पड़ा था।"

"बड़े भाई के रहते यह ज़िम्मेदारी तुमने क्यों निभाई?" इमाम ने अफसोस भरे लहजे से कहा।

"औरतों के पेट में कोई बात नहीं पचती। राई का पहाड़ बनाना इन्हें आता है।" निज़ाम हँसा।

"कुछ पियोगे...जूस मँगाऊँ?"

"अभी तक गोलू और अख़्तर नहीं लौटे?"

"दिल्ली में दूरियाँ और काम की देरियाँ मार डालती हैं फिर...।" इमाम इतना कह कर उठ गया।

"कराची में काम कोई रुकता नहीं। बस, पहुँच होनी चाहिए।" सबीहा ने कहा।

"यही हाल यहाँ भी है। कुछ लोगों के लिए क़ानून कोई वजूद नहीं रखता है। अरे सिद्दीक़ी...वही शरीफ सिद्दीक़ी को जानते हो ना?"

"हाँ, क्या हाल है उनका?"

"रोज़ अपनी शहरियत बदल लेते हैं। कभी पाकिस्तानी, कभी हिन्दुस्तानी आजकल फिर बम्बई में मौजूद हैं।"

"कहते हैं, जब पाकिस्तान में घुटन लगती है, तो उधर से भाग आते हैं और जब अकेलापन यहाँ काटता है, तो फिर पाकिस्तान चले जाते हैं। वहाँ उनका पूरा खानदान मौजूद है। कोई उनको रोक नहीं सकता। ठहरे फकीर आदमी।" कह कर निजाम हँस पड़ा और उठ कर बैठ गया।

"हाँ, यहाँ उनकी ना कोई दौलत, ना वहाँ कोई जायदाद। उनके आने-जाने पर भी उनका अपना पैसा ख़र्च होता है। बेज़र आदमी हैं। दोनों तरफ की सरकार का क्या नुकसान होता है? ऊपर से जान-पहचान वालों की फौज दानों तरफ है, जो इनको नमूने की तरह पेश करते हुए कहते हैं, जनाब रास्ता खुला है।"

"वालिद इनके काँग्रेसी थे ना?"

"हाँ, खुद मार्क्सवादी...अब तो सिर्फ...।"

"आ गए तुम लोग?" सबीहा ने कहा और इमाम की बात अधूरी रह गई।

"उम्मीद तो है, चचा, पन्द्रह दिन आपको और मिल जाएंगे। राजेश अभी फोन करके बता देंगे।" ग़यास ने कहा।

"मम्मी, आप तो शॉपिंग कर लें। मैं तो रुकूँगा नहीं। नादिरा और नाहीद सामान न लाने पर मेरी जान खा जाँएगी।" अख़्तर ने हँस कर कहा।

"तबियत मेरी ठीक है, तुम लोग दिल्ली घूम लो।" कह कर निज़ाम बिस्तर

पर लेट गया और आँखें बन्द कर लीं।

सबीहा बाज़ार पहुँच कर एक दूसरे ही मूड में आ गई। एक से बढ़ कर एक शानदार दस्तकारी, सिल्क और साड़ियाँ देखकर वह समझ नहीं पा रही थी कि क्या लड़कियों के लिए खरीदें और क्या दूसरों के लिए? जान-पहचान वालों दोस्त-अहबाब ने एक लम्बी फेहरिस्त थमा दी थी। बहरहाल कहीं पर तो अपने ऊपर रोक लगानी ही थी।

दोनों शाम ढले सामान से लदी-फँदी यू.पी. निवास पहुँची। अख़्तर माँ-बहन की आदतों से वाक़िफ था, मगर ग़यास टैक्सी पर थैलों, लिफाफों को देखकर दंग रह गया। उसने पैकेटों को उठाने में मदद की और सोचने लगा कि इनके यहाँ या तो कस्टम ड्यूटी का कोई रिवाज नहीं है, या फिर...!"

"क्या हुआ वीज़ा का, बेटे?" सबीहा ने कुर्सी पर बैठते हुए पूछा।

"उम्मीद-नाउम्मीदी के झूले में झूल रहे हैं अभी तक।" निज़ाम ने झट से कहा।

"कल तो फ्लाइट है और इस वक़्त शाम के सात बज रहे हैं।" सबीहा ने कलाई में बँधी घड़ी की तरफ देखा।

"अभी तो रात बाक़ी है।" निज़ाम ने अजीब अन्दाज़ से कहा।

ग़यास चचा के चेहरे को बहुत ग़ौर से देख रहा था। बातों में छिपे तारों को पकड़ना चाह रहा था। चचा की उस वक़्त की शक्ल कितनी जुदा थी। बीस साल का एक बिफरा जवान, जिसका बदन ठोस और चेहरे पर देहाती खुरदुरेपन की चमक थी, आज पैंसठ साल के थोड़े मोटे ढीले बदन के साथ दोहरी ठोडी वाला चेहरा, जिस पर शहरी नफासत का लबादा चढ़ा हुआ था, वह खुद तीन साल से पूरे अड़तालीस साल में ढल गया और उसका अपना लड़का मजहर जवान होने को आया है। वक्त का इतनी तेज़ी से भागना पता ही न चला...!

"इन्सान की यह ज़िन्दगी कितनी कम होती है, अपने को और इस दुनिया को समझने के लिए?" निज़ाम ने भरपूर अँगड़ाई लेते हुए कहा।

"हाँ, जब तक वह सँभलता है सीखता है तब तक बहुत देर हो चुकी होती है।" इमाम ने गर्दन हिलाई।

"अच्छा, ज़रा मैं एक चक्कर राजेश के घर का लगाकर आता हूँ।" कहते हुए ग़यास उठा और बोझल दिल लिए कमरे से निकला।

ग़यास को वीज़ा बढ़ने की कोई उम्मीद नहीं थी, फिर भी चचा का दिल रखने के लिए वह दौड़-भाग कर रहा था। उनसे कह नहीं सकता कि सियासत अब एक अलग गलियारे में दाखिल हो चुकी है और वह गलियारा अपने इलाक़े, अपने शहर से होकर गुज़रता है। कभी हम इसी तरह बोसीदा ख़्याल के तले दब गए थे आज

वे रूढ़िवादिता के बुखार में सब कुछ भूल गए हैं। यह झुके बादल एक दिन बरसेंगे, आसमान साफ होगा, सूरज निकलेगा, मगर धपू फैलने से पहले चचा को वीजा चाहिए। उनका यह वक़्त हमारे वक़्त के इन्तज़ार में ठहरा तो नहीं रहेगा!

बाहर निकलकर ग़यास सड़क के किनारे घने पेड़ों के नीचे पैदल बिना किसी मंजिल के चल पड़ा। कमरे में घुटन बढ़ गई थी। उसने ताज़ा हवा में गहरी साँसें लीं मगर जहनी तनाव कम नहीं हुआ। इस वक़्त उसे एक ही सवाल बेचैन किये हुए था कि क्या उसने पूरी ईमानदारी से चाहा था कि चचा की वीज़ा बढ़ जाए या फिर किसी के सामने अपने व्यक्तिगत काम न कह सकने की झिझक उसे बहाना तलाश करने पर मजबूर करती रही?

"चचा पन्द्रह दिन और रुक भी जाते तो क्या हमारे बीच पूरे चार दहाई की यह दूरियाँ कम हो जाती?" ग़यास धीरे से बड़बड़ाया। उसका ज़हनी तनाव बढ़ रहा था। बदन एक अजीब दर्द से टूट रहा था जैसे तेज़ बुखार उसकी नसों में लपटें भर रहा हो। उसके सामने अपने इलाक़े का नक़्शा साफ था। जहाँ बहुत कुछ घटते उसने अपनी आँखों से देखा था और अब कान उस शोर को सुन रहे थे। उस हलचल में एक पुराने राग की तलाश और...

"चचा को जाना ही होगा, यही आखरी सच है।" ग़यास चलते चलते एकाएक रुक गया। सन्नाटी सड़क को कुछ देर फुटपाथ पर खड़ा देखता रहा फिर जेब से रूमाल निकाल उसने चेहरा साफ किया। इस बात का उसे अहसास था कि आज की तारीख़ में यह काम कोई मुश्किल नहीं था अगर वह किसी से कहता। वह आगे बढ़ा और यू. पी. निवास की तरफ़ लौटने लगा। ज़ज़्बात के ज्वार में वह काफ़ी दूर निकल आया था। पैरों में अब एक अजीब थकान उतर आई थी। वापसी के लिए उसने सड़क पर नज़र डाली, टैक्सी, स्कूटर का दूर-दूर कहीं पता नहीं था। उसका दिल भारी था मगर दिमाग़ खाली लग रहा था।

ग़यास जब सीढ़िया चढ़ कर ऊपर कमरे में पहुँचा तो इन्तज़ार करती आँखों ने उसे कुरेदा नहीं। किसी ने उससे कुछ पूछा नहीं बस सबीहा धीरे से उठ कर उसके पास आई और बोली, इनकी तबियत फिर बिगड़ गई है भय्या, बेहतर है कि इनसे वीज़ा बढ़ने की बात न बताना, अब हमारा वापस जाना ही ठीक है।"

"जी?" ग़यास के सारे तर्क सीने में घुट गये।

"पता नहीं, नन्हें को के की नज़र लग गई है।" इमाम ने धीरे से कहा और निज़ाम के पीले चेहरे को देखा जो सफ़ेद चादर में एकदम बेजान लग रहा था।

"यह सफेद चादर, कोई रंगीन चादर नहीं है क्या?" इमाम की आँख में तैरती वेदना को ताड़ ग़यास ने सबीहा की तरफ देखा।

"हाँ, है तो" कहता हुआ अख़्तर एक हल्की रंगीन शाल बाप के बदन पर डालने लगा।

"सबीहा ज़िद कर रही है वरना" इमाम ने थके लहजे से कहा।

"ख़ुदा की क़सम भाई आप दिल पर ज़रा भी मैल न लाएँ। इनकी सेहत की बात न होती तो मैं कभी जाने की जल्दी न करती, फिर डाक्टर जिससे इन्हें फ़ायदा हुआ था। उसी पर हम सबका भरोसा भी है।" सबीहा की आँखों में आँसू जमा होने लगे।

"अम्मी! कमाल करती है आप, देखें डैडी कितने आराम से सो रहे हैं। सुबह तक बिल्कुल तरोताज़ा उठेंगे, आप परेशान न हों।" अख़्तर ने माँ के कन्धे पर हाथ रख कर दिलासा दिया मगर ख़ुद उसका चेहरा मुरझा गया था।

"हाँ, ऊपर अल्लाह पर नीचे डाक्टर का सहारा है बेटे" सबीहा ने दुपट्टे के कोने से आँसू ख़ुश्क़ किये।

ग़यास ख़ामोशी के कमरे में छाया मनहूस साया काँपता देखता रहा फिर धीरे से उठ चचा के बिस्तर पर बैठ उनके चेहरे को ताकता रहा फिर झुककर उनके माथे का बोसा लिया। दिल एक अजीब कसक से भर उठा।

"तुम लोग आराम करो, सुबह सफ़र भी करना है।" इमाम की आवाज़ उभरी।

ग़यास चचा के चेहरे पर प्यार से हाथ फिरा उनके बालों को सहला अपनी जगह से उठ खड़ा हुआ और सीधे कमरे से बाहर निकल गया। उसी के पीछे इमाम भी पास वाले कमरे की तरफ चल पड़े।

इंदिरा गाँधी हवाई अड्डे पर इमाम भाई को गले लगा कर गमग़ीन हो उठे। यही हाल निज़ाम का हुआ। जब दोनों का दिल हलका हुआ, तो इमाम ने कहा, "अब ज़्यादा दिन नहीं जिऊँगा। हो सके, तो जल्दी आना। बेटियों को साथ लाना।"

"आप तो मेरी मैय्यत पर भी आने से रहे, इसलिए क्या कहूँ?" निज़ाम का दिल 'हो सके तो' में जो ग़ैरियत का अहसास झलका, उससे कट कर रह गया। काश! सब लोग मिलकर उससे रुकने का इसरार करते, उसे जाने न देते, मगर....।

"ताया अब्बा, कराची जरूर आइयेगा। हमारा छोटा-सा वतन है, उसे भी तो देखें। मैं सारा पाकिस्तान आपको घुमाऊँगा।" अख़्तर ने बूढ़े इमाम के सीने से लगकर कहा।

"फूलोफलो, आबाद रहो!" कह कर इमाम ने भतीजे का माथा चूमा।

"चचा, मै कोशिश करूँगा, आपको जल्द ही बुलाऊँगा। कराची खुद लेने आऊँगा।" जाने किस लहज़े में डूब कर गोलू ने चचा के सीने से लिपट कर कहा।

निजाम ने सूट की जेब से रूमाल निकाल कर आँखों पर रखा और गर्दन धीरे से हिलाई।

"अच्छा, ग़यास भाई, अब तफ्सीली मुलाक़ात लम्बे-लम्बे ख़तों में होगी।" अख़्तर ने हाथ मिलाया।

"हाँ, मेरे भाई, यह मुलाक़ात कुछ अधूरी-सी रही।" जज़्बात में आ दोनों भाई ज़ोर से गले मिले।

सबीहा ने इमाम को सलाम किया और ग़यास को लिपटा माथे को चूमा और आँखों में आए आँसुओं को पिया। सब एक दूसरे से बड़ी मुश्किल से अपने आप को जुदा कर पाए। बाप को सँभाल अख़्तर आगे बढ़ा। चलते-चलते निज़ाम ने पीछे मुड़कर देखा, कस्टम के आख़री छोर तक जहाँ नज़र पहुँच सकती थी। हाथ दोनों तरफ से हिलाए जाते रहे।

❑❑❑